남가일몽
南
柯
一
夢

남가일몽 6

원도연 新무협 판타지 소설

초판 1쇄 찍은 날 § 2003년 10월 16일
초판 1쇄 펴낸 날 § 2003년 10월 26일

지은이 § 원도연
펴낸이 § 서경석

편집장 § 문혜영
편집 § 장상수 · 권민정 · 유경화
마케팅 § 정필 · 강양원 · 이선구 · 김규진 · 홍현경

펴낸곳 § 도서출판 청어람
등록번호 § 제1081-1-89호
등록일자 § 1999. 5. 31
어람번호 § 제2-0270호

주소 § 경기도 부천시 원미구 심곡1동 350-1 남성B/D 3F (우) 420-011
전화 § 032-656-4452 팩스 § 032-656-4453
http://www.chungeoram.com
E-mail § eoram99@chollian.net

ⓒ 원도연, 2002

값 8,000원

ISBN 89-5505-857-8 04810
ISBN 89-5505-453-X (SET)

원도연 新무협 판타지 소설

남가일몽
南 柯 一 夢

6
완결
남가일몽(南柯一夢)

도서출판
청어람

목

차

⑥ 남가일몽(南柯一夢)

제45장
혈겁(血劫)

 혈겁(血劫)

　산중(山中) 바람이 매몰차게 불어오는 가운데 천중(天中)의 해는 어느새 저 멀리 산 끄트머리를 지나 자취를 감추고 휘영청 밝은 달이 천중을 차지하고 있었다.

　사천전(邪天殿).

　며칠 전까지만 하더라도 사도천벽의 모든 지령이 내려졌던 곳이며 삼극천의 하나인 황극천의 중심부이기도 했던 곳이다. 하나 전날 있었던 단심맹의 기습으로 인해 그 주인이 바뀌고 말았다.

　어둠 속 한줄기 광명처럼 달빛이 새어 들어오자 사천전 내부의 상황이 어느 정도 보이기 시작했다. 그리고 그림자에서조차 고독한 패기(覇氣)가 물씬 풍겨지는 한 사람이 창가에 서 있었다.

　"이곳에 다시 서 있을 날이 오다니……."

짤막한 한마디를 나직이 내뱉은 그의 입술은 다시 굳게 닫혀 버렸다. 하나 그의 두 눈동자는 수많은 상념들이 지나가는 듯 파도에 출렁이는 물결처럼 일렁이고 있었다.

덜컹.

급한 발걸음과 함께 방문이 격한 소리를 내며 열렸다. 급하게 뛰어온 듯 숨을 몰아쉬는 젊은 여인은 진현 일행과 유동(乳洞)으로 향했던 사도나영이었다.

그렇게 시간이 멈춰 버린 듯했다. 급하게 뛰어온 의미가 퇴색할 정도로 사도나영의 움직임은 혈도라도 짚인 듯 멈추어 버렸고, 거대한 그림자의 주인 역시 여전히 창가를 바라본 채 미동도 하지 않았기 때문이다.

어느 정도의 시간이 흐르고 난 뒤 먼저 입을 연 이는 사도나영이었다.

"아… 버님……."

거대한 인영은 천천히 신형을 돌려 달빛 사이로 자신의 모습을 드러냈다. 백발을 아무렇게나 늘어뜨린 그의 눈동자는 사도나영과 같은 빛을 발하고 있었다.

"나영아……."

사도나영이 그렇게도 찾던 자신의 아버지, 사도운의 호소 짙은 부름에 날듯이 뛰어가 그의 품에 안겼다. 이미 전후 사정은 깨어나자마자 자신의 곁에 있던 독고자인에게 들은 터였다. 그렇기에 한걸음에 달려온 것이 아닌가.

"그동안… 어떻게 지내셨어요?"

울음과 함께 사도운의 안부를 묻는 그녀의 어깨는 쉴 틈 없이 떨리고 있었다. 격정에 치민 그녀를 보던 사도운은 아무 말 없이 자신의 품에 꼭 껴안았다. 그의 마음 역시 사도나영의 마음과 같았기 때문이다.

금방이라도 눈물을 쏟아낼 것 같은 두 눈, 할 말이 많은지 계속해서 달싹거리고 있는 입술, 언제나 자신의 손으로 쓰다듬으며 단정하게 만들어주었던 머리카락들. 어느 것 하나 한시도 잊은 적이 없었던 사도운이었다.

혹시나 사도천벽이 자신에게 했던 것처럼 사도나영에게도 하지 않았을까 걱정하며 지내온 그였다. 이렇게 무사한 걸 보니, 아니, 이토록 훌륭하게 큰 사도나영을 보니 천마사천회의 대부(大父)라고 불리는 사도운이지만 두 노안(老眼)에 물기가 스며드는 것을 막을 수 없었다.

그리고 자신에게 이런 만남을 만들어준 진현 일행에게 다시 한 번 감사의 마음이 들었다.

사도운이 이 자리에 있게 된 사정은 이러했다.

곤군 조진환의 죽음을 뒤로하고 진현 일행은 끝내 그들의 목을 조르던 수라마인과 앙천독인을 물리칠 수 있었다. 사실 완벽하게 물리쳤다고 말할 수는 없었다.

진현의 육맥신검과 천지쌍마의 패도적인 무공, 천하십오대고수에 당당히 이름을 올린 검군과 탄군, 그리고 창왕의 절학의 위력도 한몫을 차지했고, 더 이상 수라마인과 앙천독인을 희생시킬 수 없었던 사도천벽의 아쉬움 역시 크게 차지했기 때문에 결국 사도천벽은 마인들을 회수해 버렸던 것이다. 방조휘의 말대로 시간에 쫓겨 완전하게 완성되지 않은 그들로는 더 이상의 대결은 무리였었다.

석벽 틈 사이로 사라진 앙천독인과 수라마인을 쫓은 진현 일행이 볼 수 있었던 것은 독인과 마인들이 있었던 것으로 추정되는 빈 관(棺)들뿐이었다. 그리고 사도천벽이 빠져나간 것으로 보이는 동혈(洞穴).

하나 진현은 곧 그 판단이 틀렸다는 것을 알 수 있었다. 동혈 속으로 들어가니 길고 긴 암도의 끝에 두 명의 괴인이 쇠사슬에 묶여 벽에 매달려 있었다. 그 두 사람이 바로 사도운과 마군(魔君) 변자문(邊子文)이었던 것이다.

"아버님, 어떻게 된 거예요? 설마 오빠가?"

어느 정도 정신을 수습한 사도나영은 사도운이 동굴에 갇히게 된 전후 사정을 물었다.

"음."

언젠가는, 아니, 딸과 마주치는 그 순간 이런 말을 들을 줄 예상하고 있었지만 역시 쉽게 입이 떨어지지 않았다. 아니, 무엇부터 설명해야 할지 엄두가 나지 않았다고 해야 올바른 표현일지도 몰랐다.

사도운은 천천히 자신의 품에서 사도나영을 풀어주었다. 그리고 창가를 바라봤다. 또다시 그의 뒷그림자에서 고독한 패기가 흘러나왔다.

"지금 와 생각해 보니 천벽이 변한 것은 강호행 후의 폐관이 끝날 때부터가 아니었나 짐작된다. 어딘가 모를 위화감을 가지고 돌아온 것 같았다. 그리고 그 위화감은 시간이 갈수록 커져만 갔다."

"그것이 무엇인가요?"

"너 역시 사도세가의 피를 이어받았으나 여자이기 때문에 가전의 비전절학은 이어받지 못했다. 파황(破荒)이라 불리는 사마통합신공 중 하나이자 개세무비(蓋世無比)의 도법! 파황신도(破荒神刀)를 말이다."

사도운은 천천히 신형을 돌려 사도나영의 두 눈을 쳐다보았다.

"넌 모를 것이다, 흔히 본 세가를 일컬어 사도제일가(邪道第一家)라 하지만 사실 무공만으로 따지자면 사도(邪道)보다는 현문(玄門)에 가까운 사실을."

"예?"

사도나영은 사도운의 말을 이해할 수 없어 반문했다.

"후후. 놀랐느냐? 하지만 그리 놀랄 것도 없다. 그 이유는 파황신도의 모태가 되는 무상십팔도(無上十八刀)가 바로 오래전 멸문한 전진(全眞)의 무공이기 때문이니까. 그렇기에 공부(功夫)를 더해갈수록 체내에는 마기(魔氣)보단 현기(玄氣)가 쌓여져 간다. 나 역시 마찬가지다. 비록 세인들이 불러주는 나의 별호가 사천광마이긴 하지만 그것은 천마사천회를 이끌기 위해 패도(覇道)를 걸음으로써 얻어진 것. 진정으로 피에 미치진 않았다."

"음."

"그래, 내 말에 설득력이 없을지도 모른다. 하나 분명한 사실이다. 반정지란 이후 천마사천회와 호천사정맹 사이에 단 한 번도 전투가 없었다는 것이 그것을 증명하니까."

사도운의 말에 사도나영은 고개를 끄덕이며 수긍하였다. 확실히 사도운 휘하의 천마사천회와 호천사정맹 사이엔 단 한 번도 전투가 없었기 때문이다. 하나 자신의 오라비 사도천벽과 이 일이 어떤 관계가 있는지 알 수가 없었다. 하나 그에 대한 답은 사도운이 들려주는 다음 이야기에서 알게 되었다.

"하지만 천벽 그 아이는 달랐다. 강호행 이후 그 아이 주위엔 피 내음이 떠도는 듯했다. 기이한 일이지. 천마교의 호교신공조차 그 후유증을 생각해 익히지 않았던 아이인데 어찌 된 일이기에 마공의 흔적이 보인단 말인가. 그런 의문들이 내 머리 속을 헤집고 있을 즈음 천벽이 나에게 이상한 말들을 하더구나."

"언제까지 구양 상인의 그늘에 가려 계실 겁니까? 아버님의 한마디면 천하를 휘어잡을 수 있습니다. 마도천하(魔道天下)를 말입니다."

"무슨 소리냐? 회(會)에 있어서 만인지상(萬人之上)의 위치에 올라 있는 내가 어찌 구양 상인의 그늘에 가려 있다는 말이냐?"

"그렇다면 어찌하여 마도천하를 이루려 하지 않는 것입니까? 사내라면 모름지기 천하의 패권(霸權)을 두고 건곤일척의 승부를 겨루어야 하지 않습니까?"

"허어, 그 어찌 당치도 않는 말이냐! 나 하나만의 욕심으로 무수한 인명이 사라질지도 모르는 전쟁을 하자는 것이더냐?"

"하하하. 어찌 그리도 약한 말씀을 하시는 겁니까? 천마사천회를 이끄시는 아버님이십니다."

"어쨌든 너의 말은 못 들은 것으로 하겠다. 그리 알고 나가보거라."

"예, 알겠습니다. 하지만 이것만은 분명히 알아두십시오, 마도의 운명은 피로써 이어진다는 것을. 그리고 곧 보게 되실 겁니다, 천하에 우뚝 선 저의 모습을."

"호천사정맹과 천마사천회의 공존이 지속되기를 바랐던 나는 천벽의 제안을 일언지하에 거절했지만 그 녀석의 마지막 말이 계속해서 가슴에 남더구나. 그리고 그때야 비로소 알게 되었지, 그 아이가 가지고 있는 끝없는 야망을. 천벽 그 아이가 원하는 것은 바로 천하무림의 제패였던 것이다."

"아!"

사도운의 말에 사도나영의 입에서 신음이 흘러나왔다.

강호일통(江湖一統)!

이 얼마나 가슴 벅찬 말인가. 하지만 사도운의 입에서 나온 사도천 벽의 의지가 담긴 그 말은 서늘한 비수가 되어 사도나영의 가슴을 찔렀다.

"그 뒤로 천벽은 나에게 암습을 뻗쳤고, 나와 변자문은 유동의 깊은 동혈에 갇혀 기나긴 세월을 보낸 것이다."

진작 알고 있었지만 다시 한 번 사도운으로부터 확인받은 사도나영은 천 길 절벽 아래로 떨어지는 것 같은 충격을 받았다. 그런 그녀를 사도운은 살며시 감싸주었다.

"나영아……."

대청의 중심부에 있는 태사의에는 의관을 깔끔하게 차려입은 사도운이 앉아 있었고 그를 중심으로 하여 좌우엔 진현 일행이 의자에 둘러앉아 있었다.

"아, 그럼 이 모든 것의 원흉은 그 다섯 명이라는 말씀이시오?"

깜짝 놀란 하후단은 그의 수양에 걸맞지 않게 자리에서 벌떡 일어나 소리쳤다가 실수임을 깨닫고 급히 자리에 앉았다. 그러나 그의 행동에 관심 두는 이가 없었다. 그뿐만 아니라 이 자리에 모인 사람 모두가 사도운의 말에 충격을 받았기 때문이었다.

사도운은 계속해서 지난밤 사도나영에게 들려주었던 말과 함께 삼원천의 오인에 대해서 말했다.

"그렇소. 본래 그들 오인의 신분은 철저하게 비밀에 부쳐졌다고 하더이다. 하지만 천벽 그 아이의 말을 빌리자면 그중 삼호는 자신이고 이호는 무극천의 천주를 일컫는다 하였소."

"허어!"

중인들은 다시 한 번 탄식했다. 태극천과 무극천, 황극천이 한패라는 것은 이미 주지하고 있는 사실이지만 그들의 괴수와 같은 거물이 두 명이나 더 있다는 사실은 그야말로 충격이었다. 게다가 다섯 원흉 중 두 사람을 제외하곤 정체도 모르지 않는가.

"그럼 나머지 세 사람은 알지 못한다는 말씀이시오?"

"그렇소이다. 다만 그중 오호의 거처만 대충 짐작하고 있다 전해졌소. 바로 호천사정맹, 그러니까 지금 그대들의 단심맹이라 하였소!"

"음."

사도운을 제외한 모든 사람들은 일제히 경악을 끌어안은 탄성을 터뜨렸다. 실로 엄청난 충격이 아닐 수 없었다.

본래 각 문파에는 크고 작은 세작들이 하나둘씩 끼어들기 마련이다. 먹을 것이 많은 곳에 벌레들이 꼬이는 것처럼 세작들은 자신이 속한 단체에 이익을 주기 위해 수단 방법을 가리지 않고 달려들었다. 그리고 문파들 역시 그들을 발본색원하는 것이 아니라 어느 정도 융통성을 부리기도 하고, 심지어 역이용하기도 하는 것이 관례였다. 하지만 이번 벌레는 엄청난 독을 가진 벌레였다. 벌레가 지닌 독뿐 아니라 그 크기만 해도 엄청난 벌레였다. 삼원천의 창설인 중 하나라니.

"아! 그렇다면 이제까지 그들의 손바닥 위에서 놀아났다는 말인가."

언무청의 나직한 중얼거림이었지만 듣지 못한 사람은 없었다. 그리고 모두들 공감되는 말인 듯 미미하게나마 고개를 끄덕이기까지 하며 침울한 기색을 표했다.

지금까지 계속해서 입꼬리를 씰룩거리며 분기탱천하던 하후단은 결국 참지 못하고 다시 한 번 자리에서 일어나 호통을 쳤다.

"어떤 호로 자식이 감히 쥐새끼처럼 숨어들었다는 말이냐!"

"하후 노사, 진정하시고 자리에 앉으시오. 우선 사도회주의 말을 끝까지 들어봅시다."

지기였던 조진환의 죽음으로 하후단의 심중에 자리한 노화(怒火)가 얼마만큼인지 짐작하는 검군이었지만 사도운의 다음 말이 더욱 급하였다.

"본인 역시 그들에 대해 자세히 아는 바가 없소. 지금 알고 있는 단편적인 사실조차 천벽 그 아이를 통해 알게 된 것이오. 지난 세월 동안 그들의 손에 갇혀 있으면서 정작 아무것도 모르다니… 이 어찌 한심한 노릇이 아니겠소."

사도운의 비통한 심정은 이곳에 모인 사람 그 누구보다도 깊은 것이었다. 천륜을 거스른 아들의 배신, 그리고 이 모든 것을 감당하지 못했던 자신의 어리석음! 그의 말 곳곳에는 이런 안타까움이 어우러져 애통함이 잔뜩 배어 있었다.

그중 사도운의 말에 기이한 반응을 일으키는 이가 있었으니 바로 진현이었다. 이채로운 눈빛을 빛내던 그는 사도운의 말 중 무상십팔도라는 대목을 계속해서 되씹고 있었다.

'그럼 사도세가는 그의 후예란 말인가? 그렇다면 북천(北天)의 무도(武道)는……'

진현이 자신만의 상념에 빠져 버렸을 동안 사도운의 이야기는 계속되었다.

"지금까지 일어난 모든 잘못은 노부의 잘못일세. 진작에 그 아이를 막았어야 했거늘. 방(方) 아우와 야율(耶律) 아우에겐 할 말이 없네. 이 모두 자식을 잘못 둔 내 탓이야."

"회주……."

방조휘와 야율무는 동시에 탄식하듯 사도운을 불렀다. 그들의 주름진 노안(老眼)엔 물막이 피어올랐다.

                    *   *   *

그 시각 호북에 위치한 무당산에선 핏빛을 머금은 암운(暗雲)이 일고 있었다.

소림사와 함께 중원무림의 태산북두(泰山北斗)로 일컬어지는 무당파는 호북(湖北)의 무당산에 위치해 있다. 호북성 균현(均縣) 남쪽에 위치한 무당산은 천주봉(天柱峰)을 위시로 칠십이 개의 기이한 봉우리를 지니고 있으며, 골짜기마다 굽이쳐 흐르는 계곡은 그야말로 선실(仙室) 중에서 으뜸이었다. 그래서인지 도교에서는 북극진무현천상제(北極眞武玄天上帝)가 있는 산이라 하여 성지로 숭배되었다. 게다가 도교의 종파를 잇는 무당파가 생긴 후부터 일반인뿐만 아니라 무림인들의 발걸음마저 멈추게 할 정도였다.

무당파의 위상에 경의과 존경을 표하기 위한다는 뜻으로 검을 풀어 놓고 간다는 해검지(解劍池)를 통과하면 소나무로 둘러싸인 청수림(淸修林)이 나온다. 그리고 노송(老松)의 끝자락에 다다르면 옥청(玉淸), 상청(上淸), 태청(太淸)의 삼청전(三淸殿)이 나온다.

삼청을 중심으로 팔궁(八宮)의 전각들이 고풍스럽게 자리 잡고 있으니 그야말로 선계(仙界)에 발을 들여놓은 듯했다. 고결하고 현현(玄玄)한 기상이 드높은 가운데 옥황경(玉皇經)의 법문이 계속해서 흘러나왔다.

이런 환경에서 호천사정맹의 맹주였던 구양 상인과 태극운검 청운 도장이 나왔다는 것은 어쩌면 당연한 것일지도 몰랐다.

그 순간 팔궁을 둘러싸는 기이한 움직임들이 있었다. 곳곳에선 심상치 않은 경공음이 들렸고, 엄밀하고 고요한 분위기를 사뭇 진중한 긴장감으로 바꾸어 버렸다.

무당파의 제자들 역시 이런 위화감을 느꼈는지 법문을 읽다 말고 검을 빼 들어 연무장으로 모습을 드러냈다. 그리고 상청궁의 문이 열리며 현 자 배의 도사들까지 그 모습을 드러냈다.

단순한 위화감이 아니라는 것을 일찌감치 깨달은 것이다.

"어떤 고인들이신지 몰라도 본 파에선 손님을 이렇게 대접하진 않습니다. 모습을 드러내시지요."

무당파의 장문인이자 청운 도장의 사부이기도 한 현학자(玄鶴子)는 허공을 향해 나직이 외쳤다. 그러나 이곳에 모인 이들 중 듣지 못한 이는 없었다. 그의 말속에는 심후한 내공이 담겨 있었기 때문이다. 실로 무당파의 장문인다운 솜씨였다.

"흐흐흐. 좋아, 그럼 무당의 손님 대접은 어떤지 한번 보도록 할까?"

괴이한 목소리와 함께 삼청전을 향해 가지를 늘어뜨린 노송 위에서 한 명의 신형이 쏟아져 나왔다. 오 척 단구의 기괴한 꼴을 한 노인은 얼굴을 뒤덮은 백발 사이로 형형(炯炯)한 안광을 뿜어내고 있었다.

"당신은 누구요? 본 파를 방문한 목적은 무엇이오?"

현학자 곁에 있던 현무자(玄武子)가 괴인을 향해 외쳤다. 하지만 그의 물음에 답한 이는 현학자였다.

"선자불래(善者不來) 내자불선(來者不善)."

현학자는 이 여덟 자로 괴인의 의도를 알렸다.

"흐흐흐. 잘 알고 있군. 이미 본 천은 무당파를 피로 물들이기로 마음을 먹었다!"

"음."

현학자는 괴인의 말에서 두 가지를 알 수 있었다. 천(天)이라는 말로 보아 분명 이들은 삼원천에 속한다는 것과 무당파를 피로 물들이겠다는 의도로 보아 한차례 혈풍이 몰아칠 것이라는 것이었다.

"그럼, 먼저 나의 자식들을 소개시켜 주도록 하지."

괴인의 말이 끝나기 무섭게 곳곳에서 피리 소리가 울려 퍼지더니 곧 사방에서 핏빛 괴인들이 몰려들었다.

"수, 수라마인!"

그랬다. 현학자의 탄성대로 혈안(血眼)을 번뜩이며 온몸을 짓누르는 듯한 사기(邪氣)를 뿜어내는 이들은 유동(乳洞)에서 모습을 보인 바 있는 수라마인이었다.

그뿐만이 아니었다. 수라마인 뒤로 백의(白衣)를 입은 중년인들과 노인들이 서 있었다.

"백손도인(百損道人)!"

"철면판관(鐵面判官)!"

"미호주괴(迷糊酒怪)!"

무당파의 제자들은 백의인들의 정체를 알곤 너도나도 소리를 질렀다.

'음. 이럴 수가! 천하의 악인들이 모두 모인 듯하구나. 자칫하면 무당의 대가 끊길지도 모르겠구나.'

현학자의 미간에 잡힌 주름은 계속해서 늘어만 갔다.

현학자의 이런 고민을 만든 장본인인 괴인 마뇌(魔腦)는 음흉한 웃음을 지으며 득의의 표정을 지었다. 한눈에 봐도 무당파 제자들의 마음에 동요가 임을 알 수 있었기 때문이다.

'흐흐흐. 오늘로 무당의 이름은 사라질 것이다!'

이런 마뇌의 자신감은 전혀 근거없는 것이 아니었다. 이미 유동에서 그 힘을 선보인 바 있는 수라마인은 말할 것도 없거니와 무극천에서 파견된 고수들만 하여도 일성(一省)의 패주(覇主)는 거뜬히 무너뜨릴 만하였기 때문이다.

"자! 시작하지, 대륙제사계(大陸第四計)를."

어디선가 들려온 전음이 마뇌에게 전달됐고 그와 동시에 마뇌의 주먹에 힘이 들어갔다.

"밤이 길면 꿈도 많아지는 법! 무당은 이제 그만 역사의 뒷길로 사라져 줘야 하겠소!"

마뇌의 '하겠소' 라는 말이 채 끝나기도 전에 수라마인들은 일제히 무당 제자들을 향해 쏟아져 나갔다.

"으헉!"

경계심을 늦추지 않은 덕분에 그나마 자리를 피한 제자들이 있는 한편, 자신도 모르는 사이 심장이 송두리째 뽑아져 나오는 흉(凶)을 당한 제자들도 있었다.

얼마 되지 않는 시간 동안 소현청백(逍玄靑白) 항렬의 제자 중 백 자배 제자들은 과반수 이상이 쓰러졌다. 수라마인의 압도적인 사기(邪氣)와 혈기(血氣) 속에 아무런 대응도 하지 못한 채 죽음을 맛보아야 했다.

'이럴 수가! 어찌 저런 실혼인에게 무당의 문도들이 죽음을……. 게다가 아직 뒤쪽에 서 있는 백의인들은 움직이지도 않았지 않은가!'

현학자는 삽시간에 쓰러진 제자들을 보며 신음을 내뿜었다. 수라마인의 정체를 알 길 없는 그이기에 이런 충격은 당연하다 할 수 있었다.

'할 수 없다. 비록 공력의 손실이 크다 하지만 어찌하겠는가! 무당의 존망이 걸린 일이다!'

현학자는 속으로 중얼거리며 손 안의 검에 이제까지와는 다른 기이한 공력을 심었다. 그의 검은 삽시간에 짙은 옥색(玉色)으로 물들어갔고 검에서 한 자 이상의 유색의 강기(罡氣)가 뻗어져 나왔다.

그와 동시에 땅을 박차고 나가 무당문도들을 쓰러뜨리고 있는 수라마인 중 하나를 향해 검을 뻗었다. 그러자 검끝에 매달려 있던 옥색 강기가 수라마인의 오른팔을 간단하게 베어버렸다.

"크으으."

알아들을 수 없는 괴성을 지르는 수라마인의 팔뚝에서 예의 혈기가 쏟아져 나왔다. 그것을 본 현학자는 현무자를 포함한 현 자 배 항렬에게 급히 전음을 보냈다.

그러자 현무자, 현송자(玄松子), 현귀자(玄龜子), 현만자(玄滿子) 등은 모두 현학자와 같은 옥색의 검강을 쏟아내기 시작했다.

사실 현학자는 일파의 장문인답지 않게 도박을 시행했던 것이다. 그의 검에서 빛나는 옥색 강기의 실체는 바로 무당파의 비전(秘傳)인 옥청강기(玉淸罡氣)에 있었다. 수많은 도교신공 중에서도 벽사(辟邪)에 관한 가장 뛰어난 신공이었다. 하지만 급격하게 내공이 손실된다는 단점도 있었다.

그 때문에 현학자는 고민하며 옥청강기를 시전한 것이다. 하지만 이런 단점이 있는 만큼 효과는 컸다.

슈우우―

파공음을 내며 사방을 가로지르는 옥색 강기들은 조금씩이지만 수라마인들의 행동을 저지시키고 있었다.

"역시 무당이군. 흑면패왕(黑面覇王), 이쯤이면 그쪽도 시작하는 것이 어떻겠소?"

현학자 등의 활약을 보고 있던 마뇌는 무극천에서 파견된 백의인, 천애단(天涯團)의 단주(團主)인 흑면패왕을 향해 말했다.

유동에서 완전체가 아닌 상태로 깨어난 수라마인들은 진현 일행에 의해 또다시 손실을 입어야만 했었다. 그렇기에 현 자 배 항렬의 도인들에게 쉽사리 막혀진 것이다. 그것을 잘 알고 있던 마뇌는 수라마인의 결함을 천애단의 도움으로 메우려 하였던 것이다.

사실 천애단은 무극천 소속의 이 단(二團) 중 하나였다. 나머지 하나는 수라단(修羅團)이었는데, 절영곡에서 진현과 생사를 걸고 결전을 한 중주삼사와 손씨 삼 형제가 수라단에 속했다.

뒷짐을 지고 한가롭게 상황을 주시하던 흑면패왕은 마뇌의 말을 듣자 서서히 온몸의 근육과 경맥에 내력을 운행하기 시작했다.

흑면패왕. 그는 천애단의 단주로 있기 전엔 서역에서 활동하던 마인(魔人)이었다. 흑면이라는 외호에서 알 수 있듯이 중원인과 다르게 피부 색이 검었다. 사실 그는 곤륜노(崑崙奴)의 후예로서 기구한 인생을 살아왔다. 피부 색이 다르다는 이유로 갖은 박해를 당해야만 했던 그로선 중원인들에 대한 원한이 아주 깊다 할 수 있었다.

그런 그에게 한줄기 희망이 찾아왔으니, 바로 서역제일기인(西域第一奇人)이었던 만묘산군(萬妙山君)이었다. 원한이 깊은 만큼 만묘산군의 절예에 온 힘을 기울였던 그는 결국 흑면패왕이라는 외호와 함께 서역을 공포에 떨게 만들었다.

그리고 무극천으로의 가입. 그에겐 더할 나위 없는 행운이었다. 중원을 피로 물들일 수 있는 행운!

이제 그의 눈앞에 또다시 그 행운을 맛보게 해줄 대상들이 있다. 기이한 흥분이 솟구치며 손아귀에 잔뜩 힘이 들어간 흑면패왕의 두 눈에 혈광(血光)이 가득했다. 그리고 더듬거리는 목소리로 천애단을 향해 명령을 내렸다.

"흐흐흐… 오… 늘로서 무당의 이름을 중원에서 지워… 버려라!"

흑면패왕의 명령이 떨어지자마자 천애단의 고수들은 일사불란하게 무당 제자들을 향해, 그중에서 현 자 배 도인들을 향해 나아갔다.

먼저 천애단 중 금모신노(金毛神奴)와 금모신원(金毛神猿) 형제가 수라마인을 향해 검을 날리던 현무자를 덮쳐 갔다. 가공할 경기가 두 형제의 팔에서 솟아 나와 현무자의 복부와 등을 노렸다.

"크으윽!"

금모신원과 금모신노의 기습에 검을 회수하며 신형을 돌리려던 현무자는 미처 다 피하지 못하고 옆구리에 부상을 당했다. 금모신원의 팔이 옆구리를 스쳐 갔을 뿐인데도 그의 옆구리가 터져 버린 것이다.

그것을 본 현학자는 더욱 다급해졌다. 막대한 공력의 손실을 감수하고 펼친 옥청강기로 간신히 수라마인과 맞설 수 있었는데 또다시 위기가 찾아온 것이다.

"아무래도 틀린 것 같구나. 하나 후대(後代)를 위해 한 명의 악도(惡徒)라도 줄이고 가겠다!"

누구를 향한 외침인지 모르겠지만 한차례 호통을 하던 현학자는 전신의 공력을 모조리 끌어올려 검에 주입시켰다.

무당파에 입문할 당시 제일 먼저 익혔던 삼재기공(三才氣功), 자신의 사부이자 전대 장문인이었던 소요자(逍遙子)가 가르쳐 준 태청신공(太

淸神功), 조금 전 수라마인을 향해 내질렀던 옥청강기, 그리고 이 모든 것이 조화되어 나타난 태극진기(太極眞氣).

뭐라고 딱히 규정 지을 수 없다. 그저 등불의 기름이 모두 사라질 때까지 심지가 타오르듯 그의 몸도 그러했다.

"크아아!"

현무자를 핍박하고 있던 금모신원의 두 팔이 몸체와 분리되어 허공을 갈랐다. 그와 동시에 붉은 물줄기가 비처럼 쏟아졌다. 하지만 현학자의 검은 멈출 기미를 보이지 않았다.

이번엔 청 자 배의 청수(靑修) 도장의 복부에 한 자루의 판관필을 쑤셔 넣던 철면판관을 향해 달려들었다. 현학자의 검이 기이한 원을 그리며 철면판관의 가슴을 베었다.

"윽!"

철면판관과 현학자의 입에서 동시에 신음성이 터져 나왔다. 철면판관의 가슴을 가르던 현학자는 자신을 향해 달려드는 수라마인을 감지하지 못했던 것이다.

현학자는 고개를 숙여 등에서 배로 관통하여 나온 수라마인의 팔을 내려다보았다.

피로 얼룩진 수라마인의 손 안에 자신의 살덩이가 잡혀 있음을 알 수 있었다. 그리고 그것으로 인한 출혈이 곧 자신을 죽음으로 몰아갈 것을 알았다.

"윽! 아… 직 멀었다……"

현학자는 두 다리를 박차 현천보(玄天步)를 펼쳤다. 그러자 수라마인의 팔이 복부에서 빠져나감을 알 수 있었다. 그와 동시에 허공에서 신형을 돌려 수라마인과 맞섰다. 곤륜의 운룡대팔식(雲龍大八式)과 함께 천하가 인정하는 제운종(梯雲縱)이었다.

눈앞의 수라마인은 현학자가 제운종을 펼치든 자신을 향해 검을 뻗든 상관하지 않았다. 그저 현학자의 목을 노릴 뿐이었다.

사각.

시원한 소리와 함께 현학자의 검이 수라마인의 심장을 갈랐다. 현학자는 고개를 돌려 또 다른 목표물을 찾았다. 가까운 곳에 청 자 배의 청원(靑圓) 도장이 도움을 구하는 것이 보였다. 자신의 사제인 현귀자의 제자였다.

현학자는 급히 검을 회수하여 청원 도장을 향해 장력을 날리는 백손 도인을 퇴치하려 했다.

"윽!"

회수하려 했던 검은 수라마인의 심장에 박힌 채 뽑히지 않았고 오히려 자신의 오른팔이 몸체에서 분리되어 나감을 알 수 있었다. 그리고 심장에 검이 박힌 채로 두 팔로 자신의 오른팔을 잡고 있는 수라마인을 볼 수 있었다.

아수라장이나 마찬가지인 장내의 상황에 쫓겨 수라마인이 불사지체라는 것을 잊고 만 것이다.

현학자가 좀 더 신중했더라면 수라마인의 심장보다 사지(四肢)를 갈라놓았을 것이지만 지금은 너무 늦은 후회였다. 그러나 포기할 수는 없었다. 자신의 어깨에 무당의 존망이 달려 있다는 것을 알고 있었기 때문이다. 아니, 피부로 느끼고 있기 때문이다.

현학자는 서둘러 어깨 주위의 혈도를 점해 최대한 지혈을 시키는 동시에 남은 왼팔에 전 공력을 주입시켜 십단금(十段錦)을 펼쳤다.

겉으로는 부드러워 보이지만 그 속에 거대한 경기(勁氣)를 머금고 있는 십단금은 수라마인의 복부를 날려 버렸다.

'이것이 잘한 선택일까? 처음부터, 그들의 침입을 알았을 때부터 무당을 다시 일으켜 세울 수 있는 후기지수들을 탈출시켜야 하지 않았을까?'

갑자기 몰려드는 의문들이 현학자의 머리 속을 지배했다.

'그래, 그땐 너무 방심했어. 저 실혼인의 실체를 몰랐기에, 백의인들의 무서움을 몰랐기에 그랬던 것이야.'

현학자는 피와 살육의 향연이 되어버린 장내를 찬찬히 둘러보았다. 이제 무당의 제자들도 고작해야 이십여 명이 서 있을 뿐이다.

'좋다! 나는 죽는다. 그리고 나의 사형제들도 이곳에서 죽는다! 하지만 저 아이들은 살릴 것이다. 아직 늦지 않았다. 단심맹에 파견된 제자들. 무엇보다 청운 그 아이가 다시 무당을 일으켜 세워줄 것이다.'

결심을 굳힌 현학자는 자신들의 사형제와 제자들을 향해 전음을 날렸다.

"지금부터 무당의 모든 제자들은 해검지를 향해 달려간다. 선두는 나와 현무, 현만, 그리고 후미에는 현귀를 비롯한 나머지 현 자 배 항렬이 맡을 터이니 청 자 배는 이대로 무당산을 탈출하여 이 모든 상황을 단심맹에 알리거라."

전음을 마치자마자 현학자는 쏜살같이 해검지를 향해 신형을 날렸다. 조금이라도 자신이 더 움직여야 현 자 배 사형제들의 부담을 줄여주리라 생각했기 때문이다.

좀 전 오른팔과 함께 검을 잃은 현학자는 구궁적양수(九宮赤陽手)라는 수법을 펼치며 전면으로 달려드는 적도에게 대항했다. 하지만 왼손만으로는 부자연스러웠고 그 결과 그의 몸 곳곳에 피가 흘러나오기 시작했다.

　'안… 돼……. 저 아이들은 살아 나가야 한다. 그때까지만이라도 견뎌야 한다.'

　과다한 출혈로 현기증이 이는 가운데 현학자는 다시 한 번 입술을 깨물며 마지막 힘을 짜내었다.

　사태를 주시하던 마뇌의 미간은 시간이 갈수록 좁아져 갔다. 예상했던 것 이상으로 무당의 저항이 거세다는 것을 느꼈기 때문이다.

　"짐작이야 하고 있었지만… 역시 명문의 저력이라 이건가?"

　흑면패왕 역시 마뇌와 같은 생각을 하고 있었다. 기이하리만치 격렬한 저항을 하는 무당파를 보며 승부를 서둘러 끝내기 위해선 수뇌를 없애야겠다고 생각했다.

　생각을 마친 순간 흑면패왕은 허공을 가르며 현학자를 향해 달려갔다. 두 손 가득 성명절기인 흑수장(黑手掌)을 담고는 현학자의 대혈을 노렸다.

　이에 현학자는 흑면패왕의 두 손에 담겨진 공력이 심상치 않음을 느끼곤 맞서지 않고 즉시 물러났다.

　"제기랄. 어서 죽어라!"

　흑면패왕은 자신의 한 수가 무위로 돌아가자 욕을 하며 다시 달려들었다. 그것을 본 현학자는 구궁적양수로는 부족하다 판단하고 새로운 장법을 펼쳤다.

　"악도들아! 무당파는 너희들이 생각하는 것처럼 만만하지 않다!"

　현학자의 입에서 호통이 터져 나왔다. 그와 동시에 태극혜검과 더불어 무당파의 진산절기 중 하나인 태청산수(太淸散手)가 펼쳐졌다.

　"흐흐흐. 그거야 두고 보면 알 일!"

흑면패왕은 음침한 웃음을 내며 현학자의 수공을 맞받아 쳤다.

퍼퍼펑!

"으윽."

"푸하하!"

전자의 신음은 현학자의 것이었고 후자의 웃음소리는 흑면패왕의 것이었다.

'젠장. 공력만 이어졌어도······.'

수라마인과 천애단의 고수들에 맞섬으로써 크나큰 내공 손실을 입었던 현학자로선 이런 결과는 어쩌면 당연한 것일지도 몰랐다.

"푸헉!"

현학자의 입에서 한 바가지만큼의 피가 쏟아져 나왔다. 그 속엔 내장 부스러기까지 있었다. 이미 돌이킬 수 없는 지경에까지 이른 것이다.

"사형!"

애처롭기까지 한 그의 모습을 보며 현무자가 부르짖었다. 하나 현학자의 대답은 들려오지 않았다. 피를 쏟아내고 있는 현학자의 머리를 흑면패왕이 커다란 손바닥으로 내려쳤기 때문이다.

현무자의 눈에 현학자의 머리가 터지며 사방으로 튀어 나가는 뇌수가 들어왔다.

"사형!"

현무자는 다시 한 번 현학자를 불렀다. 하지만 결과는 마찬가지. 현무자의 두 눈이 찢어지며 피눈물이 흘러내렸다. 그리고 혈안(血眼)으로 흑면패왕을 노려보았다.

"이놈! 네놈이 감히······."

부들부들 떨리는 목소리를 내던 현무자는 이성을 잃고 온몸의 공력을 끌어올린 채 흑면패왕을 향해 검을 날렸다. 어느새 날아온 수라마인의 마기 어린 혈수(血手)가 그의 왼쪽 갈비뼈를 박살 냈지만, 천애단의 거부초부(巨斧樵夫)의 두툼한 도끼 날이 그의 등짝을 갈랐지만 오로지 흑면패왕을 향해 달려갔다.

흑면패왕을 향해 달려갈수록 현무자의 온몸은 피로 물들어갔다.

"으윽. 네놈만은 반드시……."

이를 갈며 혈채(血債)를 받으리라 부르짖던 현무자의 목소리는 끝내 희미해져 갔고 결국 무릎 꿇고 고개를 숙이고 말았다. 그 뒤로 흑면패왕의 웃음소리가 무당산을 울리고 있었다.

"푸하하하!"

도가제일무문을 자랑하던 무당파는 갑작스레 닥친 혈풍으로 인해 어이없게 무너지고 있었다.

*　　　*　　　*

그 시각 사천의 아미산에서도 무당파에 불어닥친 혈겁이 행해지고 있었다.

번뜩이는 독안(毒眼)과 독수(毒手)로 시신조차 남기지 않으며 아미파의 제자들을 죽이고 있는 것은 앙천독인이었다. 그와 동시에 무극천의 수라단 역시 곳곳에서 혈화(血花)를 피우고 있었다.

허공을 어지럽게 날아다니는 암기들과 어둠 속에서 번뜩이는 칼날.

"크아악!"

비명 소리는 끊이지 않았다.

그뿐이랴. 수백 년을 이어온 거목들과 아미파의 전각들이 불타기 시작했다.

아미파의 장문인이자 사대문파를 지탱하고 있는 기둥 중 하나인 정혜(淨慧)는 앙천독인과 수라단에 새삼 두려움을 느껴야만 했다.

이들이 닥친 시각은 반 시진도 채 되지 않았다. 한데 아미파의 제자 중 과반수가 쓰러져 황천을 향해 떠나갔다.

아미산은 보현 보살(普賢菩薩)이 도량을 세운 산으로 불교 사대명산 중 하나이다. 그래서인지 대부분이 선종(禪宗)의 흐름을 따르고 있었고 아미파 역시 마찬가지였다. 살생을 끔찍이 여겨 강호의 마두를 본다 하여도 살생만은 삼가고 있었다.

사성 법사가 호랑이를 퇴치하고 얻었다는 복호권(伏虎拳)으로도 인명은 고사하고 한낱 미물이라도 죽이지 않는 것을 덕으로 삼고 있다.

한데 오늘만은 그토록 자제하며 꺼려하던 살생을 묵인하다 못해 권장하다시피 했다.

하지만 수백 년을 이어온 거목처럼 아미파의 오랜 역사 동안 갈고 닦아온 난피풍 검법으로도, 무당파의 태극혜검과 그 괘를 같이한다는 대라수미혜검(大羅須彌慧劍)으로도 어찌할 도리가 없었다. 수라단의 고수들이야 죽일 수 있다지만 문제는 앙천독인이었다.

환난과 시련 속에서 문도들이 강해진다고 하지만 이건 경우가 달랐다. 자칫하면 씨조차 남기지 못할 것 같았다.

정혜의 안색은 갈수록 어두어져 갔다. 이대로 간다면 봉문(封門)이 아니라 멸문(滅門)이라는 것을 피부로 실감하고 있었다.

"아미의 제자들이여, 물러서지 마라!"

정혜는 남은 제자들을 향해 호통을 지르듯 외쳤다. 마치 자신에게 다짐하는 듯.

하나 상황은 그녀의 커져 가는 불안처럼 점입가경(漸入佳境)이었다.

피는 흘러 강이 되고 그 강 속에 잘려진 팔과 다리들, 그리고 시신이 흐르고 있었다.

"이 어찌! 하늘이여… 선조들이여……."

그녀의 입에서 희미한 탄식이 새어 나왔고 손에 힘이 풀리며 검이 땅으로 떨어졌다. 그리고 그것이 마치 신호라도 되는 양 아미파의 역사는 역사의 뒤편으로 물러나고 말았다.

제46장

잠입(潛入)

잠입(潛入)

단심맹에 무당과 아미파의 혈겁이 전해진 것은 진현 일행이 천마사 천회에서 돌아오고 난 이틀 뒤였다. 그중 가장 충격을 받은 이는 청운 도장이었다.

"어찌……."

청운 도장으로선 하늘이 노래지는 순간이었다.

이 무슨 날벼락 같은 일인가?

청운 도장의 머리 속에서 무엇인가가 거대하게 폭발했다.

"무당파가… 사부님께서……."

청운 도장은 찢어질 듯 두 눈을 부릅뜨고 전신을 격렬하게 떨어댔다. 그에게 있어 현학자는 스승을 넘어 아버지와 같은 존재였으며 정신적 지주였다. 그리고 무당파의 모든 제자들이 그의 가족이었고 기반이었다.

"도대체 누구의 짓입니까?"

애써 표정을 감추려고 하늘을 바라보는 청운 도장의 두 눈에선 무섭도록 혈한(血恨)에 찬 광채가 쏟아져 나오고 있었다.

"아무래도 유동에서 보았던 수라마인이 아닌가 싶네."

현학자의 바람대로 끝까지 살아남아 단심맹에 소식을 전해온 청류(淸流) 도장의 말을 빌어 진현이 말했다.

"크흐흑!"

청운 도장의 두 뺨으로 뜨거운 눈물이 흘러내렸다.

"청운······."

진현은 애써 위로하려 청운 도장을 불러보았지만 그의 심연으로 떨어지는 듯한 저 기분을 어떻게 이해하랴.

무당, 아미, 양대문파의 혈겁과 천마사천회에서의 경과 때문에 단심맹에서는 대대적인 회의가 벌어졌다.

가장 먼저 대두된 문제는 단심맹과 천마사천회 사이의 관계에 대한 것이었다.

이제까지의 대립적인 관계를 벗어나 서로의 존재를 인정하며 합동할 수 있는 동맹의 관계로 발전한 꾀하는 것이다.

단심맹으로서는 무턱대고 마도(魔道)니 사도(邪道)니 하며 배척할 것이 아니라 사도운이 사도천벽의 권유를 뿌리친 것처럼 그 안에도 나름의 정의가 있음을 알게 된 것이고, 천마사천회의 경우는 정도라 하여 언제나 틀에 박힌 사고가 아니라 이번 일처럼 융통성이 있음을 알게 된 것이었다. 예전 진현과 황 노공의 대화에서처럼 정사(正邪)의 이분법적인 절대적 논리보다는 상대적인 입장을 생각하니 나온 당연한 수

순이었다.

이것으로 양쪽의 관계는 예전과 정반대의 입장을 고수하게 된 것이다.

"하지만 황극천의 세력이 빠져나감으로써 천마사천회의 힘은 예전에 비해 극히 미비한 수준이오. 지금의 그들로선 세력을 정비하는 것에만 몰두해야 할 것이오."

천마사천회에서의 경과를 보고받던 단후명이 말했다. 그의 판단은 정확했다.

진현 일행으로 인해 많은 절정고수를 잃었고, 사도천벽이 데려간 황극천의 고수들은 대부분 예전 천마사천회의 고수였다. 게다가 천마사천회의 주력이라 할 수 있었던 백마(白魔)의 경우 혈천마동에서 대부분 죽었기 때문에 상황은 매우 좋지 않았다.

"음. 그렇다면 황극천과 천마사천회가 분리했을 뿐이지 황극천의 실체는 아직 건재하다는 말씀이군요."

묵묵히 듣고 있던 제갈화영이 정확히 맥을 짚으며 말했다. 그의 말대로 아직 황극천의 가장 무서운 수라마인과 앙천독인은 건재하다 못해 무당과 아미를 멸문시키지 않았는가.

"게다가 무당의 생존자인 청류 도장의 말을 빌자면 수라마인뿐만 아니라 또 다른 무림인들도 있다고 했습니다."

제갈화영은 청류 도장이 본 마인들의 별호과 신상을 세세하게 단후명에게 보고했다. 그것을 듣던 하후단이 놀라 소리쳤다.

"아니! 그들은 이미 오래전에 은거한 마인들이 아니오?"

그의 놀람이 좌중의 심경을 대변하고 있었다.

산 넘어 산이라고 수라마인과 앙천독인만 하더라도 벅찬 상대이거늘 은거한 마인들까지 상대하자면 이거야말로 이란격석(以卵擊石)일지도 몰랐다.

게다가 근래의 몇몇 사건들로 인해 무극천과 황극천의 정체를 밝혔을 뿐더러 그들의 움직임도 어느 정도 저지를 시켜놓았지만 정작 그들의 뿌리라고 할 수 있는 태극천은 꼬리조차 볼 수 없었다.

"아! 무엇보다 아직 태극천의 소재조차 파악하지 못했거늘… 삼원천의 벽이 이다지도 높더란 말인가!"

소림의 무원 상인이 탄식하듯 내뱉었다.

"현재 무엇보다 시급한 것은 수라마인과 앙천독인에 대한 해결책이오! 그들을 어떻게 막아야 하는지를 한시라도 빨리 알아내야 할 것이오."

단후명의 명령이 아니더라도 유동을 갔다 온 진현 일행은 모두 수라마인과 앙천독인의 무서움을 알고 있었다.

천하십오대고수의 일 인이었던 조진환조차 앙천독인의 가공할 독을 이겨내지 못하고 쓰러진 사실은 몇 번을 생각해도 두려운 것이었다.

그나마 불행 중 다행이라면 진현 일행의 기습으로 인해 앙천독인과 수라마인이 불완전 상태에서 깨어났다는 것과 그들의 마기와 독기(毒氣)를 일정 시간이나마 견딜 수 있는 약왕단이 있다는 것이다. 이것조차 없었다면 손쓸 방도가 없었을지도 몰랐다. 그러나 이것만으로 안심하기엔 마수(魔手)의 그림자가 너무도 거대하다는 것은 변함없는 사실이었다.

"그렇다면 성수신의를 불러 독인을 만들다 남은 잔재를 조사케 함이 어떻겠소?"

즉, 성수신의로 하여금 유동을 조사하여 앙천독인과 수라마인에 대처할 단서를 캐내자는 의도였다.

"맹주, 성수신의만으로는 부족합니다. 사도(邪道)의 사술에 관한 박식한 지식을 가지고 있는 자가 필요합니다."

"음, 그렇겠군. 하지만 어디서 그런 자를⋯⋯."

사술을 익힌 자들을 멸시하며 천대하던 정도인들이기에 그들의 소재지를 안다는 것은 무리가 있었다.

"그렇다면 누군가 무극천과 황극천으로 잠입하는 것은 어떨까요?"

곰곰이 생각하던 진현이 말을 꺼냈다.

"음. 잠입이라⋯ 하긴 황극천과 태극천의 소재는 모르지만 무극천은 다르지. 게다가 무극천에서 혹시라도 황극천에 대한 정보나 수라마인과 앙천독인에 대한 정보를 알게 된다면⋯⋯."

진현의 말을 듣고 혼잣말을 하던 단후명은 무릎을 치며 반색했다.

"그렇군. 단 가주의 말대로 누군가 무극천에 잠입을 해서 정보를 캐온다면 그보다 더 좋을 수는 없을 것이오. 하지만 그곳에 누가 갈지가 문제인데."

진현의 말대로 누군가 무극천에 잠입을 한다면 어둠 같은 이 상황에 한줄기 빛이 되어줄지도 몰랐다. 하지만 그곳에 잠입하기 위해선 많은 조건이 필요했다.

우선 누구에게도 들키지 않아야 했다. 즉, 변장술이 뛰어난 자여야 했다. 그리고 어떠한 경우에라도 살아남아야 했다. 무극천 같은 곳에서 전서구나 일반적인 방법으로 정보를 전달하기엔 무리가 있기 때문에 잠입을 한 자는 반드시 살아서 그 정보를 빼와야 한다는 것이었다. 그렇다면 뛰어난 무공이 필요하다는 말이다. 무극천 같은 절지(絶地)에서도 들키지 않고 살아남을 수 있는 극강한 무공.

이 두 가지만 하더라도 조건을 만족시키는 자는 드물었다. 게다가 그 조건을 만족시키는 자들은 모두 중요한 요직에 몸담고 있는 사람들이었다. 그만큼 몸을 **빼내기**가 힘들다는 말이다.

결국 문제는 원점으로 돌아가고 말았다. 그 순간 이제까지 침묵을 지키고 있던 검군 육정방이 입을 열어 화제를 돌렸다.

"맹주, 칠성동(七星洞)의 문제는 어떻게 할 것이오?"

"아!"

누군가 육정방의 말에 신음을 내뱉었다. 잊고 있었던 문제였다. 그만큼 현 시점에선 황극천의 문제가 시급했다는 말이었다.

"칠성동이라……"

단후명은 손가락으로 자신의 이마를 톡톡 치며 중얼거렸다. 황극천의 일이 없었더라면 쭉 거론되었을 과제였다. 그 뒤로 대청 안의 주된 화제는 칠성동이었고 그렇게 밤은 저물어가고 있었다.

거처로 돌아온 진현의 심경은 복잡하기 이를 데 없었다. 극박한 상황임에도 불구하고 어느 것 하나 해결책이 없었기 때문이다.

"휴우."

저절로 한숨이 터져 나왔다. 그때였다. 그의 곁으로 사각사각 얇은 옷 마찰음을 내며 다가온 이가 있었으니 바로 사마화련이었다.

"운랑, 힘드신가요?"

진현의 마음을 이해한다는 듯 그의 곁에 살포시 앉아 그의 어깨에 기대며 물었다.

"련 누이였구려. 힘든 이가 어디 나 혼자겠소? 모두 같은 심정일 것이오."

진현은 따뜻하게 웃으며 그녀의 볼을 쓰다듬었다. 기다림을 이미 알고 있는 사마화련이기에 진현의 자그만 접촉에도 가슴이 떨렸다. 하지만 더 이상 욕심 내진 않았다. 그저 이대로 시간이 멈추었으면 하는 바람만 가질 뿐이었다.

이런 바람은 진현 역시 마찬가지였다. 부드러운 사마화련의 몸이 자신의 몸에 닿자 포근한 기분이 그를 감쌌고 모든 근심으로부터 해방될 것 같은 기분을 느끼게 하는 것 같았다.

아마도 질리도록 지친 일상 속에 한줄기 빛살과도 같은 존재였기 때문이리라. 진현은 팔을 뻗어 사마화련을 품에 안고 언제까지나 이대로 있고 싶어했다.

그때 문득 떠오르는 것이 있었다.

'아!'

진현의 머리 속에 얼마 전 천마사천회에서 했던 청운 도장과의 대화가 떠올랐다.

"내가 이곳에 붙잡혀 온 이유? 음, 어떤 소문에 대해 조사하다 부주의를 했는지 그만 붙잡히고 말았지. 실은 말일세. 사매의 아버님에 관한 소문이 있네. 사마 가주께서 사마세가의 멸문 당시 죽지 않고 살아 계시다는 것일세. 그리고 사마세가를 멸문했던 복마대에게 잡혀갔다고 하더군. 한데 말이야, 이곳에 와서야 그것이 소문이 아니라 사실임을 알게 되었네. 그리고 복마대의 실체인 무극천에서 이곳 황극천으로 유배되었고, 즉시 수라강신대법(修羅降神大法)에 쓰일 재목으로 끌려갔다고 들었네. 그래서 이곳에 오면 알 수 있을까 했지만… 안타깝게도 한발 늦었지 뭔가."

청운 도장의 말이 지금 이 순간 진현의 뇌리 속을 흔들어놓았다. 어지러운 그의 감정과는 달리 이상하게도 그의 이성은 이 모든 것을 이해하려 하였다.

'그래, 이제까지 련 누이에게 받기만 해왔다. 심지어 이 목숨까지도……'

전생의 기억으로 인해 비록 몸은 어렸지만 실제 나이 차이가 많다고 거부한 적도 있었다. 그러나 결국 지금의 모습처럼 그녀의 따스한 품에 빠져들고 말았지 않은가. 그리고 엄밀히 말해서 생명의 은인이기까지 하다.

가장 중요한 것은 진현은 한 남자로서 한 여자인 사마화련을 사랑한다는 점이다. 이보다 무엇이 더 중요한가?

이 정도라면 그녀를 위해서 한목숨 버릴 수 있다고 생각했다.

'좋아! 어차피 나 말고도 무청이 있고 청운이 있다. 게다가 맹주로서 그 위상이 드높은 아버님도 계시지 않은가. 내가 하자! 무극천에 내가 잠입하여 장인어른의 생사를 구하여 보자.'

진현은 품에 안은 사마화련의 머리를 쓰다듬으며 결심했다.

다음날 진현은 자신의 결의를 단후명에게 말했다.

"음… 그것도 좋겠지. 분명히 너와 같은 실력자라면 목적을 이룰 가능성은 아주 높다. 하지만 말이다, 이렇게 중대한 사안을 두고 사적인 감정을 넣는다는 것은 있을 수 없는 일이지만 아비로서 왠지 너의 결심을 막고 싶구나."

단후명의 발언은 어쩌면 당연한 것일지도 몰랐다. 사지(死地)에 자신의 자식을 집어넣는 부모는 없을 테니까.

그러나 진현은 자신의 결의를 계속해서 관철시켰다.

"죄송합니다. 아버님의 말씀이 무엇을 뜻하는지 잘 알고 있습니다. 그만큼 위험천만한 곳이겠지요. 아무리 신검(神劍)을 익혔다 하더라도 저 혼자서 그 많은 마인들을 상대하기엔 부족함이 있을지도 모릅니다. 하지만 가고 싶습니다. 아니, 가야 합니다."

진현은 무엇 때문에 자신이 고집을 부리고 있는지에 대해 그 연유를 말했다.

"음, 그렇군. 청운 그 아이의 말이 그랬다면 확실한 근거가 있겠지. 과연 네가 그렇게 고집을 부리는 이유가 있었구나. 그런데 이런 사실을 화련이도 알고 있느냐?"

진현은 단후명의 물음에 시선을 회피하며 답했다.

"아직은 모르고 있습니다. 아직은 알게 하고 싶지 않습니다. 혹시라도 수라마인이 되어버린 장인을 만나면 충격을 받을지도 모릅니다."

"알았다. 너의 생각이 그렇다면 나 역시 그 부분에 대해선 비밀로 하겠다."

"감사합니다."

"감사할 것까지야. 너같이 실력있는 지원자가 있다면 내가 오히려 감사하지."

단후명은 어느새 진현의 아버지에서 맹주로 돌아와 있었다.

"그럼 네가 생각한 계획부터 들어보자. 넌 아무 계획 없이 결심만으로 말하는 애가 아니니까."

단후명의 말은 전혀 틀리지 않았다. 진현은 사마화련을 품에 안고 결심한 순간부터 생각해 온 자신의 계획을 털어놓기 시작했다. 그리 길지 않은 진현의 말이 끝나자 단후명의 입에서 한마디의 말이 튀어나왔다.

"너의 뜻대로 하거라."

＊   ＊   ＊

팔월의 잔잔한 호수는 허공을 담아 하늘과 어울리네.
불길은 운몽못을 찌고 물결은 악양성을 흔드네.
건너려 해도 배가 없고 임금 덕에 한가히 살아 부끄럽네.
앉아서 낚시꾼을 바라보다 부질없이 고기를 부러워하네.
八月湖水平 涵虛混太淸
氣蒸雲夢澤 波撼岳陽城
欲濟無舟楫 端居恥聖明
坐觀垂釣者 空有羨魚情

비록 팔월이 훨씬 지나 원단(元旦)이 가고 봄이 만연한 때이지만 소상팔경(瀟湘八景) 중 하나인 어촌석조(漁村夕照)는 명불허전이었다.

황혼 무렵 서산에 저물어가는 석양이 동정호에 금빛 가루를 뿌려놓으니 때 아닌 불길이 치솟는 듯했다. 그리고 석양이 막바지 기승을 부리며 사방을 더욱 붉게 물들이려 하자 동정호뿐 아니라 호반(湖畔) 근처에 자라 있는 버드나무까지 불길이 번지려 하는 것 같았다.

그중 동쪽 호반에 이런 절경(絶景)을 앞에 두고도 한 그루의 수양버들 나무를 벗 삼아 한가로이 잠을 청하는 이가 있었다. 석양의 불길이 무서운지 밀짚모자로 얼굴을 가린 그의 곁에 이미 술 동이가 세 개나 비워져 나뒹굴고 있는 것을 보니 거나하게 취해 편안한 오수(午睡)를 즐기는 듯했다.

이 세상 모두가 짊어지고 가야 할 근심과 걱정거리는 전혀 찾아보기 힘든 모습으로 수욕을 즐기고 있는 그는 등을 찌를 듯이 날을 세우고 있는 자갈 따위는 아랑곳하지 않을 정도로 무딘 신경을 가지고 있었다.

하나 그것도 그리 오래가지 못했다.

딱!

나른한 오후의 정적을 깨는 소리가 호반에 울려 퍼졌다. 술에 취해 자고 있던 장한의 머리 위로 떨어진 막대기가 소리의 범인이었다.

"아황(阿黃)! 이놈이 또 술 처먹고 자빠져 있네!"

육십은 족히 넘어 보이는 노인이 혀를 끌끌 차며 자신의 앞에서 머리를 매만지는 장한을 향해 소리쳤다. 그 폼이 동네 누렁이[黃狗]를 부르는 것 같았다.

"그놈의 막대기 좀 버릴 수 없어요? 왜 자꾸 사람을 때려요? 귀신은 뭐 하는지… 이 노인네 좀 잡아가지."

"허허, 이놈아. 너의 그 개 같은 버릇 고치기 위해서라도 안 죽으련다."

노인은 자신의 친구이자 삶의 동반자이며 타려곤(打驢棍)이라 이름 붙인 막대기를 들어 다시 한 번 장한의 정수리를 노렸다. 하지만 결국 미수에 그쳐야만 했다.

볼품없는 타려곤이 장한의 투박한 손아귀에 잡혀서 꼼짝도 못했기 때문이다.

"에잉. 늘어지게 잠이나 자려고 했더니 그것도 글렀군."

하며 일어서는 장한은 짜증스러운 말투와는 달리 금세 자리에서 일어나 노인 앞에 섰다.

"대낮부터 술 퍼마시지 말고 어서 교대나 해줘. 아까부터 마가(馬哥)가 눈알 빠지게 너를 기다리고 있더라."

"아삼(兒三)이? 아! 벌써 미시(未時)구나."

장한은 자신의 동료인 마삼과 근무 교대를 해야 한다는 것을 그제야 기억했다. 순장부(巡莊賦)라 해야 우대작을 포함하여 고작 다섯 명으로 구성되어 있어 한 사람이라도 요령을 피우면 남은 이들이 힘들 수밖에 없었다.

"쯧쯧. 에라이, 빌어먹을 녀석 같으니라고."

금호장(金湖莊)의 안전을 담당한다는 의지로 자신의 반평생을 바친 우대작(宇大酌)은 짜증과 멸시가 가득한 눈으로 장한을 보며 혀를 찼다.

우대작이 저만치 걸어가는 장한 목황(牧黃)을 본 지도 벌써 두 달이 넘었지만, 단 한 번도 그의 입에서 목황에 대한 칭찬은 나오지 않았다. 오히려 타려곤을 휘둘러 때리기 바빴다.

이 모든 것이 목황의 게으름과 나태함을 날이 갈수록 일취월장하게 만드는 술 때문이라고 우대작은 생각했다.

"내 비록 이름이 대작이지만 너만 못한 것은 인정하마. 어디서 저런 놈이 나왔을꼬?"

다시 한 번 목황을 아는 모든 사람을 대표하여 진심으로 한탄을 하던 우대작은 예의 타려곤을 들어 목황의 뒤를 따랐다. 그 역시 서둘러 장으로 돌아가 해야 할 일이 있기 때문이다.

만연한 봄이라 악양성은 그야말로 상춘객(賞春客)들로 인산인해를 이루고 있었다. 먹물 좀 먹었다 하는 이들은 모두 악양루에 올라 시 한 수 읊조리며 떠나간 겨울을 그리워하고 있었고, 겨울 내내 움츠렸던 몸을 펴듯이 너도나도 할 것 없이 화선(花船)에 올라 음주가무(飮酒歌舞)를 즐기고 있었다.

하지만 악양성에서 제일 바쁜 곳은 따로 있는 듯했다.

악양에서 북으로 일백 리 정도 떨어진 곳에 호반을 끼고 그림같이 지어진 장원(莊院)의 커다란 대문 위에는 금호장(金湖莊)이라 쓰여 있는 편액이 걸려져 있었다.

벌써 몇 대째 이어오는 금호장은 악양뿐 아니라 호광(湖廣)에서도 명성이 자자했으며 현 장주인 초차아(楚嵯峨)의 육합절명도(六合絶命刀)는 선대부터 이어져 오는 절학이라 도법이 아주 고명했다.

이제는 금호장의 성명절기가 돼버린 육합절명도를 펼치는 초차아는 악양성 근방을 넘어 호광성(湖廣省)에까지 그 무명(武名)이 자자했었다. 그리고 얼마 가지 않아 초차아는 호광성 내의 명숙(名宿)의 위치에 올랐고 그를 보기 위해 각지에서 사람들이 모여들었다. 한때는 악양을 찾는 이들의 행보가 악양루를 거쳐 금호장으로 간다라고 할 만큼 많은 이들의 방문이 있었다.

금일은 초차아의 부친인 초일봉(楚一峯)의 회갑(回甲) 연회(宴會)가 있는 날이었다. 그로 인해 장내의 모든 식솔들은 분주하기 이를 데 없었다. 그도 그럴 것이 벌써부터 대문 밖이나 장내는 회갑을 축하하기 위해 성시를 이루고 있었다.

"아이고. 이거야 원, 한꺼번에 들이닥치니 손이 백 개라도 모자라겠구나."

금호장의 집사가 된 지 벌써 이십 년이 넘어가는 장 노대(張老大)는 가슴까지 내려오는 길이의 수염을 휘날리며 연신 뛰어다니고 있었다.

사실 그의 이름은 장무제(張無際)였다. 사교성이 없었던 부친의 바람이었는지 그는 이름대로 뛰어난 수완을 발휘하며 발을 넓혀갔다. 물론 그것이 금호장으로서도 큰 도움이 되었다는 것을 부정할 수 없었다.

그만큼 그는 금호장에서 없어서는 안 될 사람이었다.

하지만 산전수전 다 겪었을 그 역시 오늘같이 바쁜 날은 체력의 한계를 느끼지 않을 수 없을 정도였다.

"그나저나 큰도련님은 어디 가셨나? 분명 조금 전만 해도 여기 계셨는데."

장무제는 이토록 초차아의 장남이자 금호장의 기둥인 초청절(楚淸絶)을 그리워한 적이 없었다.

금호장이 아무리 악양 근방에서 유서 깊고 소문이 자자한 장원이라고는 하나 식솔은 고작해야 삼십 명을 넘지 않았다. 한데 회갑 연회에 모여드는 이는 벌써 그 수가 백을 넘어가니 그로선 다급한 것이었다.

"아이고, 송 대인께서도 오셨습니까?"

장무제는 지금 막 대문을 넘어서 장내로 들어오는 풍채 좋은 노인과 몇몇 사람들을 보자 얼른 허리를 굽혔다.

주인을 만난 강아지가 꼬랑지를 흔드는 것일까. 바쁜 연회 준비도 잊고 송포추 곁에 바짝 붙어 연신 손을 비비고 있는 장무제는 입꼬리를 올리며 연신 웃음을 짓고 있었다.

송포추(宋怖雛).

초차아와 더불어 호남의 이름 높은 토호(土豪)이며 송가장(宋家莊)의 주인이었다. 게다가 일신의 재력이 만만치 않아 악양 근방의 많은 땅들을 자신의 소유로 자리매김할 수 있었다. 사정이 이러니 그의 위엄에 거스를 담량을 가진 이가 드물 지경이었다.

지닌 재물이 많으니 자연히 조심성이 많아지는 것일까?

그러나 그것 때문이라면 도가 지나쳤다. 이름에서 알 수 있듯 의심이 많아 항상 서너 명의 호위 무사를 대동하고 다니는 그는 많은 사람들을 안하무인격으로 대하면서도 자신을 향해 반기를 드는 자는 싹을 잘라 버릴 지경이었다.

그래서인지 금호장의 초일봉, 초차아 부자와는 달리 송포추에 대한 좋지 않은 소문도 많았고 악평도 많았다. 그리고 자연히 송포추와 초씨 부자 사이엔 미묘한 관계가 만들어져 있었다.

묘한 경쟁 심리 같은.

"어험, 현질은 안에 있는가?"

권태로움에 찌든 목소리로 송포추는 초차아를 찾고 있었다. 송포추와 초일봉의 연령이 비슷하기 때문에 송포추는 항상 초차아에게 현질이라 부르고 있었다.

"아이고, 취서당(聚書堂)에 계십니다요. 제가 모시겠습니다."

취서당이란 초차아가 즐겨 찾는 서재를 말했다. 그리고 그곳의 용도는 책을 보기 위함뿐 아니라 손님을 맞이하기 위함도 있었다.

"아닐세. 자네는 자네 일이나 보게나. 어험."

연신 헛기침을 한 송포추는 손을 저으며 익숙한 길을 따라 초차아가 있는 곳으로 사라져 버렸다.

"에잉. 거들먹거리기는. 병아리도 무서워 무사를 데리고 다니는 주제에."

자그마한 소리로 투덜거리던 그는 재빨리 표정을 바꾸며 다시 장내로 들어오는 손님을 맞았다. 그와 동시에 계속해서 손을 놀리며 하인들에게 지시를 내렸고, 한편으론 장부에 무엇인가를 계속해서 기록하고 있었다.

그런 그를 전각 위 기와를 밟으며 지켜보는 이가 있었다. 삼십은 족히 되어 보이는 그는 귀를 향해 쭉 뻗어 있는 검미(劍眉)와 큼지막한 코, 그에 걸맞게 커다란 입을 소유하고 있어 한눈에 보기에도 그의 호탕한 성격을 알 수 있게 하였다.

장무제가 그토록 찾던 초청절이었다.

"음. 아직 군산(君山)의 용가(龍哥)는 오지 않았군. 흐흐흐, 그렇다면 이것으로 천(天)에 들어갈 이는 바로 나다."

장무제를 보며 히죽거리던 그는 눈 깜짝할 사이에 사라져 버렸다. 그런데 그는 또 다른 곳에서 자신을 지켜보고 있는 존재가 있다는 것을 몰랐다.

바로 동정호의 호반에서 오수를 즐기고 있던 목황이었다.

"드디어 꼬리를 내밀었군."

취서당.

초차아가 즐겨 찾는 서재이기도 했지만 아무도 모르는 비밀이 있다. 빽빽이 서재를 메우고 있는 책들 중에서 당대(唐代)의 시집 한 권을 비스듬히 빼면 또 다른 문이 생긴다는 것이다. 그리고 그 문을 통과하면 비밀 공간이 나온다.

그 안에 조금 전 모습을 내비친 송포추와 금호장의 주인인 초차아가 있었다. 일견하기에 송포추는 초차아의 부모 뻘인데도 그에게 존대를 하고 있었다. 거기다 송가장과 금호장의 사이가 나쁘다는 소문과 달리 방 안의 분위기는 매우 화기애애했다.

"령주(令主), 송가장은 이미 오래전부터 령주의 힘이 되고자 어떤 일이 있어도 다 해결했었소. 그러니 이번에 입천(入天)하시거든 부디 나에 대해서도 잘 말해 주시구려."

송포추는 비굴한 웃음을 내비치며 초차아에게 말했다.

"걱정하지 마시오. 본인이 무극천 안에서 팔비령주(八秘令主)에 속할 수 있었던 것은 모두 송 장주의 힘 때문이 아니오? 미물도 은혜를 모른 척하지 않거늘 어찌 사람인 내가 모른 척할 수 있겠소?"

초차아는 내심 송포추의 비굴한 웃음을 역겨워하면서도 겉으로는 걱정하지 말라는 듯 당당하게 말했다.

'아직 이 늙은이의 힘이 필요한 것은 사실이지. 다른 것은 몰라도 돈에 대한 능력만큼은 대단하단 말이야. 게다가 오늘은 더욱더 필요한 날이지.'

초차아의 이런 내심을 알 리 없는 송포추는 초차아의 말에 연신 고개를 끄덕이며 고마워하고 있었다. 그리고 이런 송포추를 향해 초차아는 빙긋 웃어 보이며 지켜보고만 있었다.

초일봉의 회갑 연회는 밤이 깊을수록 무르익어 가고 있었다. 곳곳에서 웃음소리가 터져 나오며 이야기꽃을 피우고 있었고, 당연히 그 중심에는 초일봉이 앉아 있었다. 그리고 그 곁에는 근방에서 효자라고 소문나 있는 초차아가 시중을 들며 있었다. 그런데 이상하게도 초일봉의 손자인 초청절은 어디에도 보이지 않았다.

그것을 이상하게 여긴 이가 초차아에게 물었다.

"초 장주, 아까부터 금도공자(金刀公子)가 보이지 않는구려. 우리는 노장주(老莊主)보단 동정호 일대를 뒤흔들고 있는 금도공자를 보러 왔는데 말이오. 하하하."

금도공자란 초청절을 말했다. 한 자루 금도를 이용하여 육합절명도를 펼치는 초청절을 두고 세인들이 붙여준 별호였다.

"하하하. 이런, 그 무슨 섭섭한 말씀이시오. 그럼 아버님께서 절아보다 못하다는 말씀이시오?"

초차아는 농담을 하며 그의 물음을 흘려버렸다. 하지만 그의 입처럼 두 눈은 웃지 않고 있었다.

'지금쯤 시작하고 있겠지? 오늘로 장강수로채 중 수룡채(水龍寨)는 우리 손에 들어온다. 그러면 본 천에서도 나의 지위는 팔비령주 중 으뜸이 되겠지.'

초차아의 생각처럼 초청절은 수하들과 함께 군산을 향하는 배를 타고 있었다.

동정호 안에 떠 있는 조그만 섬 군산은 동정호를 찾는 이들이 꼭 한 번은 가봐야 하는 곳으로 여길 만큼 예로부터 유명한 명승지였다. 게다가 황실에까지 진상되어지는 은침차(銀針茶)는 거기에 한몫을 더했다.

이렇게 사람들의 왕래가 잦은 곳이기에 일찌감치 군산에는 웬만한 포구에 비견될 정도의 선착장이 세워져 있었고 동정호를 두고 횡행(橫行)하는 상선(商船)이나 유람객을 태운 배들이 눈에 많이 띌 수밖에 없었다. 그것은 밤이 되어도 마찬가지였다.

초청절 역시 수많은 배 중 한 척에 타고 있었다. 그는 일부러 유람객을 이용했다. 이유가 있었기 때문이다. 그리고 얼마 가지 않아 그의 계획대로 일이 진행되고 있었다.

그가 타고 있던 배가 푸른 물결을 가르며 은 쟁반 위에 놓인 푸른 조개처럼 보인다는 군산에 다다랐을 즈음 그들에게 한 척의 배가 다가오고 있었다.

동정호의 검푸른 물결 같은 녹색 바탕에 하얀 수실로 '수룡(水龍)'이란 표기를 내건 그 배는 무서운 속도로 다가오더니 금세 초청절이 타고 있던 배의 진로를 막아섰다.

이곳에 처음 온 타향 사람이라면 놀라지 않을 수 없는 상황이건만 배에 탄 사람들은 익숙한 일인지 계속해서 자기 할 일만 할 뿐이었다.

이들에게 다가온 선박 안의 무리들은 동정 일대에서 장강을 오르내리는 상선이나 초청절이 탄 배처럼 유람을 목적으로 하는 화선 등 갖은 선박들로부터 일정액을 상납받는 수룡채(水龍寨)였다. 명목상 동정호 내의 분란 조율과 수적(水賊)으로부터의 보호를 내걸고 있지만 사실상 이들이야말로 수적이 아닐 수 없었다.

하나 이들의 행사는 교활하고 가혹하기 짝이 없어 보복이 두려워 관가에 신고도 하지 못할 뿐 아니라 설사 관가에서 안다 하여도 이제껏 받은 뇌물로 인해 눈감아주는 실정이었다.

그러나 하등 이유없이 사람을 죽이지 않기 때문에 수룡채에서 원하는 세금을 내면 그리 위험한 관계로 발전되지 않는 편이었다. 선박 안에 있던 사람들이 수룡채의 무리를 보고도 태평할 수 있었던 그 이유가 여기 있었던 것이다.

수룡채의 수적들이 선상에 오르자 상납금을 미리 준비하고 있었던 선주(船主)는 얼른 다가가 허리를 굽히며 두 손으로 바쳤다. 이제 수적 중 한 명이 선주로부터 받은 상납액을 확인하고 떠나는 일만 남았다.

그러나 상납액을 확인하고 떠날 줄 알았던 그들은 무슨 이유인지 요

지부동이었다. 이런 행동에 어리둥절하던 선주를 시작으로 이제까지 방관하고만 있던 선객(船客)들 또한 태도를 고치고 조심스런 몸가짐을 보였다. 강호의 일은 예상하기 어려워 자칫하면 칼날 아래 목숨을 잃을 수도 있다는 것을 잘 알고 있기 때문이었다.

얼마 가지 않아 수적들의 또 다른 목적이 무엇인지 알 수 있었다. 이들의 걸음이 멈춘 곳에 초청절이 있었기 때문이다. 순간 선상에는 긴장감이 가득 차며 초청절 주위에 있던 선객들은 삽시간에 물러나 선실로 들어가 버렸다.

선상 위에는 초청절 일행과 수적들만이 남게 되었다.

"흥! 초가야, 감히 수룡채의 형제들을 죽이고도 군산에 들어올 배짱이 있더냐!"

수룡채의 육타주(六舵主) 중 일 인이자 이번 일의 책임자인 화성막(華星莫)이 눈알을 희번덕거리며 외쳤다. 그리곤 손에 쥔 커다란 귀두도(鬼頭刀)를 입에 가져가 혀로 핥으며 서서히 초청절을 몰아갔다.

이미 초청절과 한 번의 손속을 다투었던 그였다. 게다가 오늘은 초청절 일행에 비해 자신의 수하가 배는 많은지라 더욱 자신감이 넘치는 듯했다.

"타주, 저놈의 목을 따서 수룡기(水龍旗)에 걸어놓는 것이 어떻습니까? 아무리 금호장이라 하나 감히 수룡채를 건드리고도 살아남을 수 없다는 것을 보여줘야 합니다."

"흐흐흐. 그거야 당연하지 않느냐!"

수하의 말에 화성막은 비릿한 웃음을 내보이며 초청절을 쏘아보았다. 마치 도발이라도 하는 듯.

이에 초청절은 가소롭다는 듯 호탕하게 웃었다.

"푸하하하! 우습군, 우스워."

"무엇이 우습다는 것이냐? 조금 후 네 목이 떨어지는 게 그렇게도 즐겁단 말이냐?"

화성막은 초청절의 웃음을 보며 뭔가 위화감을 느꼈지만 곧 아무렇지도 않다는 듯 호기롭게 외쳤다. 하나 초청절은 그것마저 꿰뚫어 보고 있었다.

"네놈은 정말 그때 겨룬 것이 나의 모든 실력이라고 생각하느냐? 너무 가소롭군. 아니, 불쌍해 보여. 마치 불에 뛰어드는 불나방처럼 말이지."

"뭣이라! 좋다! 조금 후 네놈의 입에서 그 같은 말이 나올 수 있는지 보자꾸나!"

화성막이 눈짓으로 신호를 주자 그동안 초청절 일행을 둘러싸고 있던 수룡채 무리들이 일제히 칼을 휘둘렀다.

삽시간에 선상 위는 아수라장이 되면서 칼날에 비친 달빛으로 번쩍거리기 시작했다. 초청절은 자신을 향해 칼을 내뻗는 수룡채를 향해 급히 팔방풍우(八方風雨)식으로 금도를 휘둘렀다. 힘찬 그의 일도(一刀)에 잠시 주춤거리던 수룡채의 무리들은 다시 초청절에게 달려들었다. 정식으로 무공을 배우지 못한 그들인지라 체계가 없는 칼부림이었지만 여기저기서 쏟아지는 칼날의 예기(銳氣)는 초청절의 행동 반경을 좁게 만들기에 충분했다.

그러나 입가에 여유가 흐르고 있는 초청절의 금도는 갈수록 빛을 발했고, 그럴 때면 어김없이 수적 중 한 명이 쓰러져 갔다.

"빌어먹을!"

자신의 부하들이 쓰러져 가자 흉악스러운 화성막의 입에서 자연히 욕이 터져 나왔다.

일각도 채 흐르기 전에 화성막과 함께 왔던 수적들은 두세 명을 제외하곤 모두 선상 위에 뻗어 있었다. 하지만 반대로 초청절을 비롯하여 그의 수하들은 모두 산보라도 나온 듯 태평한 기색이었다.

"이제야 내 말을 믿겠나? 아, 또 착각하지 말게. 이것 역시 내 실력의 전부는 아니니까."

화성막은 초청절의 비웃음을 들으면서도 도저히 반박할 수가 없었다. 실력의 차가 분명했기 때문이다. 하지만 궁금한 것이 있었다.

"어째서 이제까지 그런 실력을 숨기고 있었지?"

"호오, 그것은 왜 묻지?"

초청절은 화성막을 눈 아래 두며 반문했다.

"이해할 수가 없다. 처음부터 그런 실력을 알았다면… 앗! 그렇다면 네놈은?"

화성막은 초청절의 물음에 자신도 모르게 답하다 갑자기 떠오른 생각에 깜짝 놀라고 말았다.

"하하하. 네놈은 수적치곤 그나마 머리가 돌아가나 보구나. 맞아, 네 생각대로야. 처음부터 본실력으로 나갔다면 너희 수룡채는 고사하고 장강수로채 모두 덤볐을 테지. 게다가 수로채와 단심맹이 손을 잡았다는 것은 알 만한 사람들은 모두 아는 사실이니까."

그 순간 상황을 주시하던 초청절의 수하들 중 목황의 눈에 기이한 빛이 떠올랐다.

'역시 그랬군.'

"그렇… 다면 오늘 본실력을 보여줬다는 것은?"

"그렇다. 이곳 동정호에서 지금까지의 수룡채는 사라지고 새로운 수룡채가 탄생하는 거지."

초청절은 이상하리만치 화성막의 물음에 잘 답해주었다. 그러는 동안에 초청절이 타고 있던 배는 군산에 거의 다다랐다. 그것을 안 초청절은 슬며시 손 안의 금도에 공력을 주입하며 말했다. 그것은 화성막이 생전에 마지막으로 듣게 된 말이었다.

"참, 수룡채에 아주 재밌는 친구가 있더군. 아마 양조(陽操)라고 했던가? 오래전부터 용 채주에게 불만이 많더라구. 뭐라더라? 자신이 가졌어야 할 여인을 채주가 뺏어갔다고 했던가? 뭐, 그렇다는 말이지. 자, 이제 할 말은 다 했으니 지옥에 먼저 가서 기다리는 게 어떨까? 조금만 기다리면 너희 채주도 갈 거야."

그 말을 끝으로 초청절은 수중의 금도를 휘둘렀다. 한줄기 금선(金線)이 지나가자 화성막의 목에서 마치 기다렸다는 듯 피가 샘솟기 시작했다.

"자, 이제 시작이다!"

"어쩐 일이신가?"

수룡채의 주인인 용문호(龍門虎)는 눈앞의 초청절을 보며 거만하게 내뱉었다. 관록이 있어 보이는 그의 얼굴에는 화성막이 초청절에게 죽었다는 것을 알 리가 없기에 초청절 따위는 안중에도 없다는 듯 자신감에 넘쳤다.

"볼일이 있어 왔소이다."

용문호의 얼굴을 보며 그의 내심을 짐작하고 있던 초청절은 고소를 금치 못했다.

"젊은 놈이 배짱이 두둑하구만. 그래, 무슨 볼일인가?"

"별거 아니오. 그저 당신 어깨 위에 있는 물건이 필요할 뿐이지."

"뭣이라! 죽고 싶어 환장했구나!"

초청절의 도발에 화성막과 함께 육타주에 속해 있던 소학(蘇鶴)이 호통을 내질렀다. 그리고 삽시간에 초청절 일행을 제외한 수적들은 모두 칼을 빼내어 장내는 살기로 가득 찼다.

하지만 용문호는 아무것도 아니라는 듯 손사래를 치더니 초청절을 바라보며 슬며시 입꼬리를 올렸다.

"그놈 입심 한번 제법이구나. 한데 네 녀석에게 그럴 만한 실력이 있는지 모르겠구나."

"걱정하지 마시오. 조금 전 화성막 역시 당신과 같은 말을 했다가 저 세상으로 갔으니까."

초청절의 말에 처음으로 용문호의 안색이 굳어졌다.

"뭐라고 했느냐? 화 타주가 네놈의 손에 죽었다고?"

"그렇소. 그리고 또 하나 있소. 당신도 곧 그의 뒤를 따라갈 것이오."

"이놈이! 그냥 보고만 있으려 했더니 안 되겠구나!"

그 뒤를 이어 용문호의 입에서 무언가를 알리는 휘파람 소리가 터져 나왔다. 그러자 화성막을 제외한 다섯 타주들과 그 수하들은 하나의 진(陣)을 만들기 시작했다.

'저놈의 말이 거짓이든 사실이든 화성막은 이곳에 오지 않았다. 그렇다면 처음부터 강공으로 나가야 한다.'

사실 수룡채 중에서 채주와 타주를 비롯한 몇몇을 제외하곤 정식으로 무공을 배운 이는 드물었다. 모두 살기 힘들어서, 아니면 죄를 지어서 수채로 들어온 자들이다. 이제 와서 정식으로 무공을 익히라기엔 무리였고, 특별한 내공심법 하나 없었기에 그들에겐 악을 제외하면 일반 중소문파의 제자들보다 뛰어날 것이 하나도 없었다.

그렇기에 수룡채에선 그 점을 보완하기 위해 그들만의 특별한 것을 만들었다. 바로 수룡만류진(水龍萬流陣)이었다.

몇 가지 초식과 일정한 흐름을 뒤섞어 만들어진 이 이름 거창한 진법은 그야말로 수적들에겐 딱이라 할 수 있었다. 게다가 중간중간 무공을 알고 있는 타주들이 지휘를 하면서 방수 역할을 하니 웬만한 절정고수가 아니고선 대적하기 힘든 면이 많았다.

"개진(開陣)!"

용문호의 우렁찬 함성과 함께 수적들은 분수자(分水刺)와 대도(大刀)를 손에 들고 초청절 일행 주위를 빙글빙글 돌기 시작했다. 분수자란 본래 수중에서 쓰여야 할 무기임에도 불구하고 대도와 함께 쓰이자 아주 효율적인 쓰임새를 보여주었다.

"출룡(出龍)!"

또다시 외침이 들리자 육타주 중 수좌 격이라 할 수 있는 좌관(左慣)을 중심으로 진이 변하기 시작했다. 본격적인 수룡만류진이 발동하기 시작한 것이다.

좌관을 시작으로 꼬리에 꼬리를 물어 원을 그리기 시작하던 수룡만류진은 어느새 두 겹의 원으로 만들어져 있었다. 초청절을 첫 번째로 둘러싼 원에 속한 수적들은 대도를, 그 뒤에는 분수자를 들고 있는 수적들이 원을 그렸다. 그리고 지그재그로 인원들이 배치되어 있어 물샐 틈이 없어 보였다.

이때 용문호가 다시 한 번 소리를 질렀다.

"수룡현세(水龍現世)!"

"천하무적(天下無敵)!"

수룡만류진을 만들고 있던 수적들은 용문호의 외침에 답하며 초청절 일행을 핍박하기 시작했다. 병장기 소리가 군산을 뒤흔들었고 함성 소리 역시 그에 못지않게 울려 퍼졌다.

그러기를 반 시진이나 흘렀을까. 서서히 승패의 명암이 갈리기 시작했다.

용문호의 입가에 머물렀던 여유로움은 이미 사라지고 없었다. 수룡만류진을 만들었던 수룡채 휘하의 오십여 명 중 이미 과반수 이상이 쓰러진 것이다. 물론 초청절 일행 역시 피해는 막심했다. 그가 처음에 데리고 온 열 명의 수하 중 살아 있는 이는 불과 두 명에 불과했다. 조금 전 화성막을 비롯한 수적들과 선상에서 싸웠던 상황과 비교한다면 대조적이었다.

'어차피 이들이야 방패막이 정도로 이용하기 위해 데려왔던 것이다. 그리 아쉬울 것은 없지. 그나저나 양조의 도움이 없었다면 큰 낭패를 볼 뻔했군. 기껏 수적들이 만든 진이라 하여 별 볼일 없으리라 생각했는데 자칫했으면 큰일 날 뻔했어.'

초청절의 생각처럼 이미 승부는 정해져 있었다. 수룡만류진을 이루고 있던 수룡채 수적 중 뒤쪽 원을 구성하고 있던 양조를 비롯한 그의 부하들이 초청절이 아닌 수룡채를 향해 분수자를 휘두르자 수룡만류진이 급격히 무너졌기 때문이다.

"양조, 이놈!"

용문호는 수룡만류진을 무너뜨린 장본인인 양조를 향해 노성을 터뜨렸다. 하지만 양조는 눈 하나 깜짝하지 않았다. 이미 대세는 기울어져 있었고 그에게 남은 것은 자신의 복수와 새로운 수룡채의 채주라고 생각했기 때문이다.

용문호가 양조를 찢어버릴 듯한 눈으로 노려보고 있는 동안 초청절과 남은 두 수하는 마지막까지 대도를 휘두르는 좌관을 향해 칼을 내려치고 있었다.

결국 용문호를 제외한 수룡채는 모두 전멸한 것이다.

"하하하. 어떻소, 용 채주. 이제는 내 말을 믿으시겠소? 당신도 화성막을 따라 저 세상으로 가야 한다는 것을."

그러나 용문호에겐 초청절의 비아냥은 들리지도 않았다. 오로지 자신을 배반한 양조만을 향해 시선을 고정시키고 있었다.

"무엇 때문이냐? 무엇 때문에 동료를 죽이고 나를 배반하였느냐?"

"흥! 네놈이 나를 무시했기 때문이다!"

"무엇을 무시했다는 것이냐?"

양조에게서 알 수 없는 이유를 들은 용문호는 더욱 이해할 수가 없었다.

"무엇을 무시했냐고? 바로 그 이유조차 모르는 것이 그것이다! 잘 들어라. 본래 나와 쌍쌍(雙雙)은 장래를 약속한 사이였다. 그런데 네가 빼앗아가 버렸지. 하지만 참았다. 본래 강한 자가 여자를 갖는 것은 우리들의 율법이기에. 그러나 나의 쌍쌍이 눈물을 흘리는 것은 참지 못했다. 아무리 쌍쌍의 몸이 네 것이라고 해도 그 마음은 내 것이기 때문이다!"

양조가 말하는 쌍쌍이란 조관의 딸을 말했다. 육타주 중 가장 나이가 어렸던 양조는 쌍쌍의 마음을 얻을 수 있었고 장래를 약속한 사이로 발전했다. 한데 그것을 모른 용문호가 조관에게 말해 쌍쌍을 자신의 첩으로 삼은 것이다.

그리고 쌍쌍은 자신의 이루어질 수 없는 사랑 때문에 매일 밤 눈물로 지새우다 양조에게 들키고 말았고, 양조는 용문호를 배신하고 쌍쌍을 되찾아올 것이라 결심한 것이었다.

"푸하하하!"

자초지종을 전해 들은 용문호는 뜬금없이 박장대소를 했다.

"겨우 여자 하나 때문에 의리를 저버린 것이냐? 정말 어리석구나. 아쉽다, 아쉬워. 겨우 이런 소인배 때문에 수많은 부하들이 목숨을 잃어야 하다니."

용문호는 말을 마치자마자 허리춤에서 기이한 모양의 병기를 꺼내 들었다. 이제까지의 용문호를 있게 해준 계조겸(鷄爪鎌)이라는 무기였다.

"수룡채의 모든 것을 잃었지만 다시 시작하면 된다. 지금 이 자리에서 너희들을 모두 죽이고 다시 수룡채를 세우겠다!"

용문호는 계조겸을 휘두르며 초청절을 향해 달려들었다. 우선적으로 초청절의 목을 베면 양조를 비롯한 배신자들의 사기가 떨어질 것이라는 생각 때문이었다.

용문호는 본래 광동(廣東) 선하문(仙霞門)의 수제자였다. 하지만 죄를 짓고 파문당한 그가 선택한 것은 장강수로채였고, 얼마 가지 않아 그의 뛰어난 실력이 부각되기 시작했다. 그러기를 오 년. 결국 수룡채의 주인이 될 수 있었고 지금까지 버텨온 것이었다.

이렇게 여느 수적들과 괘를 달리했던 그이기에 무공에 대한 자부심은 남다르다 할 수 있었다.

하지만 그가 화성막처럼 착각한 것이 있었으니 바로 초청절의 무공이었다. 초청절의 무위보다는 양조의 배신으로 인해 수룡만류진이 무너졌다고 생각하고 있는 그이기에 이런 자만심은 어쩌면 당연할지도 몰랐다.

그러나 그런 자만심이 자신의 목숨을 잃게 하리라는 것은 더 더욱 몰랐을 것이다.

제47장

황산(黃山)

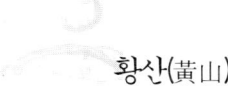

황산(黃山)

소기의 목적을 이루고 금호장으로 돌아온 초청절은 잠시 후 목황을 자신의 방으로 불렀다.

"찾으셨습니까?"

목황은 오늘 있었던 격전으로 인해 매우 피로해 보였다. 그는 초청절의 부름으로 급히 오는 바람에 피투성이 옷을 그대로 입고 있었다.

"앉지."

자그마한 등불이 방을 밝히고 있는 가운데 초청절은 목황에게 자리를 권했다.

"아닙니다. 소인이 어찌……."

목황은 하인으로서 초청절과 함께 앉아 있을 수 없다는 듯 극구 부인했다.

"아닐세. 오늘 일 때문에 그렇지 않아도 피곤할 텐데 그런 예는 차리지 않아도 된다네. 어서 앉게."

초청절은 부드러운 목소리로 거듭 권유했다. 그러자 목황은 주인의 명을 계속해서 거절할 수는 없는지라 울며 겨자 먹듯이 의자에 앉았다.

"차라도 들게."

초청절은 찻잔에 차를 따르며 목황에게 권했다. 그러자 목황은 황송하다는 듯 고개를 숙이며 찻잔을 받았다. 그때였다.

창!

명쾌한 마찰음과 함께 초청절은 도집에서 금도를 꺼내어 목황의 목덜미를 겨누었다.

"아, 아니, 소장주. 왜 이러십니까? 소인이… 무슨 잘못이라도?"

갑작스럽게 급변한 분위기에 목황은 당황하며 말을 더듬었다. 그리고 자신의 목을 노리고 있는 금도를 힐끔거리며 겁먹은 표정을 지었다.

이런 목황의 모습에서 초청절은 조금이라도 의심되는 점을 놓치지 않겠다는 듯 두 눈을 부릅뜨고 지켜보았다.

"네놈은 누구지?"

"예? 그게 무슨 말씀이신지?"

초청절의 물음에 목황은 반문을 하였다. 잘만 대답하면 살 수 있을지도 모른다는 표정과 함께.

"흥! 조금 전 군산에서 수룡채 놈들과 함께 한바탕 겨룰 때 다 지켜보고 있었다. 분명 네놈의 실력은 본 장의 순장부로 만족할 것이 아니었다."

정말로 초청절은 수룡만류진에 대항하면서 목황을 지켜보고 있었다. 본래 의도대로 자신이 데리고 갔던 수하들에게는 미련이 없었기에 죽든 살든 관심이 없던 그였다. 하지만 자신의 동료를 구해주며 그와 동시에 반격을 시도하는 목황의 수법을 보곤 태도가 달라졌다.

어디에서나 볼 수 있었던 별 볼일 없는 무공이었건만 목황의 손에서 펼쳐지자 그 어떤 명문의 뛰어난 초식보다 훨씬 탁월해 보였다. 게다가 가끔씩 사용하는 초청절로선 알지 못했던 수법들. 이 모든 것이 의심을 불러일으킨 것이다.

"아닙니다. 만족합니다요, 만족합니다. 순장부라도 임금만 주시면 열심히 일하려 합니다. 아니, 이곳을 떠나라고 하시면 떠나겠습니다. 그러니 제발… 목숨만은……."

목황은 초청절의 심상치 않은 목소리를 듣고 간이라도 빼줄 듯 애원했다. 그것을 보던 초청절은 기이한 눈초리로 목황의 전신을 쓸어보았다.

"좋다. 내가 묻는 말에 대답한다면 목숨을 살려주도록 하지."

"예, 알겠습니다. 뭐든지 물어주십쇼."

목황은 처음부터 저자세로 나간 만큼 뭐든지 말하겠다는 결의를 보여주려 애쓰고 있었다.

"네놈은 어디서 왔느냐?"

"예? 예, 저는 해남도(海南島)에서 태어났고 그곳에서 쭉 자라다 이곳에 왔습니다."

"그럼 무공은 어디서 배웠느냐?"

"저희 숙부께 배웠습니다."

"숙부? 숙부의 이름은 무엇이냐?"

"예, 순(洵) 자를 쓰십니다. 해남도에서 고기를 잡으시면서 종종 가르쳐 주셨습니다."

"음, 목순이라……."

초청절은 자신이 아는 무림인 중에 목순이라는 이름을 가진 자가 있는지 생각해 보았다. 그리고 곰곰이 생각하던 그는 금도를 잡지 않은 손으로 탁자를 쳤다.

"아! 목순이라면 예전 관외에서 악명을 떨치던 마인이 아닌가? 아, 그렇구나. 복마대가 강호를 종횡하던 시기에 멀리 해남도로 떠나 몸을 숨기고 있었구나."

관외에서 살인을 밥 먹듯이 하며 악을 떨치던 사면악귀(獅面惡鬼) 목순(牧洵)이 있었다는 것은 사실이었고, 복마대로 인하여 수많은 마인들이 목숨을 잃거나 몸을 숨겨야 했던 것 역시 사실이었다.

"아, 저희 숙부님을 아십니까?"

목황은 초청절이 숙부님의 이름을 아는 것을 보니 혹시라도 일이 쉽게 풀릴 수 있을지 모르겠다는 듯 다급하게 물었다. 목황의 생각대로 초청절의 의심 역시 점차 수그러지고 있었다. 하지만 한 가지 의문점이 있었다.

"목순의 무공을 이어받았다면 분명 무공 역시 대단할 터. 그렇다면 천마사천회로 갈 것이지 왜 한낱 경비 무사가 되었느냐?"

"저… 그것이……."

초청절은 목황의 움직임이 조금이라도 이상하면 즉시 금도로 베어 버리겠다는 생각을 하며 목황의 말을 기다렸다.

"저… 숙부께서 말씀하시길 '너 같은 약골이 강호로 나가봐야 삼 일 안에 죽을 것이다. 그러니 네놈이 나의 무공을 전부 이어받을 때까지 참고 기다리거라' 하셨습니다. 하지만 제가 워낙 술을 좋아하여 무공을 게을리 하자 숙부께선 화를 내며 저를 더 다그치셨습니다. 그렇게 이 년이 지나고 숙부께선 지병으로 그만……. 그래서 해남도를 떠난

저는 이곳저곳 떠돌다 금호장이라면 술도 마음대로 먹을 수 있고 목숨도 잃지 않을 것이라 생각해서…….”

목황은 자신의 과거를 이야기하며 부끄러운 듯 다시 한 번 고개를 푹 숙였다.

‘이놈은 거짓말을 하는 것일까? 아님 진심일까?’

초청절은 목황의 이야기를 들으면 들을수록 아귀가 맞아떨어지고 신빙성이 있었지만 반신반의할 수밖에 없었다. 혹시라도 단심맹에서 나온 첩자라면 초청절뿐 아니라 팔비령주인 초차아까지 해를 입기 때문이었다.

‘음, 좋다. 네놈의 말이 진짜든 가짜든 상관없다. 본 천에 가면 그 즉시 끝장이니까.’

“좋다. 네 말을 믿도록 하마. 그럼 네 방으로 가서 쉬도록 하라.”

초청절은 금도를 거두며 목황을 보내주었다. 그러자 목황은 거듭 허리를 숙이며 감사의 말을 했고, 자신의 목이 붙어 있는지 연신 목 언저리를 만지며 조그만 한숨을 내쉬었다. 그리고 한시라도 이곳에 있기 싫다는 듯 재빨리 방을 나섰다.

초일봉의 회갑 연회가 끝난 지도 벌써 일주일이나 흘렀고 금호장의 사람들 역시 여느 때처럼 자신이 해야 할 일을 하며 지내고 있었다.

목황 역시 마찬가지였다. 자신의 근무 시간 동안 금호장의 여러 곳을 순찰하기도 하고, 대문 앞에서 지키기도 하며 시간을 보내고 있었다. 그러다 가끔씩 지겨운 듯 하품을 하였고, 그것을 장 노대가 보고 있기라도 하면 금세 자세를 고치곤 했다.

어느새 근무가 끝나고 목황은 총알같이 주루로 달려가 술동이를 사들곤 동정호의 호반으로 달려가 벌컥벌컥 마시고 있었다.

그때 그에게 다가오는 사람이 있었다.

"아황, 또 술 처먹고 있느냐?"

우대작이었다.

"왜 그러세요? 근무 시간도 끝났는데."

"장주께서 찾으신다. 어서 가보거라. 한데 술 냄새는 좀 빼고 뵙도록 하여라. 쯧쯧."

우대작은 목황이 못마땅한지 연신 혀를 차며 말했다.

"아, 장주께서 절 찾으신다고요?"

"그래, 이놈아. 빨리 가보거라."

목황은 서둘러 자리에서 일어나 금호장이 있는 곳을 향하여 뛰어갔다. 그러다 급히 달리기를 멈추더니 우대작을 향해 소리쳤다.

"노야! 그 술동이 좀 부탁해요. 하지만 한 방울이라도 마시면 안 돼요. 알죠?"

"저런 썩을 놈! 알았다. 네놈의 술은 건드리지도 않겠다!"

우대작의 욕이 섞인 대답을 들으며 싱긋 웃어 보이던 목황은 뒤로 돌아 다시 금호장을 향해 뛰어갔다.

'드디어 때가 왔구나. 이제 무극천에 들어가는 일만 남았군.'

속으로 알 수 없는 말을 중얼거리던 목황은 언제 술을 마셨냐는 듯 반짝이는 눈매를 드러냈다.

목황은 금호장에 도착하자마자 곧장 취서당으로 향했다. 그리고 그곳에서 책을 펼쳐 놓고 차를 마시고 있는 초차아를 볼 수 있었다.

"장주, 찾으셨습니까?"

목황은 허리를 숙여 인사를 하곤 조심스러운 발걸음으로 취서당으로 들어갔다. 현 장주인 초차아는 외유내강(外柔內剛)한 성격이라 늘 웃는 얼굴이지만 그 속엔 가시가 숨어 있는 인물이었다. 그것을 잘 알고 있는 목황은 행여나 실수라도 하지 않을까 조심스러워하는 눈치였다.

"아, 그렇지 않아도 너를 기다리고 있었다."

"무슨 일로……?"

"내일부터 나와 절아가 먼 곳으로 가야 할 일이 있다. 그때 네가 우리의 시중을 들어야 할 것이다."

"예, 알겠습니다. 그렇게 준비를 하고 있겠습니다. 그런데 먼 곳이라면 어디를 말씀하시는 것인지?"

"말이 많구나, 가보면 알 것인데."

초차아는 나지막한 목소리로 짜증을 내며 말했다.

"아, 죄송합니다. 그럼 가보겠습니다."

목황은 자신의 실수를 깨닫고는 황급히 취서당을 나섰다. 그와 동시에 취서당의 비밀 문이 열리고 초청절이 모습을 드러냈다.

"저 아이냐, 네가 말한 아이가?"

"예, 그렇습니다."

초청절은 초차아의 물음에 답했다.

"음. 태양혈이 그리 발달되지 않은 것을 보니 내공의 공부도 얇은 것 같고, 네가 관심을 가질 만한 아이가 아닌 것 같은데… 목순의 후손이 확실하다냐?"

"예. 처음에는 저 역시 잘 믿어지지 않는데, 후에 곰곰이 생각해 보니 그의 무공 중에 확실히 신기한 발 재간이 있었던 것 같았습니다."

"음, 발 재간이라… 하긴 목순은 보법과 지법에 능통했지. 생긴 것

답지 않게 기교에 능했단 말이야."

초차아는 목순에 대해 잘 아는 듯 초청절의 말에 고개를 끄덕이며 동조를 했다.

"그리고 그것이 거짓이라 하여도 천에 들어간 이상 허튼짓은 못할 것입니다. 정 안 되면 실혼인으로 만들어 버리면 되니까요."

"그렇군."

초청절은 내일이 기대된다는 듯 희미한 미소를 지어 보였다.

이렇게 초차아, 초청절, 목황이 먼 길을 떠나 보름 만에 도착한 곳은 안휘성(安徽省) 남단에 위치한 황산(黃山)이었다.

오악귀래부간산(五岳歸來不看山) 황산귀래부간악(黃山歸來不看岳)이란 말이 있다. 오악을 보고 온 사람은 평범한 산은 눈에 들지 않지만 황산을 보고 돌아온 사람은 그 오악도 눈에 차지 않는다는 말이다.

천도봉(天都峰)을 주축으로 기암괴석(奇巖怪石)과 울창한 소나무들이 화려한 장관을 연출했다. 그리고 나머지 사절(四絶)인 온천과 구름바다[雲海]는 수많은 사람들을 불러 모으고 있었다.

천도봉만큼이나 하늘을 찌를 듯이 솟아 있는 연화봉(蓮花峰)의 기슭을 따라 내려가면 황산의 자랑거리인 기송(奇松)들이 울창하게 자라 있다. 바로 흑호송(黑虎松)과 함께 황산의 자랑거리인 봉황송(鳳凰松)이다. 그리고 봉황송의 소나무를 따라가다 보면 널따란 분지와 함께 예상하지 못한 비경(秘境)이 숨 쉬고 있었다. 봉황곡(鳳凰谷)이었다.

그 속엔 자금성(紫禁城)도 부럽지 않을 정도로 거대한 규모의 전각들이 숨겨져 있었다.

'정말 대단하군. 이런 곳에 이렇게 숨어 있으리라곤 아무도 예상하

지 못할 것이다. 과연 무극천의 숨은 저력은 상상을 초월하는구나.'

겉으로 보기엔 봉황곡 내의 건물들과 경관에 넋을 빼놓은 것처럼 보이는 목황은 건물 하나하나 눈에 새기며 기억하려 했다.

"뭘 그리 쳐다보고 있느냐. 어서 가자."

초청절은 목황의 모습을 보며 짜증 내며 재촉했다. 그러나 속으론 목황의 이러한 모습에 안심을 했다.

'해남도에서만 컸으니 이런 건물들을 보며 넋을 잃고 말겠지.'

이윽고 목황의 눈앞에 커다란 대문이 들어왔다. 그러자 이제까지 목황의 뒤에 있던 초차아가 말에서 내려 앞으로 나섰다.

"어디서 오셨소?"

"악양에서 왔다."

대문을 지키고 있던 무사의 물음에 초차아는 영패(令牌)를 꺼내며 대답했다. 그러자 초차아의 영패를 확인한 무사는 황급히 허리를 숙이며 인사를 했다.

"아, 군다리명왕(軍茶利明王)이셨습니까? 어서 드시지요."

무극천 내에서 초차아의 위치는 팔비령주에 속했다.

또 다른 말로 팔대명왕(八大明王)이라 불리는 팔비령주는 불교에서 팔방(八方)을 수호하는 부동명왕(不動明王), 항삼세존(降三世尊), 군다리명왕, 육족존(六足尊), 금강야차(金剛夜叉), 예적금강(穢跡金剛), 무승(無勝), 마두관음(馬頭觀音) 등의 여덟 명의 왕을 따온 것이었다. 그들이 하는 일은 외총관(外總管)의 명을 받으며 자신이 속한 성(省)의 기반을 다지는 데 있었다.

그중 초차아는 군다리명왕에 속했다.

대문이 열리고 초차아 일행은 드디어 무극천 내로 들어갔다. 외부에서 보았던 화려함과는 또 다른 차원의 화려함이 숨어 있었다. 게다가 곳곳에 보이는 삼엄한 경비는 절로 침묵하게 했고, 한눈에 보기에도 아름다워 보이는 정원들과 화원들 속에는 어떠한 위험 장치가 숨어 있을지 몰랐다.

초차아는 이곳의 지리에 익숙한 듯 거침없이 나아갔고 그가 도착한 곳은 '군웅각(群雄閣)'이라는 글씨가 쓰인 현판이 걸린 곳이었다.

"넌 이곳에서 기다리거라."

초차아와 초청절은 목황을 둔 채 전각 안으로 들어가 버렸고 목황만 홀로 덩그렇게 남겨져 있었다.

"어서 오시오, 초 대협."

"오랜만에 뵙습니다, 외총관."

초차아는 그와 비슷한 연배의 사람과 함께 대화를 하고 있었고, 그와 함께 군웅각으로 들어왔던 초청절의 모습이 보이지 않았다. 초차아의 아들이라고 하나 그의 신분으론 팔비령주 간의 회담에 참석할 자격이 없었기 때문이다.

"제가 제일 먼저인 것 같군요."

팔비령주의 회합이 있는 오늘 외총관밖에 보이지 않는 것은 본 초차아가 말했다.

"그렇소. 조만간 다 도착하겠지. 그건 그렇고 호광성(湖廣聖)의 사정은 어떻소?"

"예. 단심맹의 별다른 움직임은 없습니다. 오히려 조용하다고 할까요? 군산의 수룡채를 전멸시켰음에도 불구하고 아무런 움직임이 없습니다."

"음, 이상하군. 장강수로채는 단심맹과 동맹을 맺은 사이로 알고 있는데."

"그렇습니다. 그에 몇 가지 추론을 내려보았습니다. 어차피 단심맹에 파견한 첩자들에게 듣기로 장강수로채와 녹림은 천하제일가의 어린 가주와 동맹을 맺은 것이지 단심맹과 맺은 것은 아니라고 들었습니다. 게다가 단심맹의 늙은이들은 수적과 녹림도를 매우 싫어하지요. 그것을 본다면 수룡채의 멸문은 오히려 속 시원해하는 것이 분명합니다."

"음, 그럴 수도 있겠군."

외총관 고홍광(孤紅鑛)은 초차아의 말이 일리가 있다는 듯 고개를 끄덕였다.

"그렇다면 이번 기회에 장강을 수중에 넣는 게 어떻겠습니까?"

"그것은 쉽지 않은 일이오. 아직 장강에는 만룡왕(萬龍王)이 버티고 있소. 게다가 그들의 수공 역시 만만치 않단 말이오. 그런 일은 천주의 허락을 받아야 하는 일이오. 내 선에서 결정하기엔 어려운 일이지."

"하나……."

"아, 그 일은 그렇게 아시구려."

초차아는 고홍광의 말을 들으며 내심 아쉬운 마음이 들었다. 자신의 아들이 나서서 수룡채를 없애 버린 전과가 이대로 사라져 버릴 것 같았기 때문이다.

고홍광 역시 초차아의 그런 마음을 알고 있는지 몇 마디 위로의 말을 전했다.

"군산의 수룡채가 없어졌다면 동정호의 상권(商權)이 귀하에게 돌아갈 것이 아니오. 그것만 하더라도 크나큰 수확이오."

"예, 알겠습니다."

"참. 이번에 새로운 단(團)이 창설될 것이오."

고홍광은 깜박하고 있었다는 듯 급히 알려주었다.

"새로운 단이라니, 그게 무슨 말씀이십니까?"

초차아가 알고 있기론 무극천 내에는 이미 두 개의 단이 있었다. 수라단과 천애단이 그것이었다.

그런데 고홍광은 초차아의 궁금증만 일으키고 더 이상 알려주려 하지 않았다.

"그렇게만 알고 계시구려. 아마 그대가 이곳에 있는 동안 창단이 될 것이오. 조금 후 그대들 팔비령주가 모두 모이면 말해 주겠소."

"예, 알겠습니다."

초차아는 겉으로는 고홍광의 말에 수긍했지만 속으론 새로운 단에 대한 생각으로 가득했다.

초차아 일행은 군웅각 내의 일정을 끝마치고 자신들의 거처로 돌아갔다. 그리고 초차아와 초청절은 군웅각에서 들은 이야기로 의견을 나누고 있었다.

"또 다른 단을 창설하다니요? 그게 무슨 말씀이십니까?"

초차아가 고홍광에게 했던 것처럼 초청절 역시 놀라고 있었다. 그럴 수밖에 없었다. 기존에 있던 수라단과 천애단은 내성(內城)의 소속이었고 팔비령주는 외성(外城)의 소속이다. 한데 새로운 단이 창설된다는 것은 내성에 또 다른 조직이 생긴다는 것을 의미했고, 그만큼 외성에 속한 팔비령주의 서열이 내려간다는 것을 뜻하기 때문이었다.

"외총관이 말하기를 천애단과 수라단과는 달리 전대의 고인(高人)들이 아닌 후기지수를 모아 만든다고 하더구나. 듣기로는 칠대무학 중 오행결을 가르친다는 말도 있었다."

"아!"

오행결이라는 말에 초청절은 탄성을 질렀다. 칠대무학이란 그만큼 욕심이 나는 존재였다. 그리고 의문이 들었다. 칠대무학을 걸 만큼 절실한 것이 무엇일까?

"창설의 이유는 무엇입니까?"

"듣자니 천주께서는 황극천의 수라마인과 앙천독인이 신경 쓰이시는 모양이더구나. 삼원천의 일통강호가 이루어진 후 황극천보다 밀려나갈 수는 없었던 것이지."

"하지만 그렇게까지 할 이유가 있을까요? 작금의 상황을 보자면 황극천의 경우 그야말로 수라마인과 앙천독인밖에 없지 않습니까? 그들의 모체나 다름없는 천마사천회를 잃어버린 이상."

이렇게까지 황극천을 견제해야 할 이유를 이해할 수 없었던 초청절으로선 의문투성이일 수밖에 없었다.

"음. 사실은 천주께서는 삼원천을 통합하시고자 하는 목표를 가지고 계시다. 즉, 무극천하(無極天下)를 원하고 계시지. 그러기 위해선 우선적으로 현재 삼원천 중 가장 세력이 약한 황극천을 철저히 짓눌러야 한다는 것이다."

"그렇군요."

그제야 지금까지 초청절은 자신의 마음속에 가득하던 의문점들이 사라지는 것을 느꼈다.

그때 초청절과 마찬가지로 초차아의 말에 놀라는 이가 있었다. 자신의 방에서 초차아의 방까지 천장을 통해 몰래 잠입한 목황은 초차아의 마지막 한마디에 소리를 지를 뻔했다.

'무극천하라… 대단한 야심이군. 어쩌면 무극천주의 이러한 야심이 우리에겐 행운일지도 모른다.'

목황은 계속해서 초차아와 초청절의 대화을 엿들으며 자신이 얻고자 하는 비밀을 캐내려 했다. 그 모습은 오늘 낮 봉황곡 내에서 보여주었던 그의 모습과는 천양지차였다.

목황이 봉황곡에 온 지도 벌써 삼 일이 지났다. 그동안 남들이 보기에 목황이 한 일이라곤 팔비령주 간의 회합이 끝내고 돌아온 초차아의 시중을 드는 것밖에 없었다. 하지만 밤이 되면 그 상황은 달라졌다.

목순의 무공을 이었다고, 게다가 그 무공조차 완전히 익히지 못한 것으로 알려진 목황은 귀신같은 움직임으로 봉황곡 내부를 정찰했으며, 여기저기 돌아다니며 조그만 정보라도 놓치지 않으려 했다.

그런 그에게 갑자기 찾아온 방문객이 있었다.

몇 달 전 무당파의 혈겁에서 그 모습을 드러냈던 미호주괴(迷糊酒怪) 종리령(鐘離零)이었다. 별호에서 볼 수 있듯이 술을 매우 좋아하는 그는 허리에 술이 가득 찬 호리병을 매달고 있었고, 그 덕분인지 그의 안면은 붉은색으로 가득했다.

"네가 목순의 조카라는 목황이냐?"

"그렇습니다만 누구신지?"

"음. 그러고 보니 많이 닮았구나. 난 너의 숙부인 목순과 함께 관외에서 활동하던 종리령이라고 한다. 목순과는 절친한 사이였지. 복마대로 인해 이제까지 그의 소식을 알 길이 없었는데 그의 조카가 이렇게 내 눈앞에 있다니."

말하는 동안 지난 추억이 생각나는지 감회에 젖어 있던 종리령은 말이 끝나자 목황을 부둥켜안고 반가워했다.

"아, 그러셨군요. 그렇다면 저에게도 숙부가 되시겠습니다."

"옳지. 목순의 조카라면 나의 조카나 마찬가지지."

종리령은 목황의 어깨를 두드리며 좋아라 했다. 그러다 목황의 얼굴을 쳐다보며 이상하다는 듯 무언가를 물었다.

"그런데 왜 네가 초가의 시중을 드는 것이지?"

엄연히 본다면 외성에 속한 초차아일지라도 팔비령주의 신분이었기에 종리령이 천애단의 단주나 부단주가 아닌 이상 초차아의 직위가 높은 것임에 분명했다. 하지만 배분의 차이도 있거니와 명성과 무공, 모두를 본다면 초차아로선 종리령에게 하대를 받을 수밖에 없었다.

"그것은……."

목황은 초청절에게 말했던 것처럼 종리령에게 이제까지의 사정을 간략하게 설명해 주었다.

"이런. 목 아우가 그때 해남도로 갔었구나. 그렇군. 분명 자신의 고향이 해남도라고 했었지. 젠장, 그 생각을 못하고 이제까지 걱정만 했다니 나도 참 멍청하군. 그런데 이 녀석아, 너는 정말로 한심한 놈이로다. 네가 목 아우의 무공을 이어받았으면 분명 대단할 터인데 기껏 한다는 일이 한낱 순장부라니."

종리령은 어이가 없다는 듯 목황을 쳐다보았다. 그의 눈길을 받은 목황은 슬쩍 머리를 긁적거리더니 끝내 고개를 숙이고 말았다. 하지만 고개를 숙인 목황의 눈은 봉황곡을 정탐하던 밤의 그처럼 눈빛이 빛나고 있었다.

"할 수 없군. 이러나저러나 목 아우의 조카니 내가 돌보는 것은 당연하겠지. 초가에게 일러둘 터이니 오늘부터 나를 따라다니거라."

"아!"

무당파를 피로 씻어버렸던 마인의 입에서 나온 소리라 믿어지지 않는 말을 뱉은 종리령은 목황의 손을 잡곤 방문을 나서려 했다.

"예전에 말이다, 목 아우와 나는 말이지… 아이고, 오늘은 아무래도 술로 밤을 새워야 할 것 같구나. 참, 네 녀석은 술 좀 하느냐?"

종리령은 목황을 보며 목순의 흔적을 찾으려 함인지 계속해서 자신의 추억을 이야기했다.

"아, 종리령 그 사람이 있었다는 것을 왜 진작 생각하지 못했을까?"

목황이 종리령을 따라갔다는 것을 알게 된 초차아는 예상하지 못한 결과였기에 조금은 놀라고 있었다. 그것은 초청절 역시 마찬가지였다.

"그렇군요. 천애단의 종리령이라니. 한데 목황도 알고 있었던 사실일까요?"

계속해서 목황을 의심하고 있었던 초청절은 아무래도 석연치 않았다. 그러나 초차아는 다르게 생각하고 있었다.

"알고 있었든 모르고 있었든 상관할 바 없다. 그 아이가 종리령을 따라간 이상 이제 우리와의 인연은 끊어진 것이고 네 말대로 목황이 거짓으로 우리를 속였다 하더라도 무극천에 들어온 이상 어림도 없을 것이다. 그저 우리는 우리 일만 하면 된다는 말이다. 알겠느냐?"

"예, 알겠습니다."

초청절은 초차아의 말에 더 이상 따지지 않았지만 마음 한구석을 차지한 찜찜함을 털어낼 길이 없었다.

한편 종리령을 따라온 목황은 기존까지 자신이 묵던 거처와는 전혀 다른 곳에서 생활하게 되었다.

고풍스러운 장식에 명화(名畵), 명품(名品)이 곳곳에 배치된 방은 화려하기 그지없었다. 아무리 내성의 소속이지만 천애단의 일개 단원의 방이 이렇게 화려하다는 것은 그만큼 무극천의 재력이 상상을 초월한다는 것을 의미했다.

"어서 앉거라. 남의 방이라 생각하지 말고 마음껏 지내거라. 하하하. 나에게 조카가 생긴 꼴이구나."

사실 종리령은 목순과는 달리 천애고아였다. 그래서 당연스럽게도 이제까지 고향이나 가족이라는 말은 모르고 지내왔다. 그 때문인지 그의 몸은 늘 술과 여자를 원했고, 그로 인해 그의 인생에는 다툼이 많았다. 그러다 보니 생각지도 못한 사고도 많이 일어났고 어느새 미호주괴라는 별호도 얻게 된 것이다.

한데 그런 그에게 예전에 의형제나 다름없이 지내던 친우(親友)의 조카가 나타난 것은 새로운 활력소가 된 것임에 분명했다. 그렇기에 종리령은 처음 보는 목황이지만 유달리 아껴주려 한 것이다.

"조만간 새로운 방을 구해주도록 하마. 이제부터 나를 목 아우인 듯 대하도록 해라."

"고맙습니다, 고맙습니다. 이 은혜를 어찌 갚아야 할지."

목황은 연신 허리를 숙여 인사를 했다.

"흐흐흐. 은혜는 무슨. 목 아우와 나 사이의 친분을 생각하면 이 정도는 당연한 것이지. 참, 조금 전에 어디까지 이야기했더라? 그렇지. 한 번은 흑룡강에서 말이지……."

목황을 따스한 눈으로 보던 종리령은 또다시 기억을 더듬어 예전 목순과의 추억을 이야기해 주었다.

목황은 종리령을 따라온 순간부터 종전까지의 그와 달리 몇 군데의 금지(禁地)를 제외하곤 자유롭게 봉황곡을 활보할 수 있게 되었다.

그러는 동안 팔비령주 간의 회합은 끝이 났고, 초차아 부자 역시 악양으로 돌아가야 했지만 목황은 여전히 종리령 곁에 남으려 했다.

초차아 역시 그런 목황을 무관심한 눈으로 슬쩍 쳐다보았을 뿐 가타부타 아무런 말 없이 봉황곡을 떠나고 말았다.

"호호. 목 공자, 간지러워요."

목황이 있는 곳은 봉황곡 내에 있는 기루(妓樓)인 염선루(艶仙樓)였다. 그의 앞엔 술상이 벌어져 있었고, 양쪽에 기녀들이 자리하고 앉아 애교를 떨고 있었다.

염선루는 봉황곡 내에 유일한 기루이다 보니 규모가 일반 기루와는 차원을 달리하고 있었다. 봉황곡 내의 수많은 사내를 상대하기 위해 기녀들 역시 그 수가 어림잡아 이백 명은 족히 넘었다. 게다가 염선루는 외원(外院)과 내원(內院)을 구별하여 차별적인 장사를 하고 있었다.

그중 목황이 있는 곳은 외원이었다. 무극천의 무인들 중 하급 무사들이 즐겨 찾는 곳이기도 했다.

목황은 양손으로 두 기녀를 동시에 희롱하며 짐짓 호탕한 웃음을 지어 보였다.

"하하하! 이거야 원. 천하에 부러울 것이 없구만."

"정말이에요? 우와! 신나라."

목황의 말에 초란(草蘭), 묘죽(猫竹) 두 기녀는 목황에게 코맹맹이 소리를 내며 몸을 밀착시켰다. 그 순간 목황은 입가에 기이한 웃음을 그리고 있었다.

'이것으로 잠입 시도는 끝이 났다. 이제는 이곳 염선루를 장악해야 한다. 후후. 그나저나 우스운걸, 다른 여자 몸을 만지며 련 누이를 생각하다니.'

사실 목황은 진현의 화신(化身)이었다.

무극천으로 잠입하기 위해 수많은 계획을 검토하고 정비한 결과 이런 결과가 나온 것이다. 우선적으로 무당파의 혈겁에서 간신히 살아남았던 청류 도장의 말 한마디가 시작이었다.

무극천에서 아무런 의심 없이 움직일 수 있으려면 무극천의 인물 중 한 명과 연고가 필요했고, 그중 무당파에서 모습을 보였던 미호주괴 종리령이 선택되었다.

예전 호천사정맹 시절 복마대에 의해 뇌옥에 갇혀 있던 마인들 중 목순이라는 자가 있었고, 그와 종리령의 친분이 각별하다는 것을 알아냈다.

그 뒤로는 일사천리였다.

진현은 우선 무극천으로 들어갈 수 있는 계기가 필요했기에 금호장에서 두 달 동안 순장부 노릇을 했다. 물론 등천무동(騰天武洞)에서 보았던 천환역형공(天幻易形功)을 이용하여 목순과 닮은 이십 대 젊은이의 얼굴로 역용을 했다.

그 뒤로 봉황곡에 들어온 후부터 봉황곡 내부를 돌아다니며 자신의 얼굴을 알리기에 바빴고, 자신이 목순의 조카라는 것을 은연중에 퍼뜨렸다.

그리하여 진현과 종리령이 목황과 숙부의 의형(義兄)이라는 관계로 만나게 된 것이다.

그 뒤로 진현은 계속해서 염선루에 출입하며 닥치는 대로 기녀들을 데리고 술을 마시며 방탕한 생활을 보냈다. 그러던 어느 날 이제까지 진현의 어떤 행동에도 간섭을 하지 않던 종리령이 진현을 불러 세우며 말을 건넸다.

"황아, 듣자니 요즘 염선루에 출입이 잦다면서?"

"아? 예, 죄송합니다."

진현은 겉으로 어리숙한 표정을 지으며 종리령에 대한 미안함을 표현하려 했다. 그런데 종리령은 진현의 그런 표정을 보자 오히려 아무렇지도 않은 듯 박장대소를 했다.

"하하하! 죄송할 것 없다. 사내로 태어나 술과 여자를 즐기는 것이 뭐가 잘못이라는 거냐?"

"그럼 무엇 때문에?"

진현은 종리령의 의도를 모르겠다는 듯 반문했다.

"후후. 염선루의 일은 그저 안부 삼아 물어본 것이고, 너에게 할 말이 있어 이렇게 부른 것이다."

"……."

"황아가 천(天)에 들어온 지도 벌써 보름이나 지났구나. 그럼 본 천의 사정은 알고 있겠구나?"

"예, 대강은 알고 있습니다."

진현은 종리령이 자신에게 말하고자 하는 바에 대하여 짐작되는 것이 있었으나 겉으로 표현하지 않았다.

"그럼 이야기하기가 쉽겠구나. 너는 내가 천애단에 속해 있다는 것을 알고 있느냐?"

"예, 전에 말씀하신 적이 있습니다."

"옳거니. 본 천에는 내가 속해 있는 천애단, 그리고 수라단이 있다. 본 천의 실질적인 무력을 담당하는 역할을 하고 있지."

진현이 조사한 바로 무극천은 일원(一院), 삼각(三閣), 이단(二團), 팔왕(八王)으로 이루어져 있었다.

일원이란 무극원(無極院)을 말하는 것으로 무극천의 천주와 천주가 속한 남궁세가를 일컫는 말이며, 그 밑으로 단목, 상관, 모용의 세 세가가 삼각을 차지하고 있었다.

이단은 수라단과 천애단을, 팔왕은 팔비령주를 뜻했다.

"그런데 말이야, 천주의 명으로 기존의 이단에 새로운 단을 하나 더 추가시킨다고 하더구나."

진현으로선 이미 초차아와 초청절의 대화를 통해 알고 있었던 내용이다.

"영웅단(英雄團)이라고 한다. 여기서 말하는 영웅이란 과거의 영웅이 아니라 미래의 영웅을 말하는 것이다. 다시 말해서 이미 명성과 무공이 알려진 기존 고수들의 단체가 아니라 지금 너와 같이 미완성의 아이들이 모여 새로운 영웅이 되기 위한 단체인 것이다. 그런 의미에서 본다면 같은 단일지라도 기존의 이단과는 다르다고 할 수 있겠지."

"아!"

종리령의 이번 말은 진현으로서도 새로운 사실이었기에 저절로 터지는 탄성을 막지 못했다.

"본래 천주께서 오래전부터 구상하신 계획이라고 들었다. 다만 황극천의 수라마인과 앙천독인 때문에 계획이 앞당겨진 것이지. 아! 황극천에 대해서 알고 있느냐?"

목황의 실체가 진현인지 꿈에도 알 리 없는 종리령이기에 삼원천의 구조에 대해 모를 것이라 예상하곤 자신이 알고 있는 정보에 대해서 간략하게 설명해 주었다.

본래 아무리 내성에 속한 천애단의 고수라도 함부로 비밀을 발설하지 못하도록 되어 있었지만, 종리령의 내심에는 진현은 이미 남이 아니었고 나름대로의 속셈이 있었기에 거리낌없이 말했다.

그리고 그 나름의 속셈을 털어놓기 시작했다.

"내가 너에게 이런 중요한 사실을 밝히는 이유는 네가 천에 중용될 수 있는 기회를 주기 위함이다."

"그게 무슨 말씀이신지?"

"이미 영웅단에 들어갈 청년들은 모두 정해졌다. 물론 사대세가의 자손들이 먼저 추천되었지. 그리고 나머지는 각 단에서 재능있는 이를 추천하여 정해졌지. 후후후, 놀라지 말거라. 내 이미 내총관(內總管)에게 부탁해서 너 역시 영웅단에 추천해 놓았다."

"헉! 정말이십니까?"

"허허허. 어디 속고만 살았느냐? 너와 내가 남이냐? 네가 잘되어야 나도 기쁠 것 아니냐. 하지만 이게 끝이 아니다. 추천이 되었다 한들 영웅단에 뽑히는 것은 아니다. 영웅단의 자리는 한정되어 있는 반면 추천된 이는 너무나 많기 때문이다. 그래서 보름 후 관문을 통해 시험을 치른다고 들었다. 네가 영웅단의 한자리를 차지할지 못할지는 그 관문을 통과하는 데 달렸다. 알겠느냐?"

"예, 알겠습니다. 숙부께서 주신 기회! 반드시 손에 넣겠습니다!"

진현은 생각지도 못한 행운을 얻은 것마냥 두 눈에 기광을 번뜩이며 입가에 미소를 매달았다.

종리령이 떠난 후 진현은 홀로 남아 생각에 잠겼다.

'영웅단이라… 정말이지 생각지도 못한 복이 굴러온 격이군.'

본래 진현의 의중에는 영웅단의 존재는 없었다. 오로지 염선루를 통한 정보 수집이 지금의 그가 할 수 있는 최대한의 행동이었다.

'사대세가의 후손들이 들어갔다면 분명 칠성동에 들어갔던 자들을 제외한 이들일 것이다. 칠성동에 들어간 이들 중 사대세가에서 나온 이는 상관영, 모용혜, 남궁유, 단목수(端木秀) 이렇게 네 명이다. 즉, 모용자인 그 친구를 제외한 사대세가의 직계는 모두 빠진 셈이로군. 그렇다면 영웅단의 진정한 목적은 무엇일까? 단순히 황극천의 수라마인과 앙천독인을 경계하기 위한 방패막이일까?'

진현의 머리 속은 복잡하기 그지없었다.

"할 수 없군. 부딪쳐 보면 알겠지."

종리령이 말한 보름 동안의 기간은 눈 깜짝할 사이에 지나가 버렸다. 그동안 진현은 겉으로는 영웅단으로 들어갈 관문을 통과하기 위한 무공 수련에 박차를 가하는 것처럼 보였다.

종리령이 말을 듣고 찾아간 곳은 오층으로 된 누각이 있었다. 그리고 누각 앞에는 커다란 연무장이 있었고 오십여 명 정도의 남녀들이 대기하고 있었다.

그리고 그 중심에는 두 명의 노인이 있었다. 그중 우측의 노인은 오척 단신이었는데 얼마나 살이 쪘는지 살로 인해 눈이 보이지 않을 정도였고, 숨 쉴 때마다 임산부처럼 튀어나온 배가 아래위로 크게 움직이고 있었다. 나머지 노인은 그와 정반대의 인물이었다. 팔 척 장신에 빼빼 마른 몸. 마치 고목을 연상시키는 듯한 사람이었다.

'저들은 남북쌍괴(南北雙怪)가 아닌가?'

진현은 그들의 실체를 알고는 놀라지 않을 수 없었다. 남북쌍괴라면 전대의 기인들로서 기행(奇行)을 일삼던 자들이다. 오 척 단신의 뚱뚱보는 남괴 오자용(吳子龍)이라는 자로 천축의 유가기공(瑜跏奇功)을 극성으로 익히는 바람에 몸이 비대하게 불게 된 것이다. 그리고 북괴 상축(常蓄)은 고대의 고영신공(古靈神功)을 익혀 온몸이 마른 나무처럼 주름이 잡혀 있었다.

그중 오자용이 진현을 보자 나지막한 목소리로 불렀다.

"네가 목황이냐?"

"그렇습니다."

"종리령의 말과는 좀 다르군."

오자용은 진현을 보며 의미심장한 말을 던졌다. 그러나 그것을 끝으로 그의 시야에서 진현은 멀어져 갔다.

"전원 듣도록! 이상으로 현재 오십오 명의 지원자가 모였다. 지금부터 영웅단 입단 시험을 치르도록 하겠다. 방법은 간단하다. 오 인 일 개 조가 되어 눈앞에 보이는 전각의 오층까지 도달하기만 하면 된다. 단, 개개인의 생사는 장담할 수 없다. 그곳엔 너희들을 반기는 거대한 환영식이 준비되어 있으니까."

오자용의 명령대로 오십오 명의 남녀들은 순식간에 오 인 일 개 조로 편성되어 줄을 서서 기다렸다. 그중 진현이 속한 조는 삼남이녀(三男二女)로 구성된 칠조였다.

그중 중원인과 다르게 피부 색이 유난히 검은 청년이 있었다. 냉막한 인상으로 누각을 쳐다보던 그는 고개를 돌려 권태로운 눈으로 좌중을 오시하며 말했다.

"이까짓 관문에서 내 발목을 잡지 마라. 정 안 되면 내 뒤에서 따라와."

눈 속에 떠오른 권태로움만큼이나 자신감을 내보이던 철력파(哲力破)는 진현처럼 천애단의 단주인 흑면패왕의 추천을 받아 이곳으로 왔다.

이에 두 여인 중 화려한 화의(華衣)를 입은 진중원(陳中洹)이 손으로 입을 가리며 웃음을 터뜨렸다.

"호호호. 역시 천애단주의 사랑을 듬뿍 받고 계시는 철 소협다운 말이군요. 하지만 걱정 마세요. 전 제 몸 하나 지킬 요량은 있거든요."

그리곤 신형을 움직여 진현에게 다가와 덥석 팔을 안았다.

"그리고 여기 계신 목 소협이 저를 지켜주실 거에요."

"……?"

진현은 갑자기 상황이 어떻게 돌아가는지 이해가 되지 않아 어리둥절한 표정으로 굳어 있었다.

"흥."

철력파는 진중원의 말에 화가 난 듯 못마땅한 표정을 지으며 고개를 돌려 버렸다. 좀 전 좌중을 오시하던 태도와 사뭇 대조적이었다.

'이건 뭐지? 재밌겠는걸?'

진현은 두 사람을 흥미롭게 쳐다보며 생각했다.

그러는 동안 십일 개 조 중 벌써 육 조가 전각으로 들어갔고 이제 칠 조 차례가 돌아왔다.

예의 오만한 표정으로 일관하던 철력파를 위시로 남은 사 인은 전각 안으로 들어갔다. 그리고 전각 안에서 그들을 반긴 것은 좀 전 모습을 보였던 남북쌍괴 중 북괴 상축이었다.

"어서 오너라. 여기부터 너희들이 통과해야 할 관문이 시작된다. 총세 개의 관문이 있다. 첫 번째는 너희들의 신법(身法)을 시험하는 것이다. 무공에 있어서 보법이란 가장 중요한 요결(要訣) 중 하나이며 경신(輕身)의 기술이 얼마나 영민한가에 따라 가능성의 측량 또한 달라지기 때문이다."

말을 마친 상축은 전각 안을 가리켰다. 전각의 내부는 진현 일행의 반대 편에 위층으로 올라가는 계단만이 존재하고 있을 뿐 그 외는 전무했다.

"저기 보이는 계단까지 갈 수 있다면 일단계는 통과하게 되는 것이다. 그리 어려운 일은 아니지. 단지 문제라고 한다면 저 텅 빈 공간 안에 십이연환쇄혼진(十二連環碎魂陣)이 숨어 있다는 것이랄까?"

'십이연환새혼진이라고?'

진현은 상축의 말에 자신이 알고 있는 지식을 떠올려 십이연환새혼진이 뭔지 생각했다. 그리고 오래가지 않아 연환진에 대한 지식들이 떠올려졌다.

말 그대로였다. 열두 개의 암기가 연환노(連環弩)처럼 쏟아져 나오는 것이었다. 문제는 지금 전각의 내부처럼 모든 것이 숨겨진 채 암기가 쏟아지기 때문에 어디서 날아올지 전혀 예측할 수 없다는 점이었다.

그런 의미에서 본다면 이번 시험은 경신법뿐만 아니라 청각을 포함한 오감(五感)의 능력 또한 시험당한다는 것이었다.

"젠장!"

전각에 들어온 삼남이녀 중 오성환(吳星環)이라는 자가 십이연환새혼진의 정체를 알곤 불만을 토했다. 그러나 진현을 포함한 나머지 사인은 아무런 말이 없었으며 상축은 의미심장한 눈초리로 그런 그들을 지켜보았다.

　누가 먼저랄 것도 없었다.

　진현 일행은 순식간에 서로의 마음이 통한 듯 계단을 향하여 달려갔다.

　쉭! 쉭!

　허공을 가르는 파공음이 찢어질 듯 울리며 십이연환새혼진이 발동되었다.

제48장

영웅단(英雄團)

영웅단(英雄團)

십이연환새혼진이 아무리 계속된 암기세례라곤 하지만 진(陣)이라는 글자가 붙은 이상 일정한 규칙이 도사리고 있음은 분명한 사실이었다.

그것을 모르고 무작정 암기를 피하자는 생각으로 움직이다간 끝내는 벌집이 되고 마는 것이 이 진의 무서운 점이었고, 그것을 모른 앞조의 많은 이들은 목숨을 잃고 말았던 것이다.

하지만 칠조는 달랐다.

진현이야 새삼스레 말할 필요가 없겠지만 철력파의 경우는 정말 놀라운 것이었다.

외모에서 풍기는 패기완 다르게 매우 섬세하게 신형을 움직이며 진의 일정한 규칙에 따라가려 하였던 것이다.

게다가 진중원과 마령(馬玲) 두 여인조차 쏟아지는 암기들이 무색할 정도로 여유가 넘치는 움직임을 보여주고 있었고, 그것은 이제껏 불만에 찬 목소리로 툴툴거리던 오성환 역시 마찬가지였다.

'역시……'

상축은 장내의 상황을 보며 자신의 짐작대로 되어간다고 생각했다.

'역시 칠조뿐이겠구먼. 흑면패왕의 자식인 철력파와 염선루에서 파견된 진가 계집의 실력은 본래부터 알고 있었고, 마령 저 녀석이 의외구먼. 환아가 이 조에 속하고 싶어한 이유를 알겠군.'

상축이 말한 환아란 오성환을 말하는 것이며, 사실 남북쌍괴의 공동 전인이었다. 이곳에 참가한 대부분이 그러하듯 오성환 역시 자신의 신분을 숨기고 참가했기 때문에 그가 남북쌍괴의 제자인지는 아무도 몰랐다.

장내의 상황은 거의 끝이 나고 있었다.

텅 빈 공간이었던 내부에는 어느덧 암기들이 수북이 쌓여져 있었고 진현 일행들은 거의 계단에 도착해 있었다.

"흐흐흐. 이거야 원, 싱거워서리."

철력파는 장내에 쌓인 암기들과 일행들을 보며 비웃듯 말을 뱉었다. 그리고 이곳엔 더 이상 볼일없다는 듯 성큼성큼 계단에 올라섰다. 그 뒤로 나머지 사 인이 따라갔다.

"두 번째는 신법에 이어 내공력을 시험하는 것이다."

장내에 상축의 목소리가 울려 퍼졌다.

계단을 올라 이층으로 들어선 진현 일행을 반긴 것은 사방이 막힌 칠흑 같은 어둠이었다. 그 어둠 속에서 쉭쉭거리는 기분 나쁜 소리가 들려왔다.

"큭. 이번엔 독물(毒物)인가?"

오성환은 어둠에 상관없이 눈앞의 광경이 보이는지 혼잣말로 중얼거렸다.

"독물? 그럼 순전히 자신의 내력만으로 버티란 말이군요. 하나 중독되면 어떻게 된다는 말인가요? 저곳까지 이어갈 호신강기라도 펼쳐 보이란 말인가요?"

오성환의 중얼거림에 진중원이 물었다. 하지만 그녀의 물음에 답한 것은 오성환이 아니라 상축이었다.

"흐흐흐. 그건 걱정할 필요 없다. 반대 편의 계단까지 가면 그곳엔 해독약이 준비되어 있으니까."

"음. 그렇담 문제는 해독약을 먹을 때까지 견딜 수 있는 내력이란 말이군요."

상축의 말에 진중원은 사태의 심각성을 다시 한 번 깨달았다.

지금까지의 대화를 들은 진현은 자신 또한 호신강기를 펼치지 않고 철력파 등과 같이 일단 중독된다 하더라도 내력만으로 버티기로 했다. 그는 진현이 아니라 목황이라는 신분으로 이 자리에 있기 때문이다.

이 시험에 통과하기 위해, 영웅단에 입단하기 위해 한 발짝씩 앞으로 내딛는 순간 지금까지 위협을 알리는 소리만 내던 독물들이 일제히 달려들었다.

쉭! 쉭! 카아악!

독사, 독충들이 즐비했고 이름 모를 괴기한 독물들이 갖가지 소리를 내며 자신의 독을 주입시키기 위해 달려들자 여자인 진중원과 마령은 순간적으로 몸을 부르르 떨었다.

"젠장. 엄청나군."

옆에서 투덜거리는 오성환의 말이 아니더라도 이곳에 모인 독물의 수는 엄청났다. 그것을 보며 진현은 다시 한 번 무극천의 숨은 재력에 감탄하지 않을 수 없었다.

별다른 방법이 없었다.

독물의 침에 찔리더라도 내력으로 버티며 끝까지 걸어나갈 수밖에 없었다.

진현은 자신의 몸으로 침입한 독을 한곳으로 모아 서서히 모공(毛孔)을 통해 배출시켰다. 그와 동시에 아무 일 없다는 듯 일행의 보폭에 맞추어 걸어나갔다.

일차 시험 때와는 달리 모두 아무 말도 없었다. 그만큼 내력을 끌어올려 한곳으로 모으기 바빴던 것이다. 진현과 그들의 차이점이 있다면 진현은 어기집독(御氣集毒)의 수를 사용한 것이다.

얼마 동안의 시간이 흐른 후 일행은 모두 다시 한 번 계단에 도착할 수 있었고 덜덜 떨리는 손으로 해독약을 집을 수 있었다.

이제 그들에게 남은 것은 마지막 관문밖에 없었다. 하지만 해독약을 복용한 뒤 운기조식을 하는 그들의 얼굴에는 강한 자신감이 있었고, 이미 체내의 독을 모두 배출했던 진현은 그런 그들을 바라보았다.

"황아, 축하한다. 이제야 네 소식을 들었구나."

방 안으로 종리령이 급히 들어오며 진현을 향해 환한 웃음을 지어 보였다. 그는 지금에서야 진현이 영웅단에 입단하게 되었다는 소식을 듣고 곧장 찾아온 것이었다.

"운이 좋았습니다."

"운이라니. 당치도 않는 소리. 그나저나 네 실력이 그 **정도일 줄이**야 미처 몰랐구나."

"과찬의 말씀이십니다."

"아니야. 사대세가의 자제들을 제외하고 영웅단에 들어간 아이는 너와 천애단주의 아들, 염선루의 사군자 중 하나인 독매화(毒梅花), 쌍괴의 제자, 그리고 혈마(血魔)의 딸년밖에 없다고 들었다. 그중에 네가 들어갔으니 이거야말로 대단한 일이 아니고 뭐겠냐?"

'아! 그랬었군. 철력파는 천애단주 흑면패왕의 아들이었구나. 한데 두 여인 중 누가 염선루의 여인이지?'

종리령의 말을 들으며 진현은 진중원과 마령 중 누가 염선루의 독매화일지 생각했다. 하지만 그것은 헛된 수고였다. 바로 앞에 정답을 가진 이가 있기 때문이다.

"아, 모른다는 표정이구나. 철가 녀석이 바로 천애단주의 아들이다. 그리고 진가 계집이 염선루의 계집이지. 마령 그 아이는 혈마의 딸이고."

"그럼 오성환이 쌍괴의 제자?"

"그렇지. 그놈 참, 그놈 실력이면 그냥 통과일 텐데 굳이 관문 시험을 치르겠다고 하더구나."

진현은 이제야 뭔가 알겠다는 듯 그때의 기억을 되살렸다. 하지만 몇 가지 석연치 않은 것이 있었다. 진중원과 철력파의 관계, 그리고 진중원이 자신에게 대한 태도.

'차츰 알게 되겠지.'

일주일이 지나고 정식으로 영웅단을 발족하는 연회가 열렸다.

"아, 인사들 하게. 이쪽이 바로 이번에 영웅단을 이끌어갈 단목수라고 하네."

연회를 즐기고 있는 진현과 철력파를 포함한 사 인에게 다가온 무극천의 내총관 장순(張淳)의 말에 진현은 놀라지 않을 수 없었다.

　'단목수라니? 그는 분명 칠성동에 있을 터인데?'

　진현은 자신이 알고 있는 기억과 눈앞의 현실에 차이가 나자 매우 당황하지 않을 수 없었다.

　'이럴 수가! 그렇다면 칠성동에 무슨 일이라도 일어났다는 말인가?'

　그 순간 진현의 눈에 단목수의 곁으로 다가오는 한 여인이 들어왔다. 왠지 모를 슬픔이 배어 있는 눈동자와 작은 어깨, 고요한 움직임. 눈에 익은 모습이다.

　'아! 저 아이는 자인(子仁)의 여동생 모용혜가 아닌가!'

　모용혜 역시 단목수와 마찬가지로 칠성동에 있어야 할 사람이다.

　진현은 그제야 깨달을 수 있었다.

　'칠성동이 열리는 순간 삼원천으로부터 어떻게 지켜야 할 것인가만 생각했던 것이 한심스럽구나. 이미 그들의 손아귀에 들어간 것을.'

　모용혜에게 눈을 고정시킨 채 고민하던 진현에게 누군가 다가왔다. 계속해서 진현의 모습을 지켜보던 진중원이었다.

　"목 소협께서 모용 소저에게 관심이 있는 줄 몰랐군요."

　"아, 아닙니다, 제가 어찌……."

　단목수와 모용혜의 출현에 너무 놀란 나머지 자신이 처한 상황을 자각하지 못했던 진현은 진중원의 목소리에 번뜩 정신을 차렸다.

　"호호호. 그런데 왜 모용 소저만을 쳐다보시는 거죠?"

　진중원은 교태로운 목소리로 진현을 떠보았다.

　"그것이… 그것이… 그저 아름다운 소저를 보니 동경의 마음이 샘솟아……."

진현은 말을 더듬으며 간신히 변명거리를 내놓았다.

"그런데 모용 소저는 포기하시는 것이 좋을 거예요. 저기 보이는 단목 공자와 정혼한 사이거든요. 그러지 말고 전 어때요?"

"아, 진 소저께서도 충분히 아름다우십니다."

"아이, 좋아라. 목 소협의 말씀을 들으니 너무나도 기쁘군요."

진현의 말에 진중원은 얼굴 가득 미소를 지으며 좋아라 했다.

"목 소협께선 종리 노야의 추천을 받아 입단하셨다고요?"

"예, 그렇습니다. 저의 숙부님과 의형제나 마찬가지이십니다."

"아, 그렇군요. 그럼 소협께서도 고향이 관외이신가요?"

"아닙니다, 해남입니다."

진중원은 목황의 신변잡기에 대해 끊임없이 물어보았고, 진현은 성실하게 답하였다. 자칫 실수하다가는 자신의 정체가 탄로날지도 모른다는 생각에 긴장을 하며 말하였고, 그 모습이 진중원에게는 부끄러워하는 모습으로 다가왔다.

"호호. 소협께서 염선루에 자주 출입을 하신다기에 여인을 잘 다룰줄 알았는데 막상 보니 아주 수줍으시군요."

진중원은 자신만의 착각을 하며 진현의 어깨에 손을 살짝 올렸다. 그러자 진현은 그녀의 속셈을 몰랐기에 가볍게 신형을 틀어 진중원의 손을 피했다.

"호호. 왜 그러시나요? 제가 무섭기라도 한가요?"

"아, 아닙니다."

진현은 말을 얼버무리며 탁자에 놓인 술잔을 들어 벌컥벌컥 마셔 버렸다. 그 모습이 영락없이 숙맥이었다.

한데 이 모습을 계속해서 지켜보는 자가 있었다. 바로 철력파였다.

그는 진현에게 진중원이 다가간 순간부터 그들의 모습을 눈에 쌍심지를 켜고 바라보고 있었다. 그와 진현의 눈이 마주치는 그 순간까지.

화려한 영웅단의 발족식이 끝이 나고 진현을 비롯한 단원들은 본격적인 무공 수련을 하기 시작했다. 그리고 진현이 종리령에게 들은 대로 그들의 앞에는 몇 권의 비급이 놓여 있었다.

"눈앞에 보이는 것이 지금부터 너희들이 익혀야 할 것들이다. 앞서 영웅단에 입단한 사대세가의 자제들은 이미 오래전부터 수련을 하였기에 너희들과는 아무래도 격차가 많을 것이다. 그 격차를 줄일 것이냐, 더 늘릴 것이냐는 오로지 너희들 하기에 달렸다."

영웅단의 발족과 함께 단의 호법(護法)으로 임명된 남북쌍괴 중 오자용이 좌중을 보며 말했다. 이에 진현은 눈앞의 비급을 보며 고개를 끄덕였다.

'오행결 중 목과 토의 무공은 이미 사대세가에서 입수하였다. 한데 나머지 세 구결은 어떻게 구했을까?'

종리령의 말대로 영웅단에서 오행결을 가르쳐 주기 위해서는 목과 토 말고도 화와 수, 금이 필요했다.

'아! 그렇군. 헌원 사부의 말을 빌리자면 분명 반역도가 비급을 훔쳐 갔다고 했다. 그럼……'

진현은 추리를 하며 그 이유를 추측했다. 하지만 자신의 생각이 틀렸다는 것을 깨달은 것은 그리 오래지 않아 알 수 있었다.

칠성칠요공(七星七曜功).

비급 위에 적혀 있는 다섯 글자였다.

'칠성동을 이미 차지했으니 칠성동의 비급을……. 한데 왜 칠성칠요공이라 하지 않고 오행결이라고 했을까?'

진현은 머리 속 가득 차 오르는 의문을 뒤로하고 비급을 펼쳐 들었다. 그와 동시에 그의 입이 벌어지며 저절로 탄성이 터져 나왔다.

"아!"

분명 비급에는 칠성칠요공이라 쓰여져 있었건만 속에는 진현이 알고 있는 무공들이 적혀 있었다. 오행결 중 화와 수, 금의 구결이었다. 그리고 남은 두 구결은 분명 그가 모르는 목과 토의 구결이 분명했다.

'이럴 수가 있나. 칠성 중 오성(五星)이 오행결을 뜻한다니! 그렇다면 칠성신공과 오행결은 어떤 관련이 있다는 말인가.'

비급에는 분명 오행결의 오성과 일월신공(日月神功)이라는 무공이 적혀져 있었다. 그리고 오행결은 일월신공을 대성하기 위해 익혀야 할 무공으로 나타나 있었다. 그리고 오행과 일월의 움직임을 토대로 하나의 진(陣)을 만들었고 그것이 칠성천강진(七星天罡陣)이었다.

그때 진현의 머리 속에 스쳐 지나가는 것이 있었다.

남천(南天)과 북천(北天)의 무학 중 남천의 무공은 금단태극선공을 주축으로 오행결로 이어졌다. 하지만 남천문은 그들의 무공을 시기한 무리들에게 혈겁을 당했고, 그로 인해 금단태극선공은 유실되었다. 그 후 남천의 맥을 근근이 이어오던 남천의 후예들은 남은 오행결을 이용하여 실천한 금단태극선공을 대신할 또 다른 신공을 만들었다. 북천의 무학을 이은 노부는 그 신공을 꼭 보고 싶었지만 아쉽게도 연(緣)이 닿지 않아 보지 못했다.

바로 등천무동에서 읽었던 도제(刀帝)의 서찰이었다.

'그렇다면 오행결을 토대로 만들었다던 그 무학이 바로 일월신공이구나. 아아! 나에게 복이 있어 도제 어르신의 유지를 받들 수 있게 되었구나!'

진현은 진심으로 기뻐하며 비급의 내용을 계속해서 읽어보았다. 과연 일월신공은 금단태극선공에 필적할 만한 신공이었다. 남천문의 무학을 이은 만큼 선천지기(先天之氣)를 축기(蓄氣)한다는 것은 금단태극선공과 같았다. 하지만 태극선공만큼 섬세한 면과 오묘한 점은 없었다. 다만 패도적인 부분이 많았다.

아마도 혈겁을 당한 남천문의 후예의 한이 서려 있는 것 같았다.

'대단한 위력이구나. 이것을 대성한다면 충분히 천하를 오시하리라.'

문득 진현은 삼원천에서 보유한 칠대무서를 생각해 보았다.

'신검은 내가, 천장(天掌)은 개방이, 태극(太極)은 무당. 하나 청운은 태극을 완성하지 못하였고 무당파는 멸문당했다. 묵도(墨刀)가 내 손에 들어왔다고 하나 상황은 같다. 내 손에서 신검을 펼치든 묵도를 펼치든 의미가 없기 때문이지. 한데 삼원천의 경우 오행과 칠성이 모였다. 게다가 황극천의 사도천벽은 사마통합사대신공 중 태현(太玄)을 제외한 천마(天魔), 지존(至尊), 파황(破荒)을 모두 가지고 있다. 거기다 일월신공까지.'

그러던 중 진현의 머리 속에 떠오르는 것이 있었다.

"파황신도의 모태가 되는 무상십팔도(無上十八刀)가 바로 오래전 멸문한 전진(全眞)의 무공이기 때문이오."

사도운의 말이다.

'무상십팔도가 바로 묵도(墨刀)를 말함이 아닌가! 그렇다면……'

진현은 예전 천마사천회에서 사도운이 한 말에 깜짝 놀란 바가 있다. 바로 이 부분 때문이었다. 도제의 무공이 바로 묵도를 말함이고, 묵도가 바로 전진교의 무상십팔도였다. 그리고 더 나아가서 전진교는 바로 북천의 후예였다.

'아! 비록 신공을 보유했다고 하여 이기는 것은 아니지만 만에 하나라도 그 모두를 익힌 자가 나타난다면 우리에겐 승산이 없으리라.'

진현의 생각이 여기까지 미치자 그의 마음은 어두어져만 갔다. 그도 그럴 것이 칠성의 비급이건만 이렇게 아끼지 않고 인재를 모아 수련케 하고 먼 미래를 대비하는 무극천의 모습은 단심맹과는 차이가 있기 때문이다.

많은 번민과 우환을 뒤로하고 진현은 정신을 가다듬은 채 수련에 열중했다.

이미 오행결 중 화와 수, 금의 구결은 익힌 그이기에 남은 목과 토의 구결을 집중적으로 수련하였다.

모든 것이 순조로웠다. 금단태극선공을 대성한 바 있는 진현에게 같은 맥락의 오행결은 마른 대지에 빗물이 흡수되듯 익혀졌고 어느 정도의 시간이 지나자 그의 오행지기(五行之氣)는 끊임없이 돌고 돌아 진정한 의미의 '화(化)'를 이룰 수 있었다.

목의 기운이 끊임없이 뚫고 나가고 싶어하는, 자라는[生] 성질을. 화의 기운이 끊임없이 흩어지려 하면서 무성해지는[長]. 금의 기운이 씨나 열매가 맺는 것처럼 끊임없이 모으려 하는[收]. 수의 기운이 땅속으로 숨어드는 것처럼 끊임없이 단단해져지려는[藏] 성질을 가지고 있으며 이 모든 것을 부드럽게 감싸주고 달래주어 변화시키며[化] 순환시키는 것이 바로 토의 기운이다.

서로 상생상극(相生相剋)하는 기운들이 만나 끊임없이 변화하여 음양의 기운을 조화시키는 것이 바로 오행결의 진정한 목적이며, 이것이 일월신공의 초석이 되는 것이었다.

진현의 몸에선 이러한 오행지기가 피어올라 그의 몸을 감싸고 있었다. 오색의 빛이 찬란하게 비춰 방 안을 밝히자 그 광경이 경이로웠다.

이때 진현의 몸이 바닥에서 한 자 이상 떠올라 공중에 부양하게 되었다. 무공의 경지가 소위 말하는 이로환정(移爐還鼎), 오기조원(五氣朝元), 삼화취정(三花聚頂)의 단계까지 이르게 된 것이다.

진현의 몸에선 계속해서 본래의 선천지기와 지금 얻은 오행지기가 대주천(大周天)하며 왕복하고 순환하여 서서히 융합되기 시작했다. 이것이야말로 금단태극선공의 유용한 점이었다.

두 시진이 흘렀을까.

진현의 몸을 감싸던 오색의 빛무리가 서서히 잦아들고 그의 몸이 바닥에 내려앉아 얼마 되지 않자 그의 눈이 번쩍 하고 떠졌다.

'과연 남천의 무학은 깊고도 웅대하구나.'

진현은 남천문의 무공에 감탄에 감탄을 하며 고개를 절레절레 흔들었다.

그때 힘찬 박수 소리와 함께 누군가의 목소리가 들려왔다.

짝짝짝.

"축하하외다. 축하하외다. 드디어 대공(大功)을 이루셨군요."

진현은 깜짝 놀라 소리의 근원지를 향해 고개를 돌렸다. 그는 운기조식 중에 오감(五感)이 극에 이르도록 발휘되어 십 장 밖의 소리는 물론 오십 장까지의 기척도 모두 빠짐없이 들을 수 있었건만 암중인의 기척을 눈치 채지 못했기에 긴장하며 암습에 대비했다. 진현에게서 기척을 숨겼다는 말은 대단한 고수임을 의미하기 때문이었다.

한데 뜻밖에도 진현이 아는 자였다.

바로 오성환이었다.

"하하하. 놀라신 모양이구려."

"음, 그대가 어쩐 일이오."

진현은 어느 정도 마음을 진정시키고 오성환을 직시했다. 여차하면 바로 오성환을 제압할 수 있도록 만반의 준비를 했다.

"어쩐 일이라뇨. 그대의 무공이 등봉조극(登峰造極)에 달하였기에 축하하러 왔지요."

진현은 자신의 운기조식이 끝나자마자 오성환이 나타난 것을 생각하며 그가 오래전부터 자신을 지켜보고 있었음을 깨달았다.

"언제부터 눈치 채고 있었소?"

"하하하. 매우 성격이 급하시군요."

"그대와 만난 건 영웅단 입단 시험 때가 처음이었소. 그때부터 알고 있었소?"

"그거야 모르죠. 단지 전 다른 이들은 독물에 내력으로 버티며 해독약만을 애타게 찾을 때 그대는 체내의 독을 어기집독으로 배출하고도 해독약을 먹었다는 것과 그대의 고향이라는 해남도에는 목황이라는 이름을 가진 자가 본래 없다는 것밖에 모릅니다."

"음."

진현으로선 신음을 삼킬 수밖에 없었다. 하지만 상대가 자신의 비밀을 알고 있다고 여겨지자 오히려 그의 마음은 차분해져 갔다.

"또 누가 알고 있소?"

여기서 진현이 비밀을 지키고자 오성환을 제압하거나 죽인다 하여도 또 다른 누군가가 알고 있다면 헛일이기에 그로선 궁금하지 않을 수 없었다.

"하하하. 두 사부님께선 나오시지요."

오성환은 밖을 향해 외쳤고 이윽고 방 안으로 오성환의 사부이자 영웅단의 호법인 남북쌍괴가 그 모습을 드러냈다.

"이 두 분만이 알고 계시오?"

"그렇소."

남북쌍괴의 모습을 보며 오성환의 대답을 들은 진현은 곧바로 출수(出手)하려 했다. 이들만 제거되면 자신의 비밀을 계속해서 지켜 나갈 수 있기 때문이다.

하지만 오성환의 제지로 진현의 손은 멈출 수밖에 없었다.

"아, 정말 성격이 급하시구려. 조금만 참으시구려. 내 말을 다 듣고 나서 결정하셔도 되지 않소."

"……."

진현은 아무 말 없이 오성환을 지켜보았다.

"후후후. 그러니 얼마나 좋소. 그럼 나는 이만 빠질 터이니 나머지는 사부님께서 해주실 것이오."

오성환이 한 발짝 물러서자 오자용이 앞으로 나섰다.

"네가 무극천에 잠입한 진정한 이유를 정확히는 모르지만 어느 정도 예상할 수는 있다. 무극천의 정보를 캐가기 위함이겠지. 그리고 무극천에 세작을 넣을 곳은 작금으로선 단심맹밖에 없지. 다만 세작(細作)치곤 무공이 지나치게 높다고 할까. 그 점은 놀라지 않을 수 없다."

진현은 차분히 오자용의 말을 듣고만 있었다. 그가 어디까지 알고 있는지 알고 싶었기 때문이다.

"종리령의 조카로 변신하여 무극천에 들어온 뒤 그의 추천으로 영웅단에 입단하여 기밀 사항을 빼돌리려고 했겠지. 그리고 어느 정도 단물을 빼먹으면 귀신같이 종적을 감출 테고?"

"음."

"흐흐흐. 무극천을 우습게 보지 마라. 간단히 종리령의 조카 흉내를 낸다고 해서 넘어갈 곳이 아니란 말이다. 물론 천에선 나에게 너에 대한 조사를 일임하였고, 그 결과를 아직 보고하지 않았지."

"아."

진현의 마음속에 희망의 빛이 비춰졌다.

"노부가 왜 너에게 이런 말을 하는지 아느냐?"

"모릅니다."

"그렇지, 모를 테지. 한 가지 분명한 것은 네가 예상하는 일은 없을 것이다. 나 역시 결과적으로 너와 목적은 같으니까."

"예? 그게 무슨 말인지?"

진현은 갑작스런 오자용의 발언에 깜짝 놀라 반문했다.

"다시 말해서 나 역시 무극천의 멸망을 바라고 있다. 그렇게만 알고 있으면 된다."

진현으로선 어리둥절할 수밖에 없었다. 자신의 비밀을 모두 알고 나타난 무극천의 거물이 되려 무극천의 멸망을 바란다니. 그로선 쉽게 믿어질 말이 아니었다.

진현의 이런 내심을 알고 있었는지 오자용은 못을 박았다.

"믿지 않아도 상관없다. 그거야 네 마음이니까. 하지만 결과가 말해 줄 것이다. 내 말이 거짓이라면 넌 지금부터 도망간다 하더라도 무극천의 끈질긴 추격을 받을 것이고, 내 말이 사실이라면 아무 일도 일어나지 않을 테지."

"음, 내게 바라는 것이 무엇입니까?"

진현은 오자용이 이렇게 말하는 것엔 이유가 있을 것이라 생각하고 단도직입적으로 물었다.

"바라는 것? 그런 것은 없다. 내가 말하지 않았나, 너와 나의 목표는 같다고. 나야 네가 네 목적을 이루면 좋지. 오히려 도움이라도 주고 싶은 심정이지."

오자용은 슬며시 미소 지으며 진현을 응시했다. 마치 진현의 반응이 궁금하기라도 한 듯.

야심한 시각. 진현은 고풍스러운 방에 앉아 술을 마시고 있었다. 방 곳곳에는 고화(古畵)들이 걸려 있었고, 아름다운 장식품들이 즐비하게 늘여져 있었다. 그리고 진현의 옆에는 진중원이 화려한 옷을 입은 채 앉아 있었다.

바로 진중원의 말대로 진현은 염선루 내원으로 초대받아 이곳으로 온 것이다.

염선루의 내원은 외원과는 다르게 별원(別院)으로 구분되어 있었고, 진현이 있는 이곳은 진중원이 머물고 있는 매화각(梅花閣)이었다.

"호호. 소협, 술잔이 비었군요."

진중원은 진현의 옆에 바짝 붙어 그의 술잔에 술을 따랐다. 그러면서 연신 입을 가리며 웃음을 터뜨렸다.

"하하. 이야기가 재밌어 술잔이 비는 줄도 몰랐습니다."

"그런가요? 사실 이곳을 찾는 사람이 별로 없어 제 말이 재밌는지도 몰랐어요."

"아, 이렇게 아름다운 분을 찾아오시는 분이 없다니. 그건 의외인데요."

"호호. 말씀이라도 그렇게 해주시니 몸 둘 바를 모르겠어요."

진중원은 술에 취해서인지 아님 진현의 말에 부끄러워서인지 얼굴을 붉히며 고개를 숙였다. 그러자 그녀의 하얀 목덜미가 달빛에 반사되어 진현의 눈에 들어갔다.

'음, 이제부터 시작하는가?'

진현은 진중원의 교태스러운 모습을 보며 그녀의 색공을 조심했다.

"아, 저는 술을 좋아하여 많은 술을 마셔보았지만 이토록 맛있는 술은 처음입니다. 더욱이 곁에 이토록 어여쁜 소저께서 있으니 한결 더 하는 것 같습니다."

"호호호. 말씀도 잘하시는군요."

"빈말이 아닙니다. 술의 향기가 진하고 깊은 것을 보아 몇십 년은 묵은 것이 분명하며 비법을 통해 만들어졌음을 알았습니다."

술에만큼은 진현의 말도 진심이었다.

"하지만 더 맛있게 먹는 방법을 알고 있지요."

진현은 오행결 중 수자결을 이용하여 술을 차게 만들었다.

"아! 이제 보니 오행결 중 화자결뿐만 아니라 수자결도 익히셨군요."

진중원은 진현의 행동을 보며 놀라워했다. 그도 그럴 것이 음양의 내공을 함께 익힌다는 것은 생각처럼 쉬운 것이 아니기 때문이었다.

"운이 좋았습니다."

"운이라니요. 아, 소협께선 너무도 훌륭하십니다. 이토록 뛰어나시다니……."

진중원은 진현의 모습에 감탄이라도 한 듯 탄성을 내지르며 그의 품에 슬며시 안겼다. 그것을 본 진현의 눈빛은 더욱 빛났다.

"소협께선 저를 어떻게 생각하시나요?"

진중원은 고개를 들어 진현을 은은한 눈빛으로 바라보며 물었다. 그녀의 색공이 최고조에 달했음은 말할 필요가 없었다.

"그거야… 물론 좋은 동료로……."

진현은 진중원의 속셈에 맞장구쳐 주기 위해 일부러 말을 더듬으며 끝을 흐렸다.

"아이, 동료로 보지 말고 여자로선 어떤가요?"

진중원은 말함과 동시에 진현의 품속에 손을 넣어 가슴을 더듬었다.

"소저는… 매우 아름다운 분이시고… 게다가……."

"게다가 뭔가요?"

"내 여인이 되어주었으면 좋겠소."

진현은 고백이라도 하는 듯 고개를 돌리며 말했다. 그 모습을 본 진중원의 입엔 저절로 미소가 지어졌다.

"아, 저 역시 바라는 바입니다. 소협을 처음 본 순간부터 남이라 생각되지 않았어요."

두 사람은 서로 간에 연기를 펼치며 분위기를 이끌었다.

"소저!"

진현은 격동에 찬 목소리를 흉내 내며 진중원을 끌어안았다. 그러자 그녀는 짤막한 신음을 내며 진현의 가슴으로 파고들었다.

"너무나 기쁘오, 진 소저께서 나의 사람이 될 수 있다니."

"아잉, 아직까지도 소저인가요?"

"아, 그렇군. 그럼 이제부터 원매라고 부르겠소."

진현은 진중원을 안아 침상으로 데려갔다. 시작을 했으니 끝을 맺어야 하기 때문이다. 그와 동시에 진중원이 어떤 수작을 할지 몰라 만반의 준비를 하며 긴장했다.

"원매, 괜찮겠소?"

진현의 물음이 무엇을 뜻하는지 아는지 진중원은 붉어진 얼굴을 상하로 끄덕였다.

스르륵.

진현은 진중원의 옷을 하나씩 벗기기 시작했다. 하지만 그의 눈동자는 색을 탐하는 홍분된 눈이 아니라 매우 냉정한 눈빛을 가지고 있었다.

어느새 진중원은 옷이 모두 벗겨진 채 아름다운 나신을 드러내고 있었고 진현 또한 비슷한 모습을 하고 있었다.

"원매."

진현은 진중원을 다시 한 번 끌어안으며 입술을 찾았고 두 손은 부지런히 움직이기 시작했다.

"아!"

진현의 입술이 움직일 때마다, 그의 손이 스쳐 갈 때마다 진중원의 입에선 신음이 터져 나왔다.

그때였다.

진중원의 오른손이 진현의 등을 움켜잡는가 싶더니 슬며시 목덜미 쪽으로 옮겨가 그의 천주혈(天柱穴)을 짚었다.

"아!"

진현은 짧은 신음성과 함께 진중원의 어깨 너머로 고개를 숙이고 말 았다. 진중원은 진현을 옆으로 밀쳐 내곤 바닥에 떨어진 옷을 주워 몸 에 걸쳤다.

"호호호. 생각보단 쉽군. 남자들이란 하나같이 단순하군. 그래도 운 좋은 줄 알아라. 생각 같아서는 너의 정기를 흡수하고 싶었지만 너의 무공을 보고 생각을 바꾼 것이니까!"

진중원은 진현을 쳐다보며 외쳤다.

사실 진중원은 그녀의 말대로 진현을 이곳으로 오게 한 이상 살려둘 생각이 없었다. 진현이 없어지고 나면 영웅단에서 조사를 하겠지만 그 녀로선 모른다고 잡아떼면 그만이기 때문이었다. 한데 진현의 무공을 보며 생각을 바꾼 것이다.

"정말이지, 재질은 별로인 것 같은데 무공 진도는 정말 빠르다니 까."

오행결을 같은 날부터 배운 그들이기에 하는 말이었다. 사실 진중원 은 겨우 수자결을 오성 정도 익혔건만 그녀가 본 진현은 화자결뿐만 아니라 수자결까지 익히고 있는 상황이었고, 또 다른 구결도 익혔을지 모른다고 생각했었다.

"이놈을 꼭두각시로 만들어 루주께 보여 드린다면 나의 지위는 더욱 높아질 것이다."

그녀의 생각이 바뀐 이유는 바로 이것이었다.

게다가 섭혼선녀대법을 펼친 진중원의 내력이 진현보다 적다면 그녀가 내력을 빼앗는 것이 아니라 도리어 빼앗길지도 모르기 때문인 이유도 있었다.

진중원은 서랍장에서 비단으로 포장된 상자를 꺼내 상자 안에서 작은 금침 하나를 꺼내 들었다. 그리곤 진현의 뇌호혈(腦戶穴)에 박아버렸다.

그러자 진현의 몸이 부르르 떨리더니 두 눈이 반개(半開)되었다.

"나의 눈을 보라."

진중원은 나지막한 음성으로 진현에게 말했고 진현은 그녀가 시키는 대로 움직였다. 이것은 그녀가 섭혼선녀대법와 함께 익힌 섭혼심령술(攝魂心靈術)이었다. 최면술과 비슷한 이 사법(邪法)은 대법을 당한 피시전자가 시전자의 명령에 절대 복종하도록 만드는 것이었다.

"이제부터 나는 너의 주인이다. 나의 명령에 복종해야 한다."

"복종해야 한다."

진현은 입을 열어 진중원의 말을 따라 했다.

진중원은 계속해서 진현에게 말을 걸었고 진현은 그녀의 말을 따라 했다. 그와 동시에 그녀의 몸에서 기이한 운무가 피어올라 진현의 몸을 감싸기 시작했고 곧 이어 두 사람을 가려 버렸다.

일각이 지났을까.

그들을 감싸던 운무는 씻은 듯 사라졌고 진중원은 만면에 웃음을 띤 채 몸을 일으켰다.

"호호호. 드디어 끝났구나. 이것으로 넌 나의 종이 되는 것이다."

방 안이 울리도록 웃음을 터뜨리던 그녀는 방에 진현만을 둔 채 밖으로 나가 어둠 속으로 사라졌다. 그렇게 시간은 흘러갔고 반 시진이 흐르도록 그녀는 나타나지 않았다.

그러던 중 진현의 눈이 번쩍 하고 떠졌다.

"과연 이런 거였군. 미리 이혈대법(移穴大法)을 펼쳐 혈도를 옮겨놓기 잘했구나. 아니라면 꼼짝없이 당할 뻔했어."

진현은 진중원을 안는 동시에 이혈대법을 펼쳤던 것이다. 조금이라도 방심하지 않았던 진현이기에 진중원의 손아귀에서 빠져나올 수 있었다.

진현은 침상에 앉아 자신의 내력을 뇌호혈 쪽으로 몰아갔다. 그러자 뇌호혈에 박힌 금침이 서서히 빠져나오고 있었다. 침이 어느 정도 빠져나오자 진현은 손끝으로 침을 잡아 빼내었다.

"이것이로군."

손 안에 쥔 금침을 삼매진화로 녹이던 진현은 다시 침상에 누웠다. 진중원에게 당한 그대로.

"후후. 그래, 너의 뜻대로 꼭두각시가 되어주지. 하지만 결국 네가 나의 꼭두각시가 될 것이다."

진현은 변함없이 오행결을 수련하며 시간을 보내고 있었다. 물론 이미 대성한 오행공력이지만 겉으로 보이기엔 적당한 화후의 공력으로 선보였음은 말할 것도 없었다.

하지만 한 가지 달라진 점이 있다면 진중원과 함께 밤을 보낸 이후 진현의 곁에 그녀가 항상 붙어 다닌다는 점이다. 진현의 속임수를 눈치 채지 못한 진중원은 여러 가지 일을 시켰고 그때마다 진현은 그녀의 명령대로 움직였다.

그런데 겉으로 보이는 그들의 다정함이 화를 불러일으켰다.

바로 철력파였다. 오래전부터 진중원을 눈독 들이고 있던 그로선 그녀와 진현의 다정한 모습을 견딜 수가 없었던 것이다.

사실 철력파의 여성 편력은 매우 심한 편이었다. 그의 아버지인 흑면패왕의 피를 받은 그는 어렸을 때부터 아무 여자나 겁탈하는 것을 즐겨 했고, 더 나아가 무림사화(武林四花)를 품에 안겠다고 입버릇처럼 말해 왔었다.

하지만 오래지 않아 그 꿈은 박살나 버렸고, 그는 눈을 돌려 염선루의 사군자를 모두 품에 안겠다는 꿈으로 고쳐 먹었다. 그래서 영웅단의 관문 시험 때부터 사군자 중 하나인 진중원을 눈여겨 왔었던 것이다.

한데 그녀가 진현의 품에 안겨 있는 것이다. 그러니 자연 그의 눈에 진현의 모습이 곱게 들어올 리 만무했다.

이런 그의 움직임은 진중원 또한 알고 있었다. 철력파의 입버릇은 무극천의 여자라면 모두 알고 있을 정도로 유명하기 때문이었다. 하지만 진중원은 철력파에게 눈길 한 번 주지 않았다.

그의 아버지 흑면패왕이 무서웠기 때문이다. 그녀에게 있어 진현이야 연고가 불확실하고 종리령의 존재 역시 미비하였기에 아무런 거리낌이 없었지만 철력파라면 사정이 달랐다. 적어도 무극천 안에서 천애단주의 입김을 무시할 수 없기 때문이었다.

한편 그것을 모르는 철력파의 눈에선 불똥이 튀고 있었다. 그러던 그는 결국 화를 참지 못하고 진현에게 성큼성큼 다가갔다.

그 모습을 단목수를 비롯한 모두가 재밌다는 듯이 지켜봤다.

"재밌는 거라도 있는가 보지? 뭐가 그리 우스워?"

철력파는 진중원과 진현이 웃고 있는 것에 시비 걸며 아니꼬우면 덤벼라라는 식으로 자세를 잡았다. 만약 진현이 자신에게 덤비면 진중원

앞에서 혼줄을 내주겠다는 속셈이었다.

"철 소협께선 무슨 일이시오?"

철력파의 내심을 알고 있던 진현은 아무것도 모른다는 표정으로 물었다. 철력파로선 진현의 이런 표정에 더욱 화가 났다.

"무슨 일? 허허. 네놈이 나에게 말대꾸나 할 수 있는 입장인가?"

"입장? 그럼 나는 그대에게 말대꾸를 하면 안 된다는 것이오?"

"이놈이 죽고 싶어 환장했구나!"

진현의 천연덕스러운 대답에 철력파는 그만 눈이 뒤집히고 말았다.

"죽어라!"

철력파는 두 손에 가득 내력을 실은 채 진현을 향해 내려쳤다.

"무슨 짓이오?"

진현은 그의 쌍장(雙掌)을 피하며 놀란 눈으로 물었다. 철력파의 화를 부추기려는 의도가 다분했다.

그러는 동안에도 철력파의 두 손은 멈출 기미를 보이지 않았다. 오히려 진현의 속셈대로 되어가고 있었다.

"크아앙!"

계속되는 공격에도 불구하고 자신의 의도대로 되지 않자 철력파는 괴성을 지르며 두 팔에 더욱 공력을 실었다.

"허어, 이러시면 나도 참지 않을 것이오."

진현은 철력파의 공격을 피하기만 하다 결국 손을 쓰고 말았다.

"자, 내 장력도 받아보시오."

그는 화자결의 적양열화수를 펼쳐 내력을 철력파에게 쏟아 보냈다. 그러자 철력파 역시 적양열화수를 펼쳐 진현의 손바닥을 맞받아갔고 결국 굉음과 함께 둘 다 뒤로 물러서고 말았다.

하지만 진현은 한 발자국 물러난 반면 철력파는 세 걸음이나 물러섰다. 두 사람 간의 공력의 차이가 확연히 드러난 것이다.

그 모습을 본 좌중은 진현의 솜씨에 깜짝 놀랐고 특히 진중원의 마음은 기쁘기 짝이 없었다.

'호오, 설마 했는데 철력파까지 물러서게 할 줄이야. 이거 봉을 잡았구나.'

반면 또 다른 눈으로 진현을 지켜보는 이가 있었다. 바로 단목수 곁에 있던 모용혜였다. 언제나 슬픈 눈동자를 보이던 그녀의 눈이 지금만큼은 반짝반짝 빛나고 있었다.

좌중의 이러한 마음은 철력파 역시 마찬가지였다.

'이놈이… 한 수 믿는 것이 있었군. 하지만 네놈이 나보다 강하다는 것은 믿지 못하겠다!'

이렇게 물러난다는 것을 인정할 수 없었던 그는 다시 한 번 진현을 향해 쏘아 나갔다.

그 뒤로 두 사람의 공방은 계속해서 부딪쳤다.

어느새 철력파는 오행결의 무공 말고도 흑면패왕에게 배운 흑수장(黑手掌)까지 펼치고 있었다. 하지만 진현은 오로지 오행결의 무공만을 펼칠 뿐이었다. 적양열화수를 펼치며 금왕기로 보호하고 그 속에 후토(后土)의 기운까지 실어 보냈다.

세 가지 구결만 운용했을 뿐인데도 그 위력은 철력파를 압도하고 있었다.

그 결과 일각도 흐르지 않아 철력파는 가쁜 숨을 몰아쉬며 결국 자리에 주저앉고 말았다.

"쿨럭."

내상을 이기지 못한 철력파의 입에서 선혈이 터져 나왔다. 무리한 공력의 사용으로 이미 내장까지 상한 상태였다.

"제길……."

욕을 내뱉는 철력파의 앞에 선 진현은 흐트러진 옷을 가다듬으며 그를 지켜보았다. 그때 멀리서 이 소동을 알고 달려오는 이가 있었다.

"이놈들! 무슨 짓이더냐!"

바로 남북쌍괴와 내총관이었다.

제49장

염선루(艶仙樓)

염선루(艶仙樓)

"네 이놈! 지금 네가 한 짓이 어떤 짓인지 알고 있느냐!"

진현은 철력파와의 일로 인해 형(刑)을 집행하는 집법각(執法閣)으로 끌려왔다. 집법각을 다스리는 내총관이 중앙에 있었고 그 옆으로 남북 쌍괴, 철력파, 흑면패왕, 종리령이 존재했다.

"총관, 이 아이의 잘못은 없습니다. 그때의 일은 서로 정당방위로……."

"그만 하시오!"

장순은 진현 대신 변명하는 종리령을 향해 호통 쳤다. 그리고 그 모습을 철력파는 고소한 듯 쳐다보고 있었다.

"서로 간의 다툼이었든 아니든, 신분의 차이가 있는 것이오. 아무리 그대의 조카라고 하지만 이제 천에 막 들어온 애송이가 아니오. 한데 어찌 감히 천애단주의 아들을 향해 주먹을 날린다는 말이오!"

장순은 흑면패왕의 눈치를 보며 종리령에게 말했다. 무극천의 막강한 전력이나 다름없는 천애단의 단주인 흑면패왕을 무시할 수가 없기 때문이다.

　　상황이 돌아가는 것을 보며 진현은 그제야 자신이 실수했음을 깨달았다.

　　사실 진현이 철력파와 한바탕 어울린 것에는 별다른 이유가 없었다. 철력파가 자신에게 시비를 걸 때 진중원이 보낸 전음 때문이었다. 그를 망가뜨리라는 그녀의 말에 상황을 더욱 극적으로 만들기 위함이었다. 그래야 진중원으로부터 더욱 신뢰를 받을 것이고 더 나아가 염선루로 잠입할 수 있기 때문이었다.

　　한데 결과는 그렇지 않았다. 자칫하면 모든 것이 물거품으로 돌아갈 수도 있을 지경이었다. 이 자리에 모인 모두와 상대하면 목숨만은 부지하여 무극천을 빠져나갈 수 있겠지만 그렇게 된다면 지난 몇 달간의 노력이 허사로 돌아가 버리고 말 것이다.

　　진현은 이 상황을 모면할 방법을 궁리했다. 하지만 그런 방법은 없었다. 종리령이 계속해서 장순에게 부탁하였지만 장순 곁에는 흑면패왕이 지키고 있었고, 장순은 그의 눈치를 보기 바빴기 때문이다.

　　그때였다.

　　집법각 안으로 남녀 두 사람이 들어왔다. 바로 단목수와 모용혜였다.

　　"아, 어쩐 일이냐."

　　장순은 갑자기 나타난 단목수를 향해 물었다.

　　"영웅단의 단주로서 왔습니다."

　　즉, 단목수의 말은 영웅단의 단주가 단원의 일에 상관하지 않을 수 없다는 말이었다.

"음, 그렇군. 이제 결과가 났으니 조금만 기다리거라."

이미 진현의 징계를 생각하고 있던 장순은 단목수에게 자리를 내어 주고 결판을 지으려 했다. 한데 단목수는 아직 볼일이 남았는지 자리로 돌아가지 않았다.

"아직 할 말이 남았느냐?"

"예, 그렇습니다. 밖에서 듣자 하니 모든 것을 목황의 죄로 넘겨 버리시더군요. 그래서 그 잘못된 점을 바로잡았으면 하는 바람입니다."

"그게 무슨 소리인가?"

"사실 목황의 잘못은 없습니다. 그로선 저기 계시는 종리 노야의 말씀대로 정당방위였을 뿐입니다. 먼저 시비를 건 쪽도 철 소협이고 먼저 손을 쓴 것도 철 소협입니다. 만일 그대로 당하기만 했다면 목황은 목숨을 잃었을 테지요."

"음. 하지만 어찌 천애단주의 아들에게 내상을 입힌다는 말인가? 만약 그 상대가 철력파가 아니라 자네라고 생각해 보게. 아무리 정당방위라고 해도 자네에게 손을 쓸 수 있다는 말인가? 마찬가지인 셈이지."

"아닙니다. 목숨은 하나일진대 죽지 않으려면 싸워야지요. 게다가 그것을 알기 때문에 이들의 행동을 보고 있으면서도 말리지 않았습니다. 만약 제 말이 틀렸다면 저 역시 처벌을 받아야 할 것입니다."

'아니, 이 아이가 어쩌자고 이렇게 나온다는 말인가?'

갑작스런 단목수의 행동에 적지 않게 당황한 장순은 의아하지 않을 수 없었다. 게다가 진현을 처벌하자고 단목수에게까지 벌을 줄 수는 없지 않은가.

"음."

장순으로선 난감하지 않을 수 없었다.

'이런, 나보고 어떡하란 말인가.'

단목수와 흑면패왕 두 사람의 눈치를 보던 장순은 진퇴양난의 상황에 빠지고 말았다. 그때 단목수가 한 가지 제안을 해왔다.

"그럼 이렇게 하는 것이 어떻겠습니까? 제 생각에는 시비를 건 철력파도 죄가 있고, 손에 사정을 두지 못한 목황에게도 죄가 있으니 두 사람 모두 잘못을 한 것입니다. 그리고 내상을 입었다고 하니 제가 좋은 내상약을 준비하도록 할 터이니 이 문제를 저희 영웅단에게 맡겨주심이 어떻겠습니까?"

"음."

장순은 단목수의 제안에 솔깃했다. 과연 그 방법만이 흑면패왕의 체면도 살릴 수 있고 단목수에게도 손해가 가지 않을 수 있었다.

"좋다. 그럼 그렇게 하도록 하지. 하지만 차후에 다시 한 번 이런 일이 있을 때에는 네 목숨은 부지하지 못할 것이다."

장순의 마지막 말은 진현을 두고 한 말이었다.

"예, 알겠습니다."

진현은 장순에게 대답을 하면서도 자신을 지옥에서 천당으로 이끌어준 단목수의 의도가 무엇인지 생각했다. 아무리 생각해도 단목수에겐 자신을 감싸줄 이유가 없다고 생각했다. 영웅단의 단주라는 명분을 들었지만 사실 목황이란 존재는 있으나마나 한 존재였다.

그때 누군가의 전음이 진현의 귀로 흘러 들어왔다.

"오늘 밤 자시(子時)에 아무도 몰래 봉황송(鳳凰松)으로 오너라."

단목수의 전음이었다.

진현은 그의 전음을 뒤로하고 자신의 무사함을 기뻐하는 종리령과 함께 집법각을 빠져나왔다.

　그날 밤 삼경(三更). 진현은 봉황곡을 빠져나와 소나무 숲으로 들어 갔다. 어두운 봉황송으로 달빛이 새어들자 그 광경이 섬뜩할 만큼 신 비로웠다. 그리고 수백 년은 묵었음 직한 소나무들의 무성한 가지 틈 에 그 모습을 드러냈다.
　피웅!
　그때 파공음과 함께 진현을 향해 솔잎들이 날아왔다. 진현은 급히 신형을 돌려 솔잎을 피하며 날아온 방향으로 소리쳤다.
　"누구냐!"
　"후후. 과연 철력파를 꺾을 실력이 있군."
　나타난 이는 진현을 이곳으로 불러낸 단목수였다. 그리고 그와 함께 모용혜도 그 모습을 드러냈다.
　"오셨군요. 이곳까지 부르신 이유가 무엇입니까?"
　"너에게 부탁할 것이 있기 때문이다. 여기서부턴 혜매가 말하도록 하지."
　단목수는 모용혜에게 맡기며 한 발짝 물러섰다. 사실 이런 자리를 만든 것도 모용혜이며 단목수에게 부탁해 진현을 구한 것도 그녀이기 때문이다.
　그녀는 소매에서 작은 종이를 꺼내고는 진현 앞으로 내밀었다.
　"이것을 누군가에게 전해주었으면 해요."
　"예?"
　진현은 모용혜가 건네주는 작은 종이를 받아 펼쳤다. 그것에는 몇 구절의 시가 적혀 있을 뿐 별다른 것은 없었다.

"누구에게 전해달라는 말씀이신지?"

"그 사람은 저희 오라버니예요."

진현의 물음에 답하는 모용혜의 눈동자엔 더욱 슬픈 그림자가 비쳐졌다.

"오라버니라면… 모용자인? 아! 죄송합니다. 모용 소가주를 말씀하시는 것입니까?"

진현은 갑작스레 터져 나온 모용자인이란 말에 깜짝 놀랐다.

"그래요. 저의 오라버니는 그분뿐이지요."

"모용 소가주는 모용세가에 있는 것이 아닙니까?"

모용자인이 모용세가에 있다면 이런 쪽지는 모용혜가 주는 것이 더 빠르지 않나라는 진현의 생각이었다.

"아니에요. 그분은 현재 다른 곳에 계시답니다."

"그럼 그곳이 어디입니까?"

진현은 모용혜의 기색을 보며 모용자인에게 심상치 않은 일이 일어났음을 직감했다.

"금마옥(禁魔獄)!"

"음."

금마옥이라면 무극천에서 죄를 지은 자들이 들어가는 뇌옥과도 같은 곳이었다. 오늘 낮에 단목수가 진현을 구해주지 않았다면 그 역시 갈 뻔한 곳이기도 했다.

"모용 소가주께서 왜 금마옥에……?"

진현은 모용자인이 금마옥에 있다는 말에 어리둥절한 표정을 지으며 반문했다. 모용자인이라면 무극천을 창설한 사대세가의 소주인 신분이다. 한데 그가 왜 그런 곳에 갇혀 있는지 그 연유를 짐작하지 못했다.

"그 이유를 알 필요는 없습니다. 그저 이 종이를 그분에게 드리기만 하면 됩니다."

모용혜는 진현의 지나친 간섭에 미간을 찌푸리며 말했다. 이에 진현은 자신의 실수를 깨닫고 사과했다.

"죄송합니다. 제가 감히 분수를 모르고. 그런데 왜 제게 그런 부탁을 하시는 것인지?"

이 또한 진현으로선 이해되지 않는 대목이었다. 모용세가 휘하의 무인을 시켜도 될 일이 아닌가?

"그 부분 또한 알 필요 없어요. 그저 그대는 우리가 시키는 대로 움직이면 되는 것입니다."

"알겠습니다. 그렇다면 제가 어떻게 하면 되겠습니까?"

진현이 자신이 해야 할 일을 모용혜에게 물었고 그로부터 약 반 시진가량 모용혜의 계획을 들었다.

다음날 진현은 진중원을 따라 매화각으로 갔다.

"호호호. 대단하구나. 그 꼴 보기 싫은 철력파를 눕히다니. 그놈의 표정이 가관이더구나."

진중원은 아직도 그 광경이 생생히 기억나는 듯 대소(大笑)를 터뜨렸다.

"이처럼 대단한 놈을 구했으니 한시라도 빨리 루주께 보여 드려야겠다."

진중원은 진현으로 인해 자신의 지위가 높아질 것을 생각하자 기쁜 듯 콧노래를 부르며 진현을 데리고 매화각을 떠나갔다.

그녀가 진현을 데리고 간 곳은 염선루의 내원 중 가장 큰 누각이 있는 곳으로 염선루주의 거처인 봉래각(蓬萊閣)이었다. 거침없이 봉래각 안으로 들어간 진중원은 그녀를 맞이한 시녀에게 말했다.

"루주께 내가 뵙겠다고 전하거라."

"예, 잠시만 기다리시지요."

진현이 봤을 때 시녀조차 무공을 익힌 흔적이 있으니 이곳은 그야말로 용담호혈(龍潭虎穴)이라 할 수 있었다.

이윽고 루주에게 말을 전하러 간 시녀가 돌아왔고 진중원을 안으로 안내했다. 밖에서 보는 것과 달리 전각의 내부는 긴 회랑의 구조로 되어 있었고 이것은 침입자에 대한 방어로 매우 효율성이 있어 보였다.

회랑의 끝에는 아주 커다란 대청이 자리 잡고 있었고 그 중앙에는 한 여인이 앉아 있었다.

"매화는 어쩐 일인가?"

매화란 진중원을 일컫는 것으로, 사군자는 모두 매화, 죽, 국, 난으로 불리고 있었다.

"예, 루주께 보고드릴 것이 있어 이렇게 찾아뵈었습니다."

"그래? 한데 옆에 있는 자는 누구인가?"

"예. 목황이라는 자로 바로 이자에 관해 드릴 말씀이 있습니다."

"목황? 아, 지난날 천애단주의 아들을 묵사발로 만들어 버린 자이군."

염선루주는 기억이 났다는 듯 아는 체했다.

"한데 이자가 왜? 아, 그렇군. 섭혼심령술에 당한 자로군."

"그렇습니다. 자, 뭐 하느냐? 인사를 드리거라."

진중원의 명령에 진현은 염선루주에게 대례를 하며 인사했다.

"목황이라 하옵니다."

한데 진현은 염선루주의 목소리가 귀에 익음을 느꼈다. 어디선가 들어본 목소리였다.

'내가 아는 자인가?'

하지만 이런 진현의 생각을 뒤로하고 염선루주와 진중원은 그들만의 대화에 빠져 버렸다.

"호오, 단목수와 혜아가 이 녀석을 구해주었다고?"

"예. 아마도 철력파를 무너뜨릴 정도로 재능이 있다고 판별하고 자기들 쪽으로 끌어들이려 하는 것 같습니다."

"음. 그럴 수도 있겠군. 현재 모용세가와 단목세가는 운신의 폭이 자유롭지 못하니까."

"제 생각도 그렇습니다. 하지만 이놈이 저의 꼭두각시인 것을 모르니 참으로 한심하다 할 수 있지요. 그리고 이미 루주의 사람이 되었으니 모두 남궁가를 위한 일입니다."

'아!'

진현은 진중원의 말 중 남궁이라는 말에 깜짝 놀라고 말았다. 염선루주의 정체를 드디어 알아냈기 때문이다.

'이런, 남궁유였군! 그래, 여자로 있어 몰라본 거야. 어쩐지 목소리가 귀에 익다고 했어. 한데 그는 처음부터 여자였던가? 그럼 그때는 남장을 하고 있었단 말인가?'

진현은 소천성탑 시절의 남궁유를 생각했다.

'아, 그렇군. 그래서 그 당시 모용혜가…….'

진현은 이제야 이해할 수 있었다. 왜 모용혜가 일방적으로 남궁유에게 구애했음에도 불구하고 남궁유가 넘어가지 않았는지. 그리고 왜 모용혜가 그토록 끈질기게 구애를 해놓고도 단 한 번에 미련없이 끝을 냈는지.

'젠장. 나만 속이고 있었던 것이 아니었군.'

또다시 진현의 귀에 진중원의 말이 들려왔다.

"그렇다면 이자를 그냥 모용세가와 단목세가로 보내라는 말이십니까?"

"그렇다. 모용과 단목, 두 세가가 상관세가를 견제할 동안 본 가의 내실을 튼튼히 한다면 그들로서도 어쩔 수 없을 것이다."

"아, 그러니 이놈으로 하여금 간세가 되라는 말씀이시군요."

"그렇다."

진중원은 그제야 남궁유의 말을 이해했는지 고개를 가볍게 끄덕이며 수긍을 했다.

"그럼 이만 나가보거라."

"예. 다음에 다시 찾아뵙겠습니다."

이 말을 끝으로 진중원은 진현을 데리고 대청을 빠져나와 봉래각에서 나왔다. 그러는 동안 진현의 머리 속에는 수많은 생각들이 떠올라 그의 마음을 어지럽히고 있었다.

그날 밤 진현은 몰래 자신의 거처에서 빠져나와 염선루로 향했다. 남궁유를 만날 심산이었다. 두 다리에 공력을 모아 신법을 펼치니 그 모습이 바람과 같았다. 그리고 눈 깜짝할 사이에 염선루의 내원에 도착할 수 있었다.

진현은 어둠 속에 몸을 숨기며 봉래각으로 들어갈 기회를 엿봤다. 그때 마침 봉래각의 문이 열리며 시녀가 나왔고 그 순간 진현은 그 틈으로 쏜살같이 날아가 봉래각으로 무사히 잠입할 수 있었다.

그리고 낮에 보았던 회랑을 따라 대청 안으로 들어가려 했다.

그 순간 진현의 귀에 남궁유의 목소리가 들려왔다.

"아, 어쩌면 좋다는 말인가."

그녀는 의자에 기대어 천장을 바라보고 있었다. 이때 진현은 최대한의 신법을 펼쳐 남궁유에게 다가가 그녀의 혈도를 점했다. 그리고 역용을 풀어 진현 본래의 얼굴로 돌렸다.

그녀의 두 눈이 크게 떠지고, 누구냐라고 묻는 듯한 표정을 지었다. 하지만 진현은 그녀의 표정이나 내심은 무시하고 자기 할 말만 하였다.

"이제부터 그대는 내가 묻는 말에만 답하라. 내가 묻는 말이 사실이라면 한쪽 눈을 깜빡이고 거짓이라면 두 눈을 깜빡거리면 된다."

진현은 말함과 동시에 그녀의 아혈(啞穴)은 점하고 얼굴의 혈도를 풀어주었다.

"그대가 남궁유인가?"

한쪽 눈을 깜빡거렸다.

"그대는 예전 소천성탑에 들어간 적이 있는가?"

또다시 깜빡거렸다.

"혹시 진현이라는 자를 아는가?"

진현의 물음에 그녀의 두 눈이 커지더니 급히 한쪽 눈을 깜빡거렸다.

"후후후. 그래? 기억은 하고 있구만."

진현은 서둘러 그녀의 아혈을 풀어주었다.

"그대는 누구인가? 그리고 진현을 알고 있다니, 혹시 단심맹의 사람인가?"

이미 모용자인으로부터 진현의 정체가 단지운임을 알고 있던 그녀였기에 진현을 단심맹의 사람으로 보는 것은 당연했다.

이에 진현은 만면에 미소를 띤 채 여유롭게 대답했다.

"그렇다."

"간이 부었군. 이곳이 어디라고 감히 잠입한 것이냐?"

"이곳이 어디긴? 염선루의 봉래각이 아닌가?"

진현은 발끈하는 남궁유가 귀여운 듯 계속해서 놀렸다. 하지만 그의 두 눈동자는 오랜만에 만난 친우로 인해 흥분되어 있었다.

"어쩔 셈이냐? 나를 죽일 셈이냐?"

"죽인다니? 내가 왜 너를 죽이지? 난 오히려 널 죽음에서 구할 것이다."

"그게 무슨 말이냐?"

남궁유는 진현의 말을 이해할 수 없자 반문했다.

"후후후. 아직도 내 얼굴, 내 목소리가 기억나지 않나?"

진현은 남궁유에게 얼굴을 들이밀며 말했다. 그런 그를 보며 남궁유는 갑작스런 전개에 어리둥절한 표정을 지었다.

"이런, 정말 잊은 것이로구만. 나일세, 진현. 다른 사람은 나를 단지운이라고 부르지."

"아!"

남궁유는 깜짝 놀라 탄성을 질렀다.

"진짜… 진현인가? 아니, 지운인가?"

그녀는 두 눈동자를 부르르 떨며 확인하려 했다.

"그렇네. 내가 소천성탑의 진현이며 천하제일가의 단지운일세. 마경대에서 우리 둘이 술을 먹었지 않는가. 그것도 기억나지 않는가?"

"아! 생각나. 생각나고말고. 그래, 진짜군. 진짜야."

남궁유는 눈앞의 사람이 진실로 진현임을 확인하곤 격동된 마음을 억누를 길이 없었다. 그리고 그 마음은 눈물로 표현되어 그녀의 두 뺨을 타고 흘렀다.

"이런이런, 기쁜 순간에 울긴 왜 우는가."

진현은 그녀의 뺨에 흐르는 눈물을 소매로 닦아주며 미처 풀어주지 못한 혈도를 풀어주었다. 그러자 운신이 자유로워진 남궁유는 진현을 덥석 안으며 더욱 반가워했다.

"이것 참, 요즘 여자들은 만나면 안으려고 하는군."

진현은 쑥스러운 표정을 지으며 그녀의 행동에 난감해했다. 아무튼 남녀가 유별한 것은 사실이기 때문이다.

어느 정도 시간이 흐르고 남궁유의 격동된 마음이 진정되자 두 사람은 마주 보고 앉아 회포를 풀었다.

"한데 이곳은 어떻게 알았는가? 그리고 내가 여기 있다는 것은 어떻게 알았고?"

남궁유는 궁금하지 않을 수 없었다. 자신이 염선루주임을 아는 존재는 무극천 내에서도 극소수에 불과했기 때문이다.

"후후후. 오늘 낮에 봤지 않는가."

"오늘?"

"그래, 또 기억하지 못하는군. 하긴 모습이 바뀌었으니 그럴 만도 하지."

남궁유는 진현의 말에 오늘 만났던 사람들에 대해 곰곰이 생각했다.

"후후. 정말 모르는가 보군. 오늘 진중원이 누구를 데리고 왔는지 기억하나?"

"아! 그럼?"

남궁유는 진중원과 함께 왔던 목황의 모습을 기억하곤 탄성을 질렀다.

"그래, 그게 바로 나일세. 목황은 나의 화신인 셈이지."

"그랬었군."

그녀는 진현의 귀신같은 행동에 감탄하지 않을 수 없었다.

"지운, 그대의 담력도 대단하네. 어찌 단심맹에서 중책을 맡은 이가 이곳에 올 생각을 다 했는가?"

"하하. 그러는 자네는 어떻고? 적의 간세와 이토록 허물없이 말하는 것을 남들이 본다면 어쩔 텐가?"

"후후."

남궁유는 진현의 말에 고소(苦笑)를 금치 못했다. 그 모습을 보던 진현은 갑자기 생각난 것이 있는 듯 급히 남궁유에게 물었다.

"참! 혹시 모용자인의 소식을 알고 있는가?"

"자인? 음."

웬일인지 남궁유는 진현의 물음에 고개를 돌리며 대답하려 하지 않았다. 진현은 그 모습이 이상하게 생각되었지만 그래도 계속해서 물어보았다.

"지난밤 자인의 동생을 만났네. 그녀가 말하길 자인이 금마옥에 갇혀 있다고 하더군. 이게 무슨 일인가?"

진현은 남궁유의 어깨를 붙잡아 자신을 향하도록 하여 방금 전처럼 시선을 피하지 못하도록 만들었다.

"혹시 그 일이 자네와 관련이 있는 건가? 왜 말을 못하는가?"

이에 남궁유는 크게 한숨을 쉬며 자신의 어깨를 잡고 있는 진현의 손을 붙잡아 제자리로 돌려놓았다.

"이야기가 기네."

남궁유는 차근차근 이야기를 풀어놓았다.

"모용자인의 일은 사실 그 하나만의 문제가 아니라 여러 가지 문제가 얽혀 있다네."

"여러 가지 문제?"

"그렇네. 오늘 낮에 나와 진중원이 한 대화를 들었는가?"

"모용, 단목 두 세가가 상관세가를 견제한다는 그 말 말인가?"

"그래, 바로 그것일세. 사실 오래전부터, 아니, 무극천이 창설된 시기부터 사대세가는 그리 사이가 좋은 편은 아니었다네. 그 본보기가 바로 사마세가이지."

"사마세가?"

진현은 이야기 도중 갑자기 사마세가가 튀어나오자 깜짝 놀라고 말았다.

"무극천의 창설은 나의 조부께서 오행결 중 목과 토의 무공을 가지고 있음으로부터 시작되었지. 칠대무서 중 오행결의 비급을 가지고 계신 그분의 야망은 너무나 컸네. 사실 그때만 하더라도 칠대무서 중 태극을 제외하곤 어느 한 가지 나타난 것이 없었으니까."

남궁유의 조부이자 금강문의 반도이기도 한 남궁목진이 자신의 야망을 키워 나가던 시기에는 이미 전대의 삼대고수도 이 세상에 없어 신검과 묵도의 신공이 실전된 상태였고 그 나머지 역시 상황은 비슷한 실정이었다.

"하지만 천하는 이미 호천사정맹과 천마사천회라는 거대한 조직이 차지하고 있었고, 전 무림인들도 그 뜻을 따르고 있었으니 조부의 야심대로 될 리가 없었지. 게다가 호천사정맹의 주인이 사대세가가 아닌 사대문파가 되지 않았나."

"음."

"그래서 우선 호천사정맹의 주축이 되는 사대세가를 차지하고자 하셨네. 사대세가의 가주를 한 자리에 모아놓고 설득하셨지. 호천사정맹의 주인은 사대세가에서 나와야 한다는 명분으로 말일세."

"한데 사마세가는 이를 반대한 것이로군. 그래서 사마세가를 반정지란의 덫에 걸리게 만들어 제거한 것이고?"

진현은 무거운 음색으로 말했다.

"그렇네. 사대세가가 주인이 되든 사대문파가 주인이 되든 우선 더 이상 피를 흘릴 수 없다는 것이 사마세가의 주장이었기 때문이지. 아마 반정지란 당시 수많은 세가의 사람들이 죽어 더 이상 피를 보기 싫었던 모양이네."

"허어. 그래, 피를 보기 싫어하는 사람들에게 피로 물든 칼을 선사하였구만."

"미안하게 생각하네. 그러지 않았다면 자네의 부인인 사마 소저도 그런 꼴을 당하지 않았을 것인데."

남궁유는 이미 진현이 성혼하였다는 소식을 들었기 때문에 진정으로 미안해했다.

"아닐세. 자네가 그런 것도 아닌데 미안해하지 말게. 그보다 이야기나 계속해 보게."

"그렇게 사마세가를 제거하고 그 자리에 상관세가를 영입하려 하였지. 상관세가의 가주 역시 야심이 컸기 때문에 단번에 승낙했네. 그 뒤로 사대세가는 호천사정맹의 일원인 동시에 또 다른 세력을 구축하기 시작했네. 은거한 고수를 모으며 힘을 길렀고 재력을 키웠네."

"그럼 언제부터 삼원천의 하나를 차지하게 된 것인가?"

"후후후. 그것은 조부께서 한 신비인을 만나고부터였네. 그만 아니었더라면 이런 일은 없었을 것인데……."

남궁유는 고소를 지으며 슬픈 기색을 보였다.

"그 신비인이 누구인가?"

진현은 예전 사도운으로부터 들은 이야기가 생각나 급히 물었다.

"그것은 나도 모르네. 복면을 쓰고 있었고 신분을 감추고 있었으니까. 그 신비인은 조부께 '그대가 바라는 이상향과 내가 바라는 이상향이 같으니 힘을 합치는 것이 어떻겠나? 모자란 힘은 내가 보태주지' 하고 말하였네. 조부로선 싫지 않은 제안이었고 얼마 가지 않아 그 신비인의 뜻에 동조하셨네. 그리고 후에 그 같은 이들이 세 명이나 더 있다는 것을 알게 되었지."

"아! 그렇다면 그들이……."

진현은 사도운으로부터 들은 이야기를 남궁유에게 말해 주었다.

"바로 그들이네, 그들이야. 그중 조부께선 이호이시지. 바로 무극천주이시고."

"음, 그랬었군."

"아무튼 그렇게 무극천은 비밀리에 창설되었다네. 그리고 이곳 황산에 터를 잡아 모든 것을 만드셨지. 한데 이상한 곳에서 문제가 생겼다네."

"그것이 무엇인가?"

"그것은 바로 사마세가 대신 영입된 상관세가였네. 상관세가의 야심이 너무 컸던 것이지. 굴러온 돌이 박힌 돌을 빼낸다라는 말을 들어본 적이 있는가? 상관세가가 바로 그 짝이었네. 뒤늦게 영입된 상관세가가 기존부터 사대세가의 자리를 차지하고 있던 모용세가와 단목세가를 뒤흔들려 했던 것일세."

"상관세가가?"

진현은 차츰 이야기가 자신이 생각지 못한 것으로 이르자 주의 깊게 경청했다.

"사실 사대세가의 서열을 굳이 만들려 한다면 본 가가 첫 번째고 그 다음부터 모용, 단목, 상관세가의 순이었지. 한데 상관세가가 모용, 단목 이 두 세가를 제치려고 하니 문제가 안 터지겠나? 터질 수밖에 없지."

"그렇겠군."

"그때부터 모용세가와 단목세가는 상관세가를 견제하기 시작했네. 하지만 상관세가의 야심만큼이나 커져 가는 힘을 막을 수 없었지. 결국 두 세가는 단목수와 모용혜의 정혼이라는 명분으로 힘을 합치고 말았네."

"음. 그래서 모용세가와 단목세가가 상관세가를 견제하려 하는 것이군."

"그렇네. 한데 여기에 문제가 발생했지. 바로 모용자인의 일이 터진 것이야."

진현은 드디어 그렇게나 듣고 싶어하던 모용자인의 이야기를 들을 수 있게 되었다.

"지난해에 자네와 자인이 만난 적이 있었지?"

"아, 그렇네. 구화산에서 한 번 만난 적이 있었지."

"후후. 그때부터였네, 자인의 신상에 변화가 생긴 것은."

"그게 무슨 말인가? 혹시 나로 인해 자인이 죄라도 지었다는 말인가?"

"굳이 따지자면 그렇게 되는 것이겠지. 사실 모용자인의 경우 자신이 원해서 무극천의 일을 하는 것은 아니었네. 세가 어르신의 뜻을 거스를 수가 없었던 것이지. 그리고 계속해서 고민했었네. 자신이 생각하는 정의와 세가에서 강요하는 현실 속에서 말이네."

"아!"

진현은 모용자인의 본심을 알게 되자 기쁜 듯 탄성을 질렀다.

"한데 자네를 만나고 나서 현실보다 정의 쪽으로 마음이 기운 것이네. 더 이상 자신의 마음을 숨길 수가 없었던 것이지. 그리고 결국 자신의 생각을 세가에 밝혔다네."

"음."

"말하지 않아도 결과는 뻔했지. 그렇지 않아도 상관세가로 인해 모용세가의 자리가 흔들리거늘 거기다 장래 세가를 이끌어갈 소가주의 입에서 그런 말이 나온다는 것은 큰 충격이었지."

진현은 남궁유의 말을 들으며 모용자인이 자신의 결심을 세우기까지 얼마나 힘들었을까 생각해 보았다.

"그 뒤로는 자네가 알고 있는 그대로네. 생각을 되돌리기 위해 금마옥에 가둬 버린 것이지."

"아, 그런 거였군."

진현은 모용자인을 생각하며 진정으로 안타까워했다. 그때 문득 모용혜가 준 쪽지가 생각났다.

"참, 이것을 보게. 무엇인지 모르지만 모용혜가 자인에게 주라고 하더군."

"음."

남궁유는 진현이 준 종이를 보며 신음을 터뜨렸다. 사실 모용혜가 준 종이에 쓰여진 시는 단순한 시가 아니라 모용세가에서만 쓰는 암호였다. 하지만 남궁유는 모용자인으로부터 배운 적이 있었기에 어렵지 않게 해독할 수 있었던 것이다.

"뭔가? 무슨 내용인가?"

남궁유의 신음을 들은 진현은 무슨 일인가 걱정하지 않을 수 없었다.

"다가오는 중양절에 모용세가와 단목세가가 날개를 펼친다는 이야기네."

"날개? 그게 무엇인가?"

"그것은 나도 모르네. 하지만 심상치 않은 것만은 분명하네."

"아, 그럼 자네는 그것을 막을 작정인가?"

진현은 남궁유의 진심을 떠보았다.

"아닐세. 막을 이유가 없네. 오히려 잘된 일이지. 무극천은 이 세상에서 사라져야 하네. 지금의 무극천은 피만을 바랄 뿐 평화를 바라지 않네. 모두 자신만의 야심을 충족시키기에 바쁘지."

진현은 남궁유의 말에 의외라는 듯 그 연유를 물었다.

"아니, 아무리 나로선 반가운 소식이라 하지만 그대는 장차 무극천을 이끌어갈 소천주가 아닌가? 그게 무슨 말인가?"

"후후. 소천주? 그런 건 개나 줘버리라고 해."

진현은 그제야 남궁유 또한 그녀만의 고민이 있음을 알게 되었다.

"혹시 자네에게 무슨 일 있는가? 말 못할 고민인가?"

"후후. 지운, 자네 오늘 나에게 여러 가지 비밀을 얻어가는군. 말 못할 것도 없지. 말해 주겠네."

남궁유는 또다시 자신이 알고 있는 비밀을, 그중에서도 자신에 관한 부분을 진현에게 털어놓았다.

"우습지 않나? 그동안 남자라고 알고 있던 자가 알고 보니 여자였다라는 점이."

"음."

"사실 난 오래전부터 남자로 교육받았고, 남자처럼 행동해야 했네. 다른 소녀들이 장신구를 만지며 수를 놓을 때 난 검을 휘두르며 사람을 벨 교육을 받았지."

"아!"

진현은 그제야 남궁유의 고민이 무엇인지 대충이나마 감을 잡게 되었다.

"본 가의 직계는 나 하나뿐이라는 이유 하나 때문에 난 여자로서의 삶보다는 남자로서의 삶을 강요받았네. 하지만 단 한 순간도 즐거웠던 적이 없었지. 있다면 소천성탑 시절 자네와 자인, 무청을 만났을 때뿐이었네."

"……."

진현으로선 남궁유에게 딱히 위로해 줄 말이 없었다.

"한데 말일세. 이제까지 본 가의 야망을 위해 희생한 나에게 또다시 희생을 하라 강요받고 있네. 상관세가의 야심이 나를 이 꼴로 만든 것이지."

"그게 무슨 말인가?"

진현은 언뜻 남궁유의 말을 이해할 수가 없었다. 남궁세가의 그녀가 왜 상관세가의 야심으로 희생을 강요받아야 한단 말인가?

"바로 상관세가의 소가주인 상관영이 나에게 청혼을 해온 것일세. 남궁세가의 맥이 끊어졌음을 이용한 것이지. 나와 결혼하면 자연히 차기 무극천주의 자리가 그에게 돌아갈 것이라 생각한 것이지."

"아!"

"본 가로서도 그리 싫지 않았나 봐. 서둘러 나와 상관영의 정혼을 성사시키려 하더군. 나의 의지와는 상관없이 말이야. 그래서 내가 먼저 선수를 쳤지. 무극천 한가운데 염선루를 차리고 나 스스로 기녀를 자청한 것이야."

"음."

진현은 그제야 왜 남궁유가 염선루주가 되었는지 이해할 수 있었다.

"후후. 어떤가? 나의 이 기구한 운명이?"

진현은 아무 말 없이 그녀를 끌어안았다. 어떠한 말도 지금 이 순간에는 위로가 되지 못한다는 것을 알고 있기 때문이다. 그저 가슴만이라도, 그녀가 편히 울 수 있도록 가슴만이라도 빌려줄 수밖에 없었다.

"정말… 억울한 운명이야……. 흑흑흑."

기어코 남궁유의 눈에서 또다시 눈물이 흘러내리고 말았다. 진현은 그녀의 등을 토닥여 주며 그녀의 격앙된 마음이 진정되기를 기다렸다.

"이런, 내가 오랜만에 만난 친우 앞에서 두 번이나 추태를 부렸군."

남궁유는 슬며시 진현의 가슴에서 빠져나와 쓴웃음을 지으며 말했다.

"내가 도와줄 일은 없는가?"

진현은 진심으로 남궁유를 돕고 싶었다.

"도와줄 일? 그거라면 딱 하나 있지. 바로 이 무극천을 멸망시키면 그것이 나를 도와주는 일일세."

진현은 남궁유가 얼마나 무극천을 증오하는지 다시 한 번 알 수 있었다.

"후후, 알겠네. 한데 그 상관영이라는 자는 정말 아까운 것을 놓쳤군. 이토록 아름다운 소저를 말이야."

진현은 농담을 걸며 남궁유의 굳어진 마음을 풀어주려 하였다. 그러다 그의 머리 속을 스치고 지나가는 것이 있었다.

"아! 상관영 하니 생각난 것인데, 칠성동의 일은 어떻게 된 것인가? 그리고 그 안으로 들어갔던 사대문파의 제자들은 어떻게 되었고?"

"칠성동이라……."

남궁유는 자신이 알고 있는 칠성동에 대한 지식을 모두 진현에게 일러주었다.

"칠성동은 이미 무극천의 손 안에 들어갔네. 아니, 처음부터 칠성동은 무극천으로 인해 열려 있었지."

"그렇다면 이미 함정이나 마찬가지인 곳에 사대문파의 제자들이 들어갔다는 말인가?"

"그렇지."

"그렇다면 그 사람들은 모두 어떻게 되었나?"

"그들은 금마옥에 갇혀 있네."

"금마옥?"

"그렇다네. 오래전부터 갇혀 있었지. 본래 황극천의 수라마인과 앙천독인 중 하나가 될 계획이었으나 단심맹에서 그들을 보게 될 것을 고려하여 일부러 그들을 감춰둔 것이라네."

"아!"

진현은 이런 사실도 모르고 칠성동이 열리기만을 기다리며 어떻게 무극천의 공세를 막아야 할지 고민하던 지난날을 후회했다. 한데 남궁유의 입에서 더욱 무서운 사실이 밝혀졌다.

"무극천에서 그들을 감춰둔 것에는 또 다른 이유가 있지."

"그게 무엇인가?"

"칠성동이 이미 열렸다는 것을 단심맹에서 모르게 하기 위함이네. 그리고 그것을 모르는 단심맹이 칠성동 안으로 들어가면 그 안에서 몰살을 시키려는 계획이지."

"아!"

진현은 무극천의 무시무시한 계획에 소스라치게 놀랐다.

"일주일 후 칠성동이 열리니, 아마 황극천의 수라마인과 앙천독인은 이미 출발했을 것이네. 단심맹을 맞을 준비를 하기 위해서 말이야."

"젠장!"

진현은 이곳으로 오기 전 이미 칠성동에 대해서 계획을 짠 바가 있었다. 그리고 단심맹의 수많은 무인들은 분명 그 계획대로 움직일 것이 분명했다.

"그렇다면 어서 빨리 이 사실을 알려야 하네. 그렇지 않으면 모두가 죽을 것이야."

"그 사실을 누가 알리는가? 자네가? 만약 자네가 없어진 것을 안다면 아마 무극천은 이상하게 여길걸? 그건 금마옥에 갇힌 사대문파의 제자들도 마찬가지일세."

"그렇다면 어떡하면 좋겠나?"

"굳이 방법을 찾자면 없는 것도 아닐세."

"그 방법이 무엇인가?"

"금선탈각(金蟬脫殼)의 계(計)!"

남궁유는 진현에게 한 가지 계책을 말해 주었다.

"먼저 자네는 모용자인을 구해야 하네. 그와 함께 이곳에서 탈출하는 것이야."

"내가 없어진다면 무극천에서 이상하게 여길 것이라고 하지 않았나?"

"그러니 금선탈각의 계를 쓰자는 것일세. 우선 한 구의 시체가 필요하네. 자네를 위한 것이지."

"나를 위한 시체?"

"그래. 잘 들어 보게. 우선 자네는 모용자인을 만나러 금마옥으로 들어가는 것일세. 그리고 그 안에서 또 다른 인물로 변신하는 것이지. 바로 모용자인을 구하기 위해 나타난 제삼의 인물로 말이야. 그리고 자네는 자네의 손에 죽는 것으로 해두게. 바로 영웅단의 목황이 제삼의 인물에게 죽임을 당한다 이것이야."

"아! 그래서 한 구의 시체가 필요한 것이군."

진현은 남궁유의 계책에 감탄하며 탄성을 질렀다.

"그 다음부터는 간단하네. 자네는 계속해서 제삼의 인물로 행세하여 모용자인을 데리고 이곳을 빠져나가면 되는 것일세. 신검을 익힌 자네이니 충분히 이곳을 빠져나갈 수 있을 것일세."

다음날 진현은 급히 오성환을 찾았다.

"하하. 목 소협께서 어쩐 일이시오? 나를 다 찾으시고?"

"간단하게 말하겠소. 전에 말한 것이 아직도 유효하다면 나에게 한 구의 시체를 준비해 주시오. 그리고 금마옥으로 들어갈 수 있는 명분을 마련해 주시오."

"시체? 금마옥? 그게 다 무슨 말이오?"

"자세히 밝힐 수는 없소이다. 다만 이곳을 탈출하기 위해 필요한 것들이오."

"오호라! 이곳을 탈출하시겠다는 말이오?"

오성환은 기이한 눈빛으로 진현을 쳐다보며 반문했다.

"그렇소."

진현은 자신이 이곳을 탈출할 계획을 간략하게 설명해 주었다.

"음. 그런 방법이 있었군. 좋소. 도와주겠소. 언제까지 구해주면 되오?"

"빠르면 빠를수록 좋소이다."

"그럼 오늘 유시(酉時)에 금마옥으로 들어가시오. 내가 말을 해두겠소. 그리고 시체에 관한 일은 내가 직접 처리하겠소. 아무래도 그 편이 빠르지 않겠소?"

"아! 그러면 더 좋을 것이오. 고맙소이다."

"후후후. 고마울 것 없소. 내가 말했지 않소, 그대가 원하는 일이 내가 원하는 일이라고."

오성환은 진현을 보며 빙긋 웃어 보였다. 하지만 진현은 이런 오성환을 제쳐 두고 다른 것에 정신을 두고 있었다.

'유시라… 그때까지 운기조식하며 만반의 준비를 해야겠군.'

제50장

칠성동(七星洞)

칠성동(七星洞)

　진현은 약속대로 유시가 되자 금마옥에 나타났다. 거대한 바위산에 인위적으로 동굴을 만들어 그 안에 뇌옥을 설치한 것 같아 보였다. 아마도 한번 안으로 들어가면 정문을 제외하곤 도저히 밖으로 빠져나올 수 없게 하기 위함 같았다.

　"음, 대단한 위용이군."

　진현은 탈출할 때를 생각하며 금마옥을 유심히 쳐다보았다. 지형지물을 눈에 익혀야 보다 쉽게 탈출할 수 있기 때문이었다. 그리고 어느 정도 금마옥 주위의 지형과 탈출로가 눈에 들어오자 진현은 미련없이 금마옥을 향해 걸어갔다.

　"누구십니까?"

　금마옥을 지키는 무사들이 진현을 경계하며 신분을 물었다. 대도를 든 모습이 매우 위협적이었다.

"영웅단에서 왔네. 길을 비켜주게."

진현은 오성환이 일러준 대로 말했다. 그러자 경비 무사들은 황급히 좌우로 비키며 진현을 안내했다.

"아, 상부로부터 명을 받았습니다. 어서 드시지요."

진현은 당당한 기색으로 무사의 안내를 받으며 금마옥으로 들어갔다. 비록 오후이지만 해가 떠 있음에도 불구하고 빛이 들어오지 않는 금마옥 내부는 횃불을 의존하지 않으면 일 장 앞의 시야도 보이지 않을 정도로 어두웠다. 간간이 동굴 안을 밝히는 등불이 벽에 걸려 있긴 했지만 그것만으론 부족한 감이 없지 않았다.

이윽고 진현은 자신이 원하는 곳에 도착할 수 있었다. 동굴은 호리병처럼 들어가는 입구는 좁지만 안으로 들어갈수록 넓어지는 형태로 마치 십만대산에서 보았던 유동(乳洞)과 비슷한 형태였다. 그리고 내부의 뇌옥은 이층의 구조로 되어 있어 뇌옥 하나하나 벽에 동굴을 만들어 사용한 것이었다. 그리고 철문으로 동굴을 막아 죄인을 가두어놓은 형식이었다.

"사대문파의 제자들은 저기에 있습니다."

사대문파의 제자들을 만나는 것이 진현이 금마옥으로 들어올 수 있었던 명분이었다. 정확하게 말하자면 오행결의 수련을 돕기 위해서라고 밝혔었다.

"그런가? 한데 한 가지 물어볼 것이 있네."

"무엇입니까?"

"이곳에 모용세가의 소가주께서 있다는 소리를 들었는데……."

진현은 넌지시 무사에게 모용자인이 갇혀 있는 곳을 물어보았다. 하지만 무사는 경기를 하며 손사래를 쳤다.

"아이고! 전 모르는 일입니다요. 높으신 분의 일을 제가 어떻게 알겠습니까요?"

"그러지 말고 가르쳐 주게. 자, 이것 받게나. 나중에 염선루에 가서 술 한잔하라고."

진현은 무사의 손에 금원보(金元寶)를 쥐어주며 다시 한 번 물었다. 그러자 손 안의 금원보를 보며 갈등하던 무사는 진현에게 다가와 귓속말로 속삭여 주었다.

"아이고, 어디 가서 제가 말했다고 하지 마십시오. 들키면 전 죽은 목숨입니다요."

"알겠네. 그래, 방 번호가 몇 번인가?"

"예. 오백십 번입니다요."

"음. 알겠네. 그럼 수고했네. 어서 가보게. 난 여기 볼일을 마치고 나가겠네."

"예, 알겠습니다."

진현의 말에 무사는 손 안의 금원보를 계속해서 쳐다보며 희희낙락한 표정으로 밖으로 나가 버렸다. 무사가 나간 것을 확인한 진현은 눈으로 모용자인이 있는 방을 찾았다. 뇌옥 안을 돌아다니는 간수들이 있어 정확히는 찾을 수 없었지만 대충이나마 짐작되는 곳을 찾아내었다.

"이제 시작해야겠군."

진현은 자신의 얼굴을 문질러 지금까지의 모습과는 전혀 다른 얼굴로 변했다. 광대뼈가 툭 튀어나온 모습이 매우 인상적인 얼굴이었다.

"이쯤 하면 되었군."

진현은 손가락 끝에 공력을 주입시켜 일양지를 펼쳤다. 그러자 그의 손가락에서 지풍이 나와 뇌옥 안을 돌아다니는 간수들의 목을 순식간에 뚫어버렸다. 말할 것도 없는 즉사였다.

"이제 밖에 알리는 일만 남았군."

진현은 주위를 두리번거리다가 벽에 걸린 줄을 잡아당겼다. 그러자 사방에 종소리가 울려 퍼졌다. 아마도 침입자를 알리기 위한 종소리인 것 같았다.

진현은 급히 모용자인이 있을 거라 짐작한 곳으로 날아가 방 번호를 확인했다. 과연 오백십 번이라 적혀 있었다. 방 번호를 확인한 진현은 두 손에 적양열화수를 극성을 펼쳐 뇌옥을 가리고 있는 철문을 녹여버렸다.

과연 뇌옥 안에는 한 사람이 갇혀 있었다. 산발한 머리카락 사이로 언뜻 보이는 얼굴이 영락없는 모용자인이었다.

"자인!"

"누구시오?"

진현의 격앙된 목소리에도 모용자인은 조용한 기색으로 신분을 물었다. 마치 세상사에 관심없는 모습 같았다.

"날세, 지운일세."

"응? 지운?"

그제야 모용자인은 반응을 했다.

"그래, 어서 나오게. 나와 함께 이곳을 빠져나가야 하네."

"후후후. 그대가 지운이라는 것을 어떻게 믿는가? 그리고 지운이라 한들 왜 내가 함께 가야 하는가?"

모용자인은 차가운 눈으로 바라보며 물었다.

"자세한 말은 나중에 함세. 잠시 실례하겠네."

진현은 더 이상 시간을 끌면 좋지 않다고 여기고 지풍을 날려 모용자인의 혈도를 점했다. 그리고 모용자인의 축 늘어진 몸을 등에 업었다.

"음. 안 되겠군."

진현은 소매를 찢어 등에 업힌 모용자인과 자신의 몸이 떨어지지 않도록 묶어버렸다. 그리고 몇 번 이리저리 움직여서 이상이 없음을 깨닫고는 급히 자신이 온 길을 되돌아갔다.

하지만 입구는 벌써 경비 무사들로 둘러싸여 있었다.

"젠장. 또다시 피를 보아야겠군."

진현은 시간을 끌수록 자신이 불리하다라는 것을 잘 알고 있기 때문에 손에 사정을 두지 않고 속전속결로 공격을 퍼부었다.

그의 장기인 일양지가 사방으로 쏟아졌고 경비 무사에게서 칼을 빼앗아 허공에 도흔(刀痕)을 남겼다. 삽시간에 상황은 정리되었고 경비 무사들은 전멸했다. 거의 일방적인 도륙이라 할 수 있었다.

진현은 자신으로 인해 죽은 이들을 보며 괴로운 표정을 지었으나 그것도 잠시, 재빨리 움직여 금마옥을 벗어났다.

하지만 이것으로 끝난 것이 아니었다.

이번에는 조금 전의 경비 무사들과는 다른 절정의 고수들이 그의 앞을 막아섰다. 금마옥의 소동을 알고 달려온 영웅단과 천애단의 고수들이었다.

진현은 적들 틈에 모용혜와 단목수, 진중원, 철력파, 오성환 등이 있음을 알 수 있었다. 게다가 지금까지 자신을 아껴준 종리령 또한 있었다. 그는 복잡한 심정으로 그들을 바라보다 입술을 잘게 깨물며 다시 앞으로 뛰어나갔다.

"부탁한 시신은 금마옥에 던져 놓았소. 이제 그대는 죽은 것으로 되어 있을 것이오."

오성환의 전음이 진현의 귀로 들리자 그는 이제 이곳을 탈출할 일만 남았다는 것을 깨닫고 두 다리에 더욱 공력을 주입시켰다.

쉬익.

두 개의 대도가 진현의 허리를 쓸어버릴 듯 쏟아져 왔다. 진현은 급히 신형을 틀어 옆으로 비켰지만 그곳 역시 안전한 곳이 아니었다. 사방에서 무기들이 진현을 노리고 있었기 때문이다.

'젠장. 이미 늦었군.'

진현은 또다시 피를 보지 않으면 이곳을 빠져나갈 수 없음을 깨달았다. 그러던 사이 진현의 복부로 기다란 창이 한 자 가까이 다가왔다. 진현은 급히 손을 내밀어 창신(槍身)을 잡아 자신 쪽으로 끌어당겼다. 그러자 창을 내밀었던 무인까지 끌려왔다.

"합!"

진현은 기합과 함께 장력을 펼쳐 무인의 가슴팍을 향해 쏟아냈다. 그러자 무인은 가슴팍이 부서짐과 동시에 그 뒤에 존재하는 천애단원에게 퉁겨져 나갔다. 하지만 또 다른 천애단원들이 그를 향해 달려들었다.

예전 무당파를 피로 물들였던 금모신원과 금모신노가 진현을 향해 주먹을 내밀었다. 그러자 가공할 권풍(拳風)이 일며 진현을 휩쓸었다. 하지만 진현은 이를 피하지 않고 두 사람의 손목을 동시에 잡아 사정없이 비틀었다.

뿌드득.

뼈가 으스러지는 소리와 함께 금모신노와 금모신원의 두 팔이 기이하게 비틀려 버렸다. 하지만 이들을 가만히 내버려 둘 진현이 아니다. 앞으로 달려가 두 다리를 들어 그들의 가슴을 동시에 연타했다.

퍼퍼펑!

무한한 공력이 주입되어 마치 강철과도 같이 단단한 진현의 발에 강타당하자 두 사람은 피를 뿜으며 뒤로 날아가 버렸다.

"죽어라!"

철면판관이 뒤에서 괴성을 지르며 판관필을 휘둘러 진현의 십개대혈을 노려왔다. 그와 동시에 양 옆에서 철력파와 오성환이 시뻘건 적수(赤手)로 진현의 옆구리를 노렸고, 앞에서는 백손도인이 그의 성명절기인 잔심망혼수(殘心忘魂手)를 펼쳐 달려들었다.

전후사방이 막힌 것이다.

진현은 어디로든 피할 수 없음을 깨닫고는 네 방향 중 한곳과는 반드시 부딪쳐야 한다는 것을 깨달았다.

'좋아. 금왕기를 믿어보지.'

진현은 주저없이 뒤쪽의 철면판관을 향해 손가락을 뻗어 지풍을 날렸다. 모용자인을 생각한 그의 선택이었다.

퍼퍼펑!

여지없이 철력파와 오성환, 백손도인의 장력이 진현의 몸을 강타했다.

'윽!'

진현은 울컥하며 목구멍을 통해 올라오는 핏물을 속으로 삼켰다. 하지만 그의 입가에는 엷은 핏물이 배어 있었다.

그러나 철력파와 오성환, 백손도인 역시 무사하지는 못했다. 그들 중 철력파의 경우는 금왕기의 반탄력으로 인해 두 손이 탈골되어 버렸다. 이런 그를 진현은 놓치지 않았다.

바로 신형을 던져 철력파의 가슴을 향해 장력을 날려 버렸다.

"으악!"

철력파의 가슴은 철퇴에 맞은 것처럼 함몰되어 버렸고 그 자리에서 즉사하고 말았다. 그것을 본 흑면패왕의 눈은 광기로 물들기 시작했다. 아무리 여인을 겁탈하여 낳은 자식이라 하나 자식에 대한 부모의 사랑은 누구나 같은 법이기 때문이다.

흑면패왕의 거대한 흑수가 진현의 전신을 노려왔다. 이때만큼은 진현도 긴장하지 않을 수 없었다. 누가 뭐래도 천애단의 주인으로 있는 몸이다. 게다가 현학자도 당해내지 못하고 피할 수밖에 없었던 이가 흑면패왕이다.

흑면패왕의 천생신력과 함께 가공할 내공이 쏟아지자 진현은 우선 피해야겠다는 생각이 들었다. 급히 뒤로 물러섰지만 자리가 없었다. 뒤쪽에서도 하나같이 무기들이 빛을 발하며 진현을 노리고 있었다.

'젠장!'

진퇴양난의 상황에 진현의 입에선 저절로 욕이 터져 나왔다. 그때 그의 귀로 전음성이 들려왔다.

"이쪽으로 피하시오."

오성환의 전음이었다. 그의 말대로 진현은 주저없이 움직였고, 그곳에는 오성환 본인이 있었다. 대충 오성환의 생각을 눈치 챈 진현은 그에게 전음을 날리며 두 손을 놀렸다.

"장력을 날릴 테니 옆으로 피하시오."

과연 오성환은 진현의 말대로 옆으로 피했고 진현은 그 틈을 통해 무리 속에서 빠져나갈 수 있었다.

그때부터 진현의 피 튀기는 탈출이 시작되었다. 봉황곡을 빠져나온 진현은 급히 봉황송 속으로 들어가 소나무들 틈에 자신의 몸을 숨겼고, 잠시나마 숨을 가다듬을 수 있었다. 아무리 심후한 내공을 가진 그이지만 계속되는 차륜전에는 당해낼 재간이 없었기 때문이다.

진현은 모용자인과 자신을 묶은 천을 풀어 모용자인의 상태를 살펴보았다. 다행히 격전 속에서 다친 곳은 없었다. 모용자인의 무사함을 깨달은 그는 다시 등에 모용자인을 업어 천을 이용하여 하나로 연결시켰다.

"음. 이대로 천도봉으로 오르는 것이 좋겠구나."

생각을 마친 진현은 급히 몸을 움직여 천도봉 방향으로 날아갔다. 그러자 근처에서 그를 쫓고 있던 무사들이 호각을 불며 뒤쫓아왔다.

진현은 하늘을 찌를 듯이 솟아 있는 소나무를 박차고 올라 가지를 밟으며 앞으로 나아갔다. 세찬 바람이 그의 뺨을 벨 듯이 지나갔지만 진현은 전혀 신경 쓰지 않았다.

그 길로 쭉 나가자 진현을 기다리고 있는 것은 항산의 자랑거리인 거대한 바위 절벽이었다. 하지만 진현은 전혀 거리낌없이 벽호공(壁虎功)을 운용하여 절벽을 타고 올랐다. 그리고 얼마 가지 않아 절벽 위에 올라설 수 있었다.

위에서 본 광경은 가히 장관이었다. 사방에 불빛이 반짝이는 것을 보니 무극천의 무사들이 이 근방을 이 잡듯이 뒤지고 있다는 것을 알 수 있었다.

"조금만 참게."

자신에게 하는 소리인지 아니면 모용자인에게 하는 소리인지는 모르겠지만 그것으로 결의를 굳힌 진현은 또다시 몸을 날려 천도봉으로 향했다.

한 치 앞도 제대로 볼 수 없을 정도로 울창한 수림은 진현의 발걸음을 더디게 만들었다. 하지만 진현은 나뭇가지를 분지르고 수풀을 헤치며 끊임없이 앞으로 나아갔다.

반 시진이 지나자 드디어 진현은 천도봉에 오를 수 있었고 이제 반대 편으로 내려갈 일만 남았다.

"음. 이쯤이면 무극천의 추격도 한결 가시겠구나. 어서 빨리 칠성동으로 향해야겠다."

진현은 자신이 올라온 반대 방향으로 천도봉을 내려가며 그 속도를 더해갔다.

모용자인이 정신을 차린 것은 어느 허름한 폐찰 안에서였다. 눈을 뜨자 그의 곁에는 진현이 모닥불을 피우고 있었다.

"으으음."

"아, 정신을 차렸는가?"

"그대는?"

"날세, 지운일세. 계속 누워 있도록 하게."

진현은 더 이상 모용자인이 혼란스러워하지 않도록 지금까지 있었던 일을 설명해 주었다.

"아, 그렇게 된 것이로군. 하지만 쓸데없는 일을 했어. 왜 나까지 데리고 와버렸나?"

"허어, 사람 하고는. 그게 무슨 소리인가. 그곳에 계속 갇혀 있었다면 아마 큰일을 치렀을 것일세."

진현은 모용혜로부터 받은 쪽지를 모용자인에게 내밀었다. 그것을 받은 모용자인은 종이에 적힌 내용을 보았다.

"헉!"

"자네 역시 남궁유와 같은 반응을 보이는군."

"음. 그래, 그녀 역시 암호를 알 테니 이 내용을 알고 있겠지. 물론 자네도 알고 있겠지?"

"그렇네. 하지만 정확히는 모르네. 중양절에 날개를 펼친다니, 그게 무슨 말인지 도통 알 수 있어야지 원."

"중양절에 본 가와 단목세가가 반란을 일으킨다는 말이네."

"반란?"

진현은 모용자인의 말에 깜짝 놀라 반문했다.

"그게 무슨 말인가? 자세히 말해 주게."

"남궁유와 함께 있었다면 사대세가 사이에 무슨 일이 벌어졌는지 알 것이네. 본 가와 단목세가는 상관세가에 밀려 점점 그 입지가 좁혀져 가고 있네. 그러니 본 가와 단목세가로선 마지막 발악을 하는 셈이지."

"음."

진현은 모용자인의 말을 들으며 고개를 끄덕였다.

"그랬군. 그럼 자네는 본 가로 돌아갈 것인가?"

"아니야. 그곳으로 다시 돌아가면 또다시 현실에 타협하게 될 것이네. 그러기엔 너무 지쳤어. 차라리 자네를 따라가는 편이 좋을 것이야."

모용자인은 고개를 절레절레 흔들며 자신의 생각을 밝혔다. 이에 진현 또한 좋아라 했다.

"그것참 반가운 말일세. 그럼 이참에 나와 함께 단심맹으로 들어가 함께 지내세. 아마 무청도 좋아할 것이네."

"아니야. 무극천의 괴수가 어찌 단심맹으로 들어가겠는가. 그저 일이 끝날 때까지 자네 곁에만 있겠네. 이름도 바꾸고 말이야."

"음. 그럼 그렇게 하게나."

진현은 금마옥에 갇혀 몸이 상할 대로 상한 모용자인을 돌보며 가능한 한 빨리 칠성동으로 향했다.

칠성동은 호광성(湖廣省)과 하남성(河南省)의 경계를 구분 짓는 대별산맥 중 동백산(桐柏山)의 중턱에 자리 잡고 있었다.

평소 호광성과 하남성을 넘나들며 장사를 하는 상인들을 제외하곤 사람의 발길이 없는 이곳에 웬일인지 오늘만큼은 무림인들이 곳곳에서 눈에 띄었다. 가슴에 '단(丹)'이라는 글자를 수놓은 것으로 봐선 단심맹의 무사들이 분명했다.

그리고 낯익은 얼굴이 보였다. 거대한 몸집이 특징인 언무청이었다.

"서둘러라! 조금 후면 칠성동이 열릴 것이다! 그렇게 되면 무극천의 무리들이 어디서 공격할지 모른다. 하니 그전에 우리가 먼저 자리를 잡아야 한다!"

언무청이 사방을 향해 소리치며 무사들을 재촉했다. 그 뒤를 개방의 거지 떼들이 이었고 또 그 뒤에는 단심맹의 수많은 고수들이 따라오고 있었다.

얼마나 갔을까?

그들의 눈앞에 거대한 바위산이 나타났다. 그리고 그 중앙에는 두 사람이 동시에 들어갈 만큼 움푹 패어 있었다. 그러나 그것은 동굴이 아니라 그냥 절벽 안으로 깎인 것에 불과했다.

"이곳이 바로 칠성동의 입구구나."

뒤에서 따라오던 제갈화영이 그 광경을 보며 탄성을 질렀다.

"여기가 칠성동의 입구라는 말씀이십니까?"

"그렇네. 여기가 바로 입구일세."

"어디를 봐서 입구라고 말씀하시는 건지……."

언무청은 제갈화영의 말을 도통 이해할 수 없다는 듯 계속해서 중얼거렸다. 그러자 제갈화영은 빙그레 웃어 보이더니 그 이유를 설명해주었다.

"저기 보이는 움푹 패인 곳은 본래 동굴로 쭉 이어져 있는 것일세. 한데 거대한 돌이 입구를 막아버린 것이지."

"아!"

언무청은 그제야 이해했다는 표정을 보이며 신기한 듯 쳐다보았다.

"하면 입구는 어떻게 열립니까?"

"그건 안쪽에서만 열 수 있네. 그러니까 칠성동으로 들어간 기재들이 여는 것이지. 그리고 그날이 바로 오늘이고 말이야."

"그렇군요. 그럼 여기서 기다려야 되겠습니다그려."

언무청은 자리에 털썩 주저앉아 시큰둥한 표정을 지었다. 뭔가 신기한 일이 일어날 것이라 생각했던 그이기에 이렇게 기다리기만 한다는 것은 성격에 맞지 않는 일이었던 것이다.

그런 그를 잘 알고 있는 제갈화영은 언무청에게 일거리를 주었다.

"허어, 이러고 있을 시간이 어디 있나? 이럴 때 무극천이 공격이라도 퍼붓는다면 우린 모두 죽은 목숨일세. 어서 빨리 그들을 맞을 준비를 하게."

"하하하. 걱정도 많으십니다. 이곳에 모인 맹의 전력이라면 아무리 무극천이라 한들 당해내지 못할 것입니다."

언무청의 말속에는 강한 자신감이 내포되어 있었다. 그도 그럴 것이 이곳에 모인 고수들을 보자면 지난날 천마사천회에서 생사를 같이하였던 검군, 탄군, 청운 도장, 촉산혈성 독고자인 등 수많은 절정고수들이 포진되어 있기 때문이었다.

"하지만 유비무환이라고 했네. 어서 빨리 일어나게."

제갈화영의 말에 언무청은 재빨리 자리에서 일어났다. 그렇지 않아도 가만히 앉아 있기에는 좀이 쑤셔오던 참이었다.

"개방의 제자는 들어라! 지금부터……."

언무청은 개방의 제자들에게 할 일을 분담해 주었다. 그러자 언무청의 명을 받은 개방의 제자들은 자신의 할 일을 생각하며 분주히 움직였다.

어느 정도 시간이 흐르고 무극천의 공세를 대비한 준비가 끝나자 언무청은 다시 칠성동의 입구로 돌아왔다. 그 자리엔 검군과 탄군, 제갈화영이 있었다.

"어서 오게. 수고가 많았네."

"수고랄 것까지 있습니까? 그저 해야 할 일인데요. 그나저나 무극천 놈들 왜 지금까지 코빼기도 보이지 않을까요?"

조금 전부터 이상하게 여기던 언무청은 제갈화영을 향해 물어보았다.

"음. 그 이유는 나 역시 모르겠네. 하지만 분명한 것은 이곳에서 방비를 튼튼히 한다면 아무리 무극천이라 한들 어쩔 도리가 없을 것일세."

"맞는 말씀이십니다."

제갈화영의 말에 언무청 또한 동조했다. 그때였다.

크르릉.

굉음과 함께 칠성동의 입구를 가로막고 있던 거대한 돌덩이가 위로 올라갔다.

"아! 드디어 칠성동의 입구가 열렸습니다!"

언무청은 신비로운 광경을 보며 제갈화영에게 소리쳤다.

"그렇네. 하지만 이제부터가 중요하니 긴장을 늦추지 말게나."

"예, 당연한 말씀이십니다."

아닌 게 아니라 언무청은 오감을 극도로 발휘하여 십 장 밖의 상황도 모두 감지하고 있었다.

"이상하구만. 어찌 입구는 열렸는데 아무도 나오지 않는 것일까?"

육정방은 기이한 눈초리로 칠성동을 쳐다보며 말했다. 딱히 누구에게 하는 말은 아니었지만 하후단을 비롯한 언무청과 제갈화영 역시 같은 생각이었다.

"음, 설마 칠성동 내부에서 무슨 일이 일어난 것은 아닐까요?"

그렇지 않아도 단심맹에선 그 부분에 대해서 매우 걱정하고 있었다. 칠성동으로 기재들이 들어간 후에야 무극천의 야심을 알았기 때문에 기재들은 밖의 상황을 당연히 모를 것이고, 그렇다면 함께 들어간 이 중 사대세가의 자제들에 의해서 암수를 받았을 가능성이 매우 높기 때문이었다.

"빌어먹을! 그럴지도 모르지. 안 되겠네. 안으로 들어가 봐야겠네!"

여전히 성질이 급한 하후단이 소리쳤다. 그때 제갈화영이 하후단에게 말했다.

"노사의 말씀이 맞긴 하지만 무턱대고 들어가서는 안 됩니다. 일단 사람들을 모아 조를 짠 후에 들어가도록 합시다."

　제갈화영은 군사답게 조리있는 말로 하후단을 진정시켰고 사람들을 모아 이곳에 남아 칠성동의 입구를 지킬 사람과 칠성동 안으로 들어갈 사람들을 구분했다.

　"우선 검군 육 노사께선 사문부(四門部)의 제자들과 함께 이곳을 지켜주십시오. 그리고 언 소협과 하후 노사, 그리고 저는 궁가부(窮家部)를 데리고 안으로 들어가겠습니다."

　"알겠네. 아무쪼록 조심하도록 하게."

　육정방은 왠지 모를 불안감을 느끼며 제갈화영 일행을 배웅했다. 그리고 서둘러 나온 사문부의 제자들을 불러 조금 전까지 궁가부가 했던 일을 시켰다.

　그때 화산오수 중 파옥검 가우량이 다가왔다.

　"노사님, 이대로 괜찮을까요? 이렇게 주력(主力)이 빠지고 난 후에 갑자기 무극천의 무사들이 쳐들어온다면 그야말로 큰일이지 않습니까?"

　"할 수 없네. 상황이 이러니 우리라도 버텨내야지. 다만 궁가부 사람들이 한시라도 빨리 칠성동의 일을 끝내고 돌아오길 비는 수밖에."

　육정방이 하늘을 바라보며 간절히 기원하는 그 시각 언무청 일행은 서서히 칠성동 내부로 들어가고 있었다.

　이십 장 정도 들어가자 동굴 천장에 박힌 야광주(夜光珠)가 시야를 밝혀주었다. 그것을 본 언무청은 탄성을 질렀다.

　"정말 큰 야광주로군요. 저거 하나면 금세 부호가 되겠는걸요?"

　넉살 좋게 농담을 하는 언무청을 보며 하후단과 제갈화영의 입가에 슬며시 미소가 떠올랐다. 언무청이 저렇게 농담하는 것은 몸이 경직될 정도로 긴장하고 있는 사람들의 마음을 조금이나마 풀어주기 위해서였다.

적당히 긴장하는 것은 몸에 땀을 배출하여 원활한 신체 활동을 돕지만 경직될 정도로 긴장하는 것은 오히려 독이 되기 때문이었다.

"앗! 저길 보게."

하후단이 가리킨 곳은 동굴 저 너머로 보이는 거대한 광장이었다.

"어서 가보세."

하후단은 말과 함께 신형을 날려 광장으로 달려나갔다. 연무장으로 사용해도 좋을 정도로 굉장히 넓은 광장이었다. 그리고 사방의 벽에는 기묘한 그림이 음영으로 조각되어 있었고, 어떤 곳에는 빽빽한 글자들이 쓰여 있었다.

"아! 이것은 무공구결 같은데요?"

글자들을 유심히 쳐다본 언무청이 제갈화영을 향해 소리쳤다.

"음. 그뿐만이 아닐세. 모르긴 몰라도 분명 저 그림들은 무공 초식을 가리키는 그림들일 걸세."

"이야! 정말 엄청나군요. 좀 전의 야광주를 볼 때 알고 있었지만 정말 칠성동을 만든 사람은 엄청난 부자였을 겁니다."

감탄하며 주위를 둘러보던 언무청은 어느 한곳을 주시하며 제갈화영에게 말을 걸었다.

"군사, 저기를 보세요. 저쪽에도 통로가 있습니다."

언무청이 손가락으로 가리킨 곳에는 그의 말대로 여러 개의 통로가 있었다. 아마도 개인적인 무공 수련을 위한 석실들 같았다.

그때였다.

"하하하! 칠성동에 온 것을 환영하네!"

갑자기 들려온 괴이한 목소리는 칠성동 내부를 흔들었고, 순간 언무청 일행은 당황하며 소리의 진원지를 찾았다.

육정방은 칠성동으로 들어간 언무청 일행이 어서 빨리 돌아오기를 간절히 바라며 사방을 주시하고 있었다.

"뭔가 이상하군. 이토록 조용할 리가 없는데."

칠성동이 열리고 난 뒤 그 안으로 들어갔던 기재들이 나오지 않은 것도 이상하고, 무극천의 무리들이 아직까지 그 모습을 드러내지 않는 것도 이상했다. 게다가 모든 것이 톱니바퀴가 맞물려 가는 것처럼 상황이 척척 맞아떨어지니 그게 더 이상했다.

"칠성동이 열리고, 기재들이 나오지 않고, 그들을 찾아 주력은 빠지고, 입구는 남은 우리들이 지키고 있다? 이거야말로 각개격파당하기 십상이군."

말을 꺼낸 것은 자신이지만 해놓고 보니 섬뜩한 기운이 도는 육정방이었다. 괜스레 불안감이 커져 가는 것을 느낀 그는 자신 스스로 순찰을 하며 주위를 둘러보아야겠다고 생각했다.

사문부의 제자들은 사주경계를 하며 수림에 자신의 몸을 숨기고 있었다. 그러다 육정방을 발견하면 슬며시 포권하며 인사를 했다.

"그럴 것 없네. 계속해서 수고들하게."

육정방은 손을 흔들며 그들의 일을 방해하지 않으려 했다.

그러던 그는 다시 신형을 돌려 멀리 보이는 화산오수 중 셋째인 서문을 향해 걸어갔다. 전방을 주시하며 꼼짝도 하지 않는 그의 군건한 등을 보며 자신의 불안함에 실소를 금치 못했다.

"주책이군, 이 나이가 되도록 마음 하나 다스리지 못하다니."

천하십오대고수에 속하는 그가 마음을 다스릴 수양을 쌓지 못했다는 것은 어불성설이다. 다만 상대가 상대이니만큼 미래에 대한 불확신이 평상심을 억누르고 있는 것이었다.

육정방은 자신의 부끄러운 마음에 서둘러 서문에게 다가가 그의 든든해 보이는 등을 툭툭 건드리며 말을 걸었다.

"수고하는군."

한데 들려오는 말은 없었다. 오히려 서문은 전방을 주시하던 그 모습 그대로 앞으로 엎어져 버렸다.

"아니! 이게 무슨 일인가?"

서문의 모습을 보고 놀란 육정방은 서둘러 그를 안으며 그의 얼굴을 보았다.

"이런……."

서문은 두 눈이 부릅떠진 채로 입가에 피를 흘리며 죽어 있었다. 이에 육정방은 무극천의 공습이 시작되었음을 알게 되었고 내공을 실어 사방에 경고를 했다.

"적도들이 왔다! 그들을 맞을 준비를 해라!"

육정방은 서문의 시신을 들고 서둘러 칠성동의 입구로 향하려 했다. 하지만 그를 가로막는 이가 있었다. 삼십 대 중반의 나이로 보이는 사나이는 귀해 보이는 금포(錦袍)를 입었고 옆구리에는 한 자루의 검은 도(刀)가 매달려 있었다.

"하하하. 어디를 그리 급히 가십니까?"

"그대는 누구인가?"

육정방은 갑자기 나타난 사나이를 경계하며 말을 뱉었다.

"본인은 사도천벽이라 합니다. 지금까지 노사를 기다렸지요."

사도천벽! 지난날 천마사천회에서 본 적이 있는 사도운의 장남이자 황극천의 천주였다.

'이런! 무극천이 아니라 황극천이?'

육정방은 예상외의 인물이 나타나자 적지 않게 당황하며 서문을 바닥에 내려놓았다. 아무래도 상대가 그냥 보내주지 않을 것이라 예상했기 때문이다.

"노사, 너무 오래 사셨다고 생각하지 않습니까? 이제 무덤으로 들어갈 나이가 된 것 같은데."

"이놈! 헛소리는 집어치워라! 네놈들을 두고 눈을 감진 못한다!"

육정방은 한바탕 호통 치며 발을 굴러 사도천벽을 향해 달려들었다. 그와 동시에 허리춤에서 검을 빼 들어 그의 장기인 풍운대연환검식(風雲大連環劍式)을 펼쳤다. 폭풍같이 휘몰아치는 육정방의 검을 보면서도 사도천벽은 눈 하나 깜짝하지 않았다.

"흐흐흐. 마지막 발악입니까? 그렇게 움직이시다간 지쳐서 쓰러질 겁니다."

사도천벽은 육정방의 귀를 거슬리게 하는 말을 계속해서 뱉으며 이리저리 피하기만 했다.

"이놈!"

육정방은 더욱 빠르게 검을 휘두르며 사도천벽을 향해 그어갔고 두 발을 쉴 틈 없이 놀려 사도천벽의 퇴로를 차단해 갔다. 풍운조화(風雲造化), 성막밀밀(星幕密密), 일검경천(一劍驚天) 등 풍운대연환검식의 절초들이 그의 검에서 쏟아져 나왔다.

사태가 이 지경까지 흐르자 사도천벽은 더 이상 피해 다닐 수만은 없음을 알았다.

"정말 여러 가지 하는군."

사도천벽의 입꼬리가 올려짐과 동시에 그의 손이 번개같이 육정방이 만든 검벽(劍壁)의 중심을 강타했다.

퍼퍼펑!

맨손과 철검이 부딪쳤건만 폭음이 터져 나왔다. 뒤로 몇 걸음 물러선 육정방은 사도천벽이 펼친 장법이 심상치 않음을 알고 입술을 잘게 깨물었다.

'아무래도 오늘이 나의 마지막이 될 것 같구나. 좋다. 그렇다면 네 놈과 함께 죽겠다!'

육정방은 사도천벽과 동패구사(同敗俱死)할 것을 결심하고 다시 한 번 검을 들었다. 어느새 그의 검에서 한 자 길이의 푸른 빛이 뿜어져 나왔다. 검강이었다.

"풍뢰도전(風雷到電)!"

사도천벽은 육정방의 검에 가볍게 놀라긴 했으나 주저없이 손을 들어 장법을 펼쳤다. 그가 펼치는 장법은 지난날 상관천이 선보인 바 있는 지존마령수였다. 그리고 그중에서도 가장 위력이 뛰어난 신마광세출(神魔狂世出)이었다.

기이한 혈기가 사도천벽의 두 팔을 감싸며 육정방의 검을 향해 천천히 다가갔다.

고오오.

엄청난 공기의 압력과 함께 기이한 소리가 육정방을 위협했고, 그 역시 그제야 사도천벽이 펼치는 장법이 무엇인지 알고 두 눈이 흔들리기 시작했다. 하지만 물러서지는 않았다. 더욱 이를 악물며 검에 공력을 계속해서 주입시켰다.

혈기와 육정방의 검이 가까워지면 질수록 육정방의 몸이 부르르 떨렸고, 그의 온몸에서 식은땀이 흐르기 시작했다. 가공할 압력이 끊임없이 육정방을 괴롭히기 때문이었다.

'과연 지존마령수로군.'

비록 적이지만 나이에 맞지 않는 가공할 무위에 육정방은 절로 탄성이 터져 나왔다. 하지만 그것도 잠시, 자신을 짓누르는 압력에 대비하기 위해 경천일기공(驚天一氣功)을 극성으로 펼치며 한 걸음 한 걸음 앞으로 나아갔다.

서서히 육정방의 철검과 사도천벽이 만들어낸 혈기가 부딪쳤고 사방에 경기(勁氣)의 회오리가 날려 주위의 경관을 파괴시켰다. 어느새 두 사람 주위의 수림은 모두 사라져 버렸고 공터가 되어버렸다.

"이야압!"

육정방은 나이에 맞지 않는 기합성을 내지르며 마지막 일격을 더했다.

콰콰쾅!

번쩍 하는 빛과 함께 엄청난 굉음이 천지를 뒤흔들었다. 그와 동시에 육정방은 피를 토하며 뒤로 퉁겨져 나갔다.

결국 지존마령수 앞에 무너지고 만 것이다. 허공으로 퉁겨져 나가다 거목에 부딪쳐 바닥에 쓰러진 육정방은 쿨럭 하며 한 바가지의 피를 토했다. 그 안에는 내장 조각들도 있었다.

"쿠에엑! 원통… 하도다."

육정방은 서서히 감기는 눈으로 사도천벽을 쳐다보며 원독(怨毒)에 찬 말을 뱉었다.

"흐흐흐. 그리 원통해할 것 없소. 여기에 온 단심맹의 무리들은 전부 노사와 같은 운명일 테니 아마 저승길이 심심치는 않을 것이오. 푸하하하!"

사도천벽은 육정방의 모습을 보며 앙천대소를 하였다. 그때 누군가 그의 곁으로 다가왔다.

"천주, 이미 이곳은 전부 정리가 되었습니다. 이제 칠성동 안으로 드시지요."

"암, 그래야지. 저들을 살려둘 수는 없는 법이지."

사도천벽의 입가에 차가운 미소 한줄기가 그려졌다.

칠성동 내부로 들어간 언무청 일행의 상황 역시 그리 좋지 않았다. 갑자기 사방에서 튀어나온 독물들이 그들을 둘러싸고 있었기 때문이다.

개방의 제자들은 하나같이 막대기를 들어 독물을 때리며 제거하려 했지만 그 수가 너무나 많아 중과부적이었다. 본래 개방의 제자들은 하나 이상의 포대 자루를 가지고 있었다. 포대 자루의 수로 그들 사이의 서열을 구분하기 때문이다. 그러나 단순히 서열을 따지기 위해 자루를 들고 다니는 것은 아니었다. 무림인이기도 하지만 거지라는 신분도 가지고 있는 그들은 그 포대 자루에 여기저기에서 모은 음식을 담아 다니는 것이다. 그뿐만이 아니다. 이곳저곳을 옮겨 다니며 산길을 이용하던 그들은 산에서 만난 독물이나 독사들을 잡아 포대 자루에 넣어 보관하다 후에 독물의 독을 제거하고 맛있는 음식으로 둔갑시키기도 했다. 자연히 독물을 다루는 능력이 뛰어나게 되었다. 그럼으로 해서 웬만한 독물의 독에는 내성이 있기 때문에 독을 두려워하지 않았다.

오히려 독문으로 잘 알려진 당문보다 독공을 다루는 고수들이 많을 정도였다.

"제기랄. 이거야 원, 좋아해야 할지 울어야 할지 모르겠구만."

하지만 이런 역부족인 상황에서는 그들도 난감하기 이를 데 없었다. 때려도 때려도 끊임없이 쏟아지는 독물들은 차츰 그들의 동선을 줄여나갔고, 위협적인 소리를 내며 개방의 제자들을 몰아가고 있는 형편이었다.

"개방의 제자들은 모두 불을 질러라!"

독물이 화공에 약하다는 것은 이미 널리 알려진 사실이기 때문에 언무청은 옷을 찢어 막대기에 감아 화섭자로 불을 붙였다. 그리고 사방에서 몰려드는 독물들을 향해 이리저리 휘두르며 저항을 했다.

그러나 독물들을 조종하는 피리 소리가 한층 더 강력해지자 독물들은 불을 보고도 무서워하지 않고 언무청을 향해 달려들었다.

그때 멀리서 하후단의 목소리가 들려왔다.

"이것은 만겁만독진(萬劫萬毒陣)이라는 것일세. 불을 피운다 한들 무서워하지 않네."

"그럼 어떻게 해야 합니까?"

"그저 죽이는 수밖에 없지."

하후단은 자신의 성명절기인 탄강(彈罡)을 이용하여 독물들을 죽이며 언무청의 물음에 대답했다. 그것을 들은 언무청은 실망하며 두 손 가득 공력을 주입했다.

"항룡유회(亢龍有悔)!"

언무청은 강룡십팔장 중에서도 가장 위력이 뛰어난 항룡유회를 펼치며 독물을 쓸어갔다. 그러자 언무청이 만들어낸 권풍(拳風)에 독물이 휩쓸려 사방으로 퉁겨져 나갔고, 그중에서도 벽에 부딪친 독물들은 몸이 박살나 그 자리에서 즉사했다.

언무청은 그 후에도 쉴 새 없이 권풍을 만들어내 같은 수법으로 독물을 때려죽였다.

"이놈들! 죽어라!"

"어디 미물이 사람을 해치려 하느냐!"

사방에서 개방의 제자들이 언무청과 비슷한 방법으로 독물을 줄여나갔고, 그중에서도 화공을 익힌 개방 제자들은 단연 눈에 띄었다.

칠성동 내부의 광장은 어느새 죽은 독물들이 남긴 체액으로 인해 비릿한 냄새로 가득 차게 되었다. 비위가 강한 개방의 제자들도 견디지 못할 정도였다.

"흐흐흐. 이제 전초전이 끝났으니 본격적으로 시작해 보는 것이 어떻겠나?"

처음 광장에서 언무청 일행을 맞은 목소리가 또다시 들려왔다. 그리고 독물들이 나타난 통로에서 이번에는 사람같이 생긴 것들이 나타났다. 그것들을 본 언무청은 기겁하며 경악성을 내질렀다. 이미 한 번 본 적이 있는 괴물이기 때문이었다.

"저것들은 앙천독인이 아닌가? 오늘은 그야말로 별의별 독물들을 다 만나게 되는구나!"

그 시각 칠성동의 입구에 또 다른 이들이 나타났다. 바로 진현과 신검부의 무사들이었다.

"음. 이런, 한발 늦었구나."

칠성동 주위에 쓰러져 있는 사문부의 제자들을 보며 진현은 탄식하며 자신의 늦음을 한탄했다.

사실 진현은 모용자인과 함께 무극천을 탈출하여 지금까지 제대로
쉰 적도 없었다. 이런 사태를 우려했기 때문이었다. 황산을 빠져나온
그는 가장 가까운 단심맹의 분타로 찾아가 단심맹의 무사들이 칠성동
으로 출발했음을 확인했고, 신검부에 지원을 요청했었다. 그뿐 아니라
칠성동에 무극천이 아닌 황극천이 기다리고 있는 것을 깨닫고 천마사
천회에도 지원을 요청하였다.

그렇게 자신이 할 수 있는 모든 일을 끝내고 최대한 빨리 왔음에도
불구하고 그의 눈앞에 사문부의 제자들이 쓰러져 있었던 것이니 누구
를 원망해야 한다는 말인가?

진현은 칠성동 내부를 걱정하여 서둘러 사문부의 시신을 한곳으로
모아 수습하곤 재빨리 칠성동 안으로 들어갔다.

칠성동 내의 상황은 이미 진현이 걱정하던 대로 단심맹에 매우 불리
하게 돌아가고 있었다.

"앙천독인과 수라마인!"

진현은 검을 빼 들어 처음부터 검강을 사용하며 닥치는 대로 휘둘렀
다. 검에서 불거져 나온 푸른 빛이 사방에서 번쩍거리며 수라마인의
사지(四肢)를 잘라 버렸다.

"무청!"

진현은 아수라장이나 마찬가지인 광장의 한 귀퉁이에서 언무청을
찾아낼 수 있었다.

"아! 지운, 드디어 돌아왔구만."

"인사는 나중에 하게. 그보다 우리 쪽의 피해는 어떠한가?"

진현의 물음에 언무청은 수라마인들을 상대하며 그간의 경과를 말

해 주었다.

"그렇군. 무청, 잘 듣게. 우선 이곳을 빠져나가는 것이 우선이네. 이미 칠성동은 황극천의 수중에 들어간 셈이야. 그리고 함정을 만들어 우리를 기다리고 있었네."

"음."

언무청은 진현이 말해 주지 않았어도 어느 정도 예상은 하고 있었다. 자신들이 칠성동 내부로 들어감과 동시에 괴인의 말과 함께 독물이 튀어나왔고, 이번에는 양쪽 통로에서 수라마인과 앙천독인들이 나타나지 않았는가.

"빨리 궁가부 사람들에게 명령을 내려 칠성동을 빠져나가게. 뒤는 신검부와 내가 맡을 터이니. 그리고 칠성동을 빠져나가면 천마사천회에서 지원된 무인들을 만나게 될지도 모르네. 이곳에 오기 전 천마사천회에 부탁했지만 과연 이곳으로 올지 확실하지는 않네."

궁가부의 고수들이 독물과 앙천독인을 상대하느라 많은 기력을 소모했음을 생각한 진현의 판단이었다.

"알겠네. 그럼 부탁하네."

언무청은 진현의 말에 동감의 뜻을 나타내며 궁가부 고수들을 향해 소리 높여 외쳤다.

"개방의 제자들은 들어라! 우선 칠성동을 빠져나가기로 한다. 즉시 후퇴하도록 하라!"

그의 말에 개방 제자들은 마지막 일격을 위해 최대한의 공력을 끌어올려 지금까지 상대하던 마인들을 향해 쏟아냈다. 그러자 얼마간의 여유가 생겼고 그 틈을 이용하여 개방의 제자들은 서둘러 자신들이 왔던 통로를 향해 뛰어갔다.

하지만 그들을 가로막는 자들이 있었다. 바로 육정방을 죽인 사도천
벽이었다.

"흐흐흐. 한번 들어온 이상 쉽게 나가지 못한다. 나간다 하더라도
목 위의 물건을 내놓고 나가거라."

퍼퍼펑!

사도천벽은 말과 함께 손을 휘둘렀고, 그 가벼운 움직임에 개방의
고수들이 피를 뿜으며 뒤로 날아갔다.

"산 넘어 산이로군."

언무청은 사도천벽의 가공할 무위를 보니 절로 한숨이 터져 나오는
듯했다.

제51장

부자(父子)의 재회, 그리고 결말

부자(父子)의 재회, 그리고 결말

언무청은 자신의 앞에 서 있는 사도천벽의 기도를 느끼며 두 주먹을 꽉 쥐었다. 본능적으로 그의 정체를 간파했다.

"그대가 황극천의 천주인가?"

"그렇네. 그러는 그대는 누군가? 아! 개방에 굉장한 기재가 나타났다고 하더니 바로 자네인가?"

언무청과 달리 사도천벽의 말과 행동에는 여유가 있었다.

"참으로 아쉽구먼, 젊은 나이에 요절할 운명이라니."

"흥. 그거야 모르지. 요절할 운명이 나에게 있는지 그대에게 있는지 말이야."

언무청 또한 사도천벽의 입심에 지지 않기 위해 되받아쳤다.

"호오. 그럼 누구의 말이 맞는지 한번 봐야겠군."

사도천벽은 조금 전 개방 제자들에게 그랬던 것처럼 가볍게 오른손을 흔들었다. 그러자 권풍과 함께 경기가 피어오르며 언무청을 압박해 갔다. 언무청 또한 가만히 있지 않았다. 주먹을 내밀어 묵룡파황권(墨 龍破荒拳) 중 묵룡강세(墨龍降世)라는 초식을 펼쳤다.

두 상반된 경기가 마주치자 폭음과 함께 광장 내부가 흔들렸다. 하 지만 두 사람 모두 조금의 미동도 하지 않았다.

"음, 제법이로군. 그런 말을 할 자격이 있어. 하지만 이게 끝이야."

사도천벽은 말을 마치자 천천히 손을 들어 육정방을 죽음으로 몰고 갔던 지존마령수를 펼칠 준비를 하였다.

"지존마령수인가? 그래, 엄청난 위력을 가진 장법이었지."

"응?"

"그 당시 그의 화후가 조금이라도 높았다면 아마 난 이 자리에 없었 을 거야."

언무청은 천마사천회에서 상관천과의 대결을 떠올리며 혼자서 중얼 거렸다.

"그건 너무나 충격이었지. 천장이라 일컫는 강룡십팔장이 고작 마 도(魔道)의 장법을 당해내지 못하다니 하고 말이야. 하지만 난 이렇게 생각했어. 강룡십팔장이 모자란 것이 아니라 내 자신이 모자란 것이라 고. 그때부터 난 다시 한 번 그런 순간이 오길 학수고대하며 절치부심 했어. 그리고 그런 순간이 드디어 온 거야."

언무청은 스스로에게 다짐하듯 기이한 눈으로 사도천벽을 쏘아보며 천천히 자세를 잡아갔다.

"그리고 이번에야말로 강룡십팔장의 위력을 확인할 것이다!"

좀 전과는 다르게 이번에는 언무청이 선공을 날렸다.

"음."

묵룡파황권을 펼칠 때의 기세와는 비교도 되지 않을 정도의 언무청의 공세에 사도천벽의 얼굴에서 처음으로 여유가 사라졌다.

사도천벽은 급히 언무청의 주먹을 피하며 금나수를 펼쳐 그의 손목을 노려갔다.

"어림도 없다!"

사도천벽의 의도를 눈치 챈 언무청은 초식을 바꾸어 육룡어천(六龍御天), 용사지칩(龍蛇之蟄), 신룡도미(神龍掉尾)를 연환식으로 펼쳤다. 사도천벽이 제대로 반응할 수 없도록 연환(連環)의 의미를 부과한 것이다.

그 뒤로 수십 합이 지났건만 단 한 번의 폭음도 들리지 않았다.

'제길. 과연 황극천주군. 내가 펼친 강룡십팔장을 모조리 피하고 있어. 하지만 언제까지 피할 수 있는지 보자.'

언무청은 계속해서 강경한 공세를 취했다. 예전 진현과 비무했을 때도 느꼈지만 그의 손은 유학(柔學)의 기예를 다루기에는 너무나 투박했다.

"크으윽!"

언무청의 두 손에서 폭풍 같은 경기가 일어 사도천벽을 쓸어가자 결국 미처 피하지 못한 그는 자그마한 신음성을 내고 말았다.

'정녕 엄청난 내력이군.'

사도천벽은 비록 적이지만 언무청의 뛰어난 무공을 칭찬하지 않을 수 없었다. 하지만 칭찬만 하고 있기에는 그의 자존심이 허락하지 않았다.

"내 장력도 받아라!"

사도천벽은 허공을 향해 세 번이나 연이어 장력을 날렸다. 오래전에 실전된 것으로 알려진 삼첩장(三疊掌)이었다.

퍼퍼펑!

처음의 격돌 이후로 드디어 두 사람의 장력이 부딪쳤다.

"윽!"

이미 독물과 앙천독인을 상대하느라 적지 않은 내력을 소모시킨 바 있는 언무청이기에 정면 대결은 너무나도 불리했다.

하지만 언무청은 여기서 멈추지 않았다.

"항룡유회!"

언무청의 주먹에서 황금빛 용의 형상으로 된 기의 집합체가 튀어나와 사도천벽을 향해 날아갔다. 이에 사도천벽은 자신 또한 전력을 다하지 않으면 안 된다는 것을 직감하고 지존마령수를 극성으로 펼쳤다.

"신마광세출!"

퍼퍼펑!

엄청난 굉음이 언무청과 사도천벽의 사이에서 터져 나왔다. 극강과 극강의 대결이 무엇인지를 보여주는 광경이었다.

그 모습에 광장에 모인 모든 사람들이 넋을 잃고 쳐다보았다. 하지만 단 한 사람, 진현만은 그럴 여유가 없었다.

현재 진현은 수라마인과 앙천독인에 둘러싸여 생과 사를 넘나드는 고군분투를 하고 있었다. 마인과 독인들을 상대하기엔 신검부나 궁가부 고수들의 실력에 손색이 있었기에 조금이라도 그들의 부담을 줄이고자 진현이 동분서주하고 있는 것이었다.

시간이 흐를수록 장내의 상황은 차륜전의 형식을 띠기 때문에 시간을 오래 끌면 끌수록 자신에게 불리하다는 것을 알고 있었다. 그렇기에 진현은 자신이 알고 있는 모든 무공을 총동원하여 손짓 하나에도 전력을 다했다.

진현은 무극천에서 완성한 오행지기를 사용하여 오행결의 무공들을 유감없이 펼쳐 보였다. 그중 적양열화수를 이용한 화공은 앙천독인을 상대함에 있어서 매우 효과적이었다.

하지만 무엇보다 효율성이 높은 것은 칠대무서 중 수위에 올라 있는 신검이었다. 육맥신검의 소상검(少商劍), 상양검(商陽劍), 중충검(中衝劍), 관충검(觀衝劍), 소충검(少衝劍), 소택검(少澤劍)들이 현란한 빛무리를 지으며 허공을 수놓았고 그때마다 어김없이 수라마인이나 앙천독인의 사지 중 하나가 잘려 나갔다.

육맥(六脈)의 경로로 끊임없이 진기가 유통되자 진현의 가슴은 뭔가 뻥 뚫린 것처럼 시원해져 갔다. 절영곡 이후로 이처럼 전력을 다하기는 처음이기 때문이었다. 게다가 단심맹에서의 금침지술과 무극천에서 얻은 오행지기로 인해 그의 내력은 충만하다 못해 넘치는 상황이었으니 그 상쾌함은 이루 말할 수 없을 지경이었다.

'아!'

황홀경에 빠지며 신나게 검무(劍舞)를 추던 진현의 머리 속으로 무언가 떠오르는 것이 있었다. 하지만 명확히 생각나지 않았다. 알 듯 말 듯한 생각이 계속해서 진현의 머리 속에 머물며 그의 이성을 자극해 갔다.

'이 기분은 무엇이지?'

한순간 그는 이곳 칠성동이 아니라 또 다른 공간 속에 빠진 듯한 착각을 일으켰다. 눈앞에서 혈기를 내뿜으며 달려드는 수라마인의 존재도 사라지고, 그의 장력에 맞아 뒤로 퉁겨져 나가는 앙천독인의 존재도 희미해져 갔다.

흰 공간 속에 진현 홀로 존재하는 듯했다.

'저건 뭐지? 아! 내가 저기 왜 있는 거지? 어라? 또 있네?'

흰 공간 속에 수많은 진현이 나타나 제각기 다른 무공을 펼치고 있었다.

'저건 풍평장. 저건 대라삼검. 아! 저건 육맥신검이 아닌가!'

진현은 또 다른 자신이 무공을 펼치고 있는 모습을 보자 기이한 감정이 들었다.

'내가 저런 표정을 짓는구나. 하하, 정말 웃기는군.'

고민하는 듯한 표정의 자신을 보며 진현은 미소를 지었다. 그런데 갑자기 진현의 입가에서 미소가 사라지고 고민하는 표정의 진현을 보며 심각한 얼굴을 하였다.

'저건 대라삼검(大羅三劍)이 아닌가? 한데 무엇을 저리 고민하고 있지? 옳지! 또 한 번 시전하는구나. 어라? 한데 이상하구나. 왜 저렇게 검법을 펼치는 것이지?'

검법을 펼치는 진현은 본래 진현이 알고 있던 대라삼검을 펼치고 있지 않았다. 분명 같은 대라삼검인데 무언가 다른 듯했다. 정확하게 말하면 형(形)은 같은데 의(意)가 다르다고 할까.

그 순간 대라삼검을 펼치는 진현 곁으로 육맥신검을 펼치는 진현이 다가왔고, 곧 이어 두 사람은 비무를 하기 시작했다. 검을 든 진현은 무형의 진기로 검을 펼치는 진현에게 매우 고전하는 듯했다.

'후후. 당연한 결과지. 어찌 유형이 무형을 이기겠는가.'

진현은 속으로 웃으며 이런 상황을 당연시 여겼다. 하지만 그것이 자신의 착각이라는 것을 깨닫게 된 것은 얼마 지나지 않아서였다.

검을 든 진현이 고전하는 듯하다 점차 무형의 진기를 펼치는 진현을 압도하기 시작했다. 마치 살아 있는 듯한 검의 움직임이 무형의 검기에 맞서며 그의 투로(鬪路)를 막아섰기 때문이다.

'어라? 이게 어떻게 된 일이지?'

진현은 예상하지 못한 광경에 놀라 두 눈을 부릅뜨고 두 사람의 비무를 주시했다. 그리고 얼마 가지 않아 그 이유를 깨달을 수 있었다.

'아! 저 검은 마치 살아 있는 듯하구나. 아니, 살아 있는 것이다. 스스로 자의를 가지고 있어 무형의 검기를 피하거나 아님 상대를 베고 있다. 아! 절묘하구나. 어찌 저럴 수가 있단 말인가? 검에 생명이 있는 것도 아닐 텐데……. 저러고 있으니 꼭 두 사람이 한 사람을 몰아붙이는 것 같구나. 저러니 어떻게 이기겠는가.'

진현은 전혀 알지 못한 세계에 눈을 뜨자 진심으로 놀라워했다.

'하아.'

진현의 입에서 갑자기 한숨이 터져 나왔다. 지금까지 그가 알고 있던 체계가 무너지는 듯했다.

'신검이란 무엇인가? 이제까지 알고 있던 육맥신검이 신검이 아니란 말인가?'

진현은 신검의 의미에 대해서 궁금증이 일어났다. 그 순간 예전 기억이 떠올랐다.

검이란 검일 뿐이다. 다른 어떤 무엇도 대신할 수 없거니와 어떤 의미를 부여해서도 안 된다.

등촌무동에 읽었던 검황의 유지였다.

'그래, 검이란 검일 뿐이다. 그것에 다른 의미를 부여한다면 그건 검

이 아니라 의미를 부여받은 다른 무엇이 돼버리고 만다.'

갑자기 진현의 머리 속이 밝아지며 지금까지 눈앞에 있던 수많은 자신이 사라지고 없음을 알 수 있었다.

'지금까지는 검을 어떻게 다스릴 수 있을까, 그 생각만 했었다. 하지만 그렇게 된다면 검은 죽어버리고 나 혼자만이 남게 된다. 내가 진정으로 필요한 것은 말 잘 듣는 검이 아니라 생명을 가지고 살아 있음을 요구하는 검이다. 아! 지금까지 난 왜 이렇게 한심한 생각을 했을까?'

검을 다스리고자 할 때 검은 그 순간 죽어버려 그저 철로 만들어진 길쭉한 물체가 되어버린다. 하지만 검에 자아가 있음을 알고 그의 뜻을 존중한다면 검은 또 하나의 생명체가 된다. 즉, 거듭나게 된다는 것이다.

그 순간이 검과 사람이 하나의 뜻을 가지고 일치할 수 있다면 그것이야말로 진정한 신검합일이 아닐까?

이런 깨달음을 얻자 진현의 주위를 가득 메우던 흰 공간은 사라지고 다시 수라마인과 앙천독인이 존재하는 칠성동 내부가 시야에 들어왔다. 하지만 조금 전처럼 긴장이 되거나 어떻게 무공을 펼쳐야 할지에 대한 조급함은 모두 사라지고 없었다.

진현은 지금까지 펼치던 무공을 중단하고 허리춤에서 검을 빼 들어 허공에 휘둘렀다.

그저 검이 원하는 대로, 검이 바라는 대로 그의 몸은 따라갈 뿐이었다. 그리고 검이 자칫 길을 벗어나려 하면 천천히 타일러 자신의 생각과 타협했다.

그러자 검은 자신의 생각을 알았다는 듯 힘차게 적을 향해서 뻗어갔다. 진현은 빙그레 웃으며 그 모습을 마치 제삼자가 바라보는 양 쳐다봤다.

속으로는 신기한 경험이라며 재미있어했지만 그의 손과 팔은 검이 하고 싶은 것이 뭔지 저절로 알게 되는 듯 움직이고 있었다.

'아! 순간순간이 다른 것 같구나.'

진현은 자신이 검을 펼치는 것인지 검이 스스로 형을 만드는 것인지 모를 지경에까지 이르렀다. 그러는 동안 그의 주위에는 서서히 수라마인과 앙천독인들이 사라져 갔다. 생명을 잃어 자신이 가야 할 사후 세계로 돌아간 것이다.

"헉! 이럴 수가!"

마뇌(魔腦)는 놀라지 않을 수 없었다. 자신의 눈앞에서 수라마인과 앙천독인이 소멸되어 가고 있었기 때문이다.

사실 그는 자신에게 맡겨진 이번 임무에 대해서 매우 강한 자신감을 가지고 있었다. 그에겐 암수(暗手)라는 기책이 있었기 때문이었다. 칠성동 내부로 언무청 일행이 들어왔을 때 그들을 독물과 앙천독인으로 몰아갔을 때만 하더라도 그 자신감은 작아지기는커녕 점점 더해가고 있었다.

한데 갑자기 천하제일가의 가주가 나타나 자신의 계획을 쑥대밭으로 만들고, 황극천의 모든 것이라 할 수 있는 앙천독인과 수라마인을 제거하고 있는 것이 아닌가.

그로선 환장할 노릇이었다.

그런 그에게 설상가상으로 이보다 더한 악재(惡材)가 나타났다.

"천벽은 어디에 있느냐?"

우렁찬 목소리와 함께 거대한 인영이 칠성동 내부로 나타났다. 그 뒤로 오십여 명의 무사들이 나타났고, 그중 처음 나타난 자의 곁에 있는 세 노인들의 기세는 매우 위협적이었다. 특히 마뇌에게 있어서는 더하면 더했지 덜하지는 않았다.

"회… 주……."

마뇌가 회주라고 부를 수 있는 이는 세상에서 단 한 명뿐이다. 바로 사도운이었다. 그리고 그 옆에 있는 삼 인은 천지쌍마와 마군 변자문이었다.

사도운은 계속해서 주위를 둘러보며 사도천벽을 찾았다. 그러던 그의 눈이 어느 한곳에 고정되었다.

"벽아!"

천륜을 거스른 자식에 대한 분노인가? 그런 자식을 제대로 가르치지 못한 자신에 대한 분노인가?

사도천벽을 쳐다보는 사도운의 눈은 복잡한 그의 심경을 담고 있었다.

한창 언무청을 몰아가던 사도천벽은 갑자기 둔기를 얻어맞은 것처럼 머리가 어찔해져 옴을 느꼈다. 제자리에 못을 박은 것처럼 우뚝 서 있던 그는 그 자세 그대로 고개를 돌려 목소리의 진원지를 찾았다.

"아… 버님……."

사도천벽은 떨리는 눈으로 사도운을 보며 말을 더듬었다.

죄가 있어서일까? 위풍당당하게 언무청을 몰아가던 좀 전과는 달리 그의 심경은 매우 불안정했다.

자신이 저지른 죄! 자신의 야망과 욕심 때문에 저지른 죄로 인해 매일 밤 악몽에서 깨야 했던 그였다. 그때마다 이를 악물고 자신의 야망을 더욱 불태웠던 그였다.

사도천벽은 처음부터, 아니, 자신의 깊은 곳에서 자라고 있는 또 다른 자신을 알게 될 때부터 용서 따윈 바라지도 않았었다. 그래서 더욱 독하게 자신의 아버지를 몇 년 동안이나 가두어둘 수 있었던 것이다.

그런 그의 앞에 갑작스레 사도운이 나타난 것이다. 사도천벽은 당황으로 인해 격렬하게 요동 치는 자신의 마음을 감출 길이 없었다. 그리고 이 모든 것이 행동으로 나타났다.

그 덕분에 이익을 본 것은 언무청이었다. 공력의 차이로 인해 사도천벽으로부터 궁지로 몰려 있어야 했던 그는 이제야 한시름 놓는다는 듯 큰 한숨을 쉬었다.

사도운은 다른 곳으로 눈길 한 번 돌리지 않고 사도천벽을 응시했다. 그의 노안은 사도천벽과 마찬가지로 떨리기 시작했고, 그의 입은 할 말이라도 있는 듯 계속해서 달싹거렸다. 그러다 마침내 결심을 한 듯 입을 열었다.

"벽아, 이리 오너라. 제발 아비에게 오너라."

"……."

사도천벽은 사도운의 간절한 부탁에 무의식으로 한 발 다가서려 했다. 하지만 이를 악물고 두 다리를 땅에 고정시킨 채 버텼다.

"벽아."

사도운의 노안에 결국 이슬이 맺히기 시작했다. 그의 마음이 진정으로 사도천벽을 원하기 시작한 것이다.

아니, 처음부터 사도천벽의 생각과는 달리 사도운은 그를 용서했을지도 모른다. 그의 표정이, 말이, 행동이 사도천벽에게 분노를 터뜨릴지 몰라도 정작 그의 마음은 사도천벽을 향해 열려 있었을 것이다.

하지만 사도천벽은 사도운의 마음을 받아들일 수 없었다.

"안 됩니다, 아버님. 오래전 제가 아버님께 불경을 저지른 순간부터 이미 부자 간의 인연은 끊어졌습니다."

"벽아!"

사도운은 사도천벽의 말에 노성을 터뜨렸다.

"뭣이라? 인연이 끊어져? 당치도 않는 소리! 어떻게 부모 자식 간의 인연이 쉽게 끊어질 수 있다는 말이냐?"

"어쩔 수 없습니다."

사도천벽은 입술을 깨물며 단호하게 잘라 말했다.

"그때 아버님께 군자산이 든 술을 권하던 그 순간부터 지금까지 한시도 아버님을 잊은 적이 없습니다. 제가 한 짓이 천벌을 받을 짓이라는 것을 알고 있었고, 단 한 번도 후회하지 않은 적이 없었습니다."

"그럼 왜?"

"하지만 제겐 후회하며 용서 빌고 싶은 마음보다 저의 야망을 이루고 싶은 마음이 훨씬 큽니다."

"너의 야망이 도대체 무엇이냐? 천하통일? 군림천하? 이 모든 것이 무슨 소용이란 말이냐? 전부 부질없는 짓이다. 벽아, 지금이라도 늦지 않았다. 난 네가 천벌받을 짓을 했다고 여기진 않는다. 누구나 실수는 있는 법이다. 너 역시 그런 우를 범한 것뿐이고. 다시 시작하자꾸나. 어서."

사도운은 다시 간절하게 애원하듯 말했다. 하지만 사도천벽의 얼음장같이 굳어진 얼굴은 풀리지 않았다.

"더 이상 말하지 마세요."

"벽아!"

"그만!"

사도천벽은 절규하듯 부르짖었다.

"그만! 그만! 그만 하라구요! 어차피 아들 하나 죽은 셈 치라구요. 전 아버님을 배신했을 뿐 아니라 천세 그 아이도 죽게 만들었습니다! 바로 이 손으로요! 그런데도 용서할 수 있으십니까? 하하하! 더 이상 바보 같은 말씀 하지 마세요. 전 아무래도 좋습니다. 제 야망을 위해서 라면요."

"그게 무슨 소리냐? 천세를 네가 죽이다니?"

사도운은 깜짝 놀라 반문했다.

"후후, 아직 모르셨습니까? 하긴 모두들 천세가 죽은 것이 그저 사고인 줄 알고 있을 테지요."

사도천벽의 동생이자 사도운의 차남인 사도천세는 태흥왕부 비무대회에서 한서린의 매화검법에 죽은 바 있었다. 모두들 그것이 비무 간에 불가피하게 일어난 사고로 인식하고 있었다.

"자세히… 말해 보아라."

사도운은 떨리는 음성으로 사도천벽을 추궁했다.

"그 아이에게 독을 주입시켰습니다. 일정한 공력 이상을 일으키면 발작하도록 만들어진 독이었지요. 그것도 모르고 그 아인 신나게 공력을 끌어올렸나 봅니다. 결국 독이 발작하여 죽어버렸지요."

사도천벽은 말은 갈수록 제삼자의 이야기를 하듯 냉담해져 갔다. 그리고 사시나무 떨리듯 바들바들 떨었던 그의 몸도 어느새 진정을 되찾아 조금씩 여유를 찾아가기 시작했다. 그러나 반대로 사도운의 몸은 좀 전의 사도천벽처럼 경련이 일기 시작했다.

"왜? 왜? 왜 그런 짓을 했느냐?"

"왜냐구요? 그야 당연히 그 아이가 죽으면 정사대전의 명분을 얻을 수 있으니까요. 천세의 죽음만큼 확실한 명분이 어디에 있겠습니까? 천마사천회 회주의 아들이 비무 중 살해를 당했다. 그 복수를 하자. 어때요? 괜찮은 계획이 아닙니까?"

사도천벽은 무표정한 얼굴로 사도운의 물음에 꼬박꼬박 대답해 주었다.

"이놈! 어찌 친동생에게 그런 짓을 한다는 말이냐!"

"푸하하하! 친동생이오? 전 친아버지 당신께도 몹쓸 짓을 한 몸입니다. 한데 친동생이라고 별수있었겠습니까?"

사도천벽은 뭐가 그리 우스운지 앙천대소를 했다.

"네 어찌… 네가 어찌… 그래, 나야 어찌 되든 상관없다. 자식을 이기는 부모는 없을 테니까. 하지만 천세는 다르다. 너와 형제, 그것도 동생이 아니냐? 어찌 동생을 네 손으로 죽였단 말이냐?"

사도운은 아직도 믿기지 않는 듯 재차 확인하려 하였다. 하지만 들려오는 것은 냉담한 현실이었다.

"그렇습니다. 제 동생을 형제인 제가 바로 이 손으로 죽였습니다. 이제 믿으시겠습니까? 자, 어떻습니까? 이래도 용서가 되십니까?"

"정말이로구나. 네 손으로 천세를 죽인 모양이구나."

"회주!"

실성한 듯 중얼거리던 사도운이 신형을 비틀거리자 곁에 있던 마군이 사도운을 부축하며 그를 불렀다.

"좋다. 네 말대로 그 부분만큼은 용서할 수 없다. 하지만 너에게 벌을 내리진 않겠다. 그저 지금 이 순간부터 이 세상 깊은 곳에 숨어 다시는 내 앞에 나타나지 말거라."

사도운은 힘없는 목소리로 사도천벽을 향해 마지막 선고를 내렸다.

하지만 사도천벽은 고개를 저으며 그의 말을 부정했다.

"싫습니다. 벌을 내리셔도 좋고, 안 내리셔도 상관없습니다. 하지만 지금 이 모든 것을 두고 떠날 수는 없습니다. 오히려 제가 부탁을 드리지요. 지금 이곳을 떠나주시면 아버님의 목숨만은 보장해 드리겠습니다. 어서 떠나주십시오."

"대공자!"

사도천벽의 말에 변자문은 사도운을 대신하여 노성을 터뜨렸다.

"대공자! 그게 무슨 말씀이시오? 진정 하늘이 무섭지도 않으시오? 형세는 기울어졌소. 저곳을 보시구려. 대공자가 믿고 있는 수라마인과 앙천독인들도 거의 쓰러져 가고 있소이다. 이제 대공자의 야망도 끝이 났다는 말이오!"

변자문은 사도천벽을 설득하기 시작했다.

"물론 이공자를 죽인 일은 절대 용서받지 못할 일입니다. 하지만 두고두고 이공자에게 사죄하며 제이의 인생을 살면 되지 않습니까!"

"제이의 인생? 나에겐 그런 것이란 없소! 그리고 내가 군림천하하지 못한 세상에선 살아갈 가치가 없소이다. 그러니 두 번 말하게 하지 마시오."

"대공자! 고집을 부리지 마시오!"

"그만 하게, 변 아우. 이미 저 아이는 자신이 만든 야심에 완전히 빠지고 말았네."

사도운은 변자문의 어깨를 잡으며 고개를 흔들었다.

"포기할 것은 포기하세. 하지만 이대로 그냥 두고 갈 수는 없지. 저 아이를 잡아오게."

사도운은 자신이 직접 사도천벽을 상대할 수 없었기에 천지쌍마와 변자문에게 부탁을 했다. 그 모습을 본 사도천벽은 냉소를 터뜨렸다.

"하하하! 진작에 그렇게 하셨어야 했습니다. 지금에 와서 용서니 제이의 인생이니는 너무 우스운 말이 아닙니까?"

그 모습을 본 사도운은 고개를 돌려 천지쌍마와 변자문을 쳐다보다 이내 두 눈을 꼭 감았다.

천지쌍마와 변자문은 동시에 앞으로 튀어 나가 사도천벽을 중심으로 천지인(天地人)의 방위를 점했다. 그리고 재빨리 사도천벽을 제압할 수 있도록 자세를 취했다.

"흐흐흐. 나를 잡아보시겠다?"

사도천벽은 비릿한 웃음을 지으며 정면의 방조휘를 향해 출수했다. 그가 펼친 무공은 대마산수(大魔散手)라는 것으로 언무청에게 펼쳐 보였던 삼첩장과 함께 막강한 위력을 자랑하는 수법이었다.

붉게 물든 사도천벽의 두 팔이 어지럽게 방조휘 주위를 맴돌았다. 대마산수의 산(散)이란 글자가 피시전자가 아닌 시전자를 위한 것 같았다. 하지만 대마산수의 진정한 목적은 상대의 무공을 파훼하는 것에 있었다.

그것을 잘 알고 있는 방조휘는 사도천벽의 무공에 신중하게 맞서갔다. 천마교의 비전보법인 천마군림보(天魔君臨步)를 펼치며 그의 독문절학인 혈옥마인(血玉魔印)을 이용하여 사도천벽의 빈틈을 노렸다.

변자문과 야율무 역시 가만히 있지 않았다.

사도천벽의 뒤를 노리며 출수한 야율무의 무공은 유령구조(幽靈九爪)였으며, 또한 소매를 칼같이 세워 사도천벽의 사방을 막아서는 변자문의 무공은 청수포천(靑袖捕天)이라는 고대의 신공이었다.

사도천벽은 세 사람의 합공이 예상외로 강력하자 급히 몽환비영(夢

幻飛影)이라는 신법을 펼쳤다. 그러자 그의 신형이 마치 유령이라도 된 듯 세 사람의 공세 속에서도 자유롭게 움직이기 시작했다.

"하하하. 아까의 그 기세는 어디로 갔소? 이래도 나를 잡아보겠다는 말이오?"

사도천벽은 허공에 신형을 띄운 채로 발을 놀려 야율무의 유령구조에 맞서갔고 두 손으로는 반대 편 방조휘의 가슴을 노렸다.

퍼펑!

손과 손, 손과 발이 부딪치자 양쪽에서 폭음이 울리며 방조휘와 야율무가 동시에 뒤로 물러갔다. 하지만 사도천벽의 공격은 이대로 끝난 것이 아니었다.

"흥! 아직 시작도 하지 않았다!"

바닥에 내려선 사도천벽은 발을 굴러 이번에는 변자문을 향해 튀어나갔고 마황지(魔皇指)라는 극강의 지력을 쏘아 보냈다.

변자문은 자신에게 날아오는 사도천벽의 마황지를 보며 급히 철판교(鐵板橋) 수법으로 피했다. 그와 동시에 또다시 이어오는 사도천벽의 공세를 우려하여 그 자세 그대로 뒤로 물러섰다.

"푸하하하!"

사도천벽은 자신으로 인해 뒤로 물러난 세 사람을 보며 또다시 앙천대소를 터뜨렸다. 그러다 거짓말처럼 언제 웃었냐는 듯 냉담한 얼굴로 사도운을 쳐다봤다.

"보십시오. 천하십오대고수 중 세 명이 지금 내 손에 쓰러졌습니다. 어떻습니까? 느껴지시는 것이 없습니까?"

"……."

"바로 힘입니다. 천지쌍마나 마군이란 별호가 예전에는 어땠는지 몰라도 지금 현재로선 통용되지 않습니다. 왠지 아십니까? 바로 힘이 없기 때문입니다. 왜 힘이 없을까요? 바로 지키기에 바쁘기 때문입니다. 지키기만 할 줄 아는 자는 앞으로 나설 줄 모릅니다. 그리고 결국 앞서가는 자에게 먹히고 말 것입니다. 지금처럼 말입니다. 전 먹히는 쪽을 택하느니 먹는 쪽을 택하겠습니다. 예전 아버님께 물었던 제 말을 기억하십니까? 지금 이대로 만족하시냐구요."

"그렇다."

"그때 아버님은 만족한다고 말씀하셨습니다. 그 순간 아버님은 먹는 쪽이 아닌 먹히는 쪽이 되어버리신 겁니다. 우습지 않습니까? 천하를 이분하는 천마사천회의 회주가 먹히는 쪽이라니. 전 싫습니다. 그래서 제 길을 택한 것입니다."

사도천벽은 여전히 냉담한 표정으로 사도운에게 자신의 생각을 설명해 주었다. 물론 강요하자거나 이해시키려는 의도는 없었다. 하지만 왠지 이 순간 꼭 말해야 할 것 같은 기분이 들었다.

"그래, 지금 네 길을 만족하느냐?"

"예, 만족합니다. 제 말 한마디면 모두가 개처럼 깁니다. 제 손짓 하나에 죽고 사는 무리들이 수백 명입니다. 그리고 머지않아 천하가 그렇게 될 것입니다."

그 순간 뒤에서 사도천벽을 향해 들려오는 말이 있었다.

"하하하. 자신의 기반이 다 무너졌음에도 불구하고 그런 자신감은 어디서 나오는 것이오?"

사도천벽이 고개를 돌려보니 목소리의 주인공은 진현임을 알 수 있었다. 진현은 어느새 수라마인과 앙천독인을 모두 제압하고 그 앞에 서 있었다.

"천하제일가의 가주가 아닌가?"

"그렇소이다. 그리고 사도 회주를 이곳으로 부른 것도 나요."

"음."

사도천벽은 진현의 말에 미간을 찌푸렸다.

"황극천주께선 좀 전에 많은 말을 하시더군요. 참으로 감명 깊었어요. 한데 천주의 이상과 본인의 이상에는 차이가 있는 것 같더군요. 뭐, 그래서 지금 이렇게 마주 보고 있는지도 모르지만요."

"헛소리 집어치워라!"

진현의 여유가 가득 찬 말에 사도천벽은 호통을 질렀다. 하지만 진현은 계속해서 자신이 하고픈 말을 했다.

"먹히는 쪽과 먹는 쪽이라? 그 부분만큼은 저도 천주와 같은 생각이었습니다. 저 역시 남에게 먹히기는 싫거든요. 한데 비유를 잘못하셨더군요. 어째서 지키는 쪽이 먹히는 쪽일까요? 전 그 반대의 생각을 하는데."

"……."

"혹시 누군가를 지키고자 한 적이 있습니까? 아니, 간절히 원하던 누군가를 뺏겨본 적이 있습니까?"

어느새 진현의 목소리에서 여유는 사라지고 진지함만이 남아 있었다.

"흥! 누구를 지킨다는 말인가? 그리고 무엇을 뺏긴다는 말인가?"

"역시 그런 말을 할 줄 알았습니다. 전 그런 적이 있습니다. 간절히 원하던 누군가를 이 모진 세상에 뺏긴 적이 있었습니다. 그리고 다시 되찾기 위해 수단과 방법을 가리지 않고 강해졌습니다. 이제 그 누군가를 지키기 위해, 다시는 뺏기지 않기 위해 더욱더 강해질 것입니다.

다시는 그런 괴로움을 맛보기 싫으니까요."

"말도 안 되는 소리! 처음부터 빼앗기지 않으면 될 것이 아닌가. 그러니 너는 수동적인 인생이라는 것이다. 왜 처음부터 남의 것을 빼앗을 생각을 하지 못하는가? 왜 빼앗기고 난 후에야 후회를 하는가? 지킨다? 상대에게 빼앗기고 난 후 열심히 노력해서 다시 되찾으면 무엇 하는가! 그럼 그동안의 시간과 고통은 누가 보상해 줄 것인가?"

"틀리지 않습니다. 천주의 말이 맞을지도 모릅니다. 하지만 내가 누군가의 것을 빼앗는다면 그 누군가는 자신의 것을 빼앗기게 되는 것입니다."

"그러니 내가 빼앗는 쪽을 하겠다는 것이 아닌가."

"하하하. 자꾸 같은 말을 반복하게 되는군요. 전 조금 전에도 말했다시피 둘 중 하나를 고르라면 저 역시 빼앗는 쪽을 선택하겠습니다. 빼앗기는 것은 죽어도 싫으니까요. 하지만 빼앗는 것도 싫습니다. 그 역시 괴로울 테니까요. 해서 전 저에게 있는 빼앗을 능력을 제 것을 지키는 데 쓰겠습니다."

"흥! 그거야말로 말도 안 되는 소리."

"그럼 시험을 한번 해보십니다. 과연 당신의 말처럼 빼앗는 자가 강한지 지키는 자가 강한지를 말입니다."

말을 마친 진현은 검을 들어 기수식을 취했다.

"좋다! 네 말대로 해보지. 하지만 곧 깨닫게 될 것이다, 너의 생각이 얼마나 어리석은 생각인지를."

사도천벽은 진현의 검을 보며 처음으로 허리춤에서 칼을 꺼내 들었다.

"네가 칠대무서 중 하나인 신검을 익혔다지? 난 최근에 한 가지 도

법을 연성하게 되었다. 본래 가전의 도법이었지만 등한시하다 최근에
야 그 실체를 알게 된 덕택에 익히게 되었지. 오늘 이것을 펼쳐 너의
신검과 한번 겨루어보고자 한다."

"음."

진현은 사도천벽이 말하는 도법이 무엇인지를 알고 있었다. 그리고
그 도법의 본래의 모습도 알고 있었다.

'실체를 알고 있다니? 그럼 북천의 비전을 이었다는 말인가?'

진현은 사도천벽의 말에 몇 가지 의문이 들었지만 잠시 접어두고 밀
려드는 사도천벽의 칼에 막아섰다.

깡!

요란한 마찰음과 함께 두 사람은 동시에 뒤로 물러섰다. 누구 한 명
의 공력이 강해서가 아니라 서로 간의 공력 대결을 피했기 때문이다.

만약 그 상태 그대로 칼과 검이 맞붙어 내력 대결을 펼쳤다면 누구
하나 쓰러질 때까지 계속되어야 했다. 하지만 그것은 너무나 위험 부
담이 크기 때문에 웬만해서 피하는 것이 상책이라고 두 사람 다 판단
한 것이다.

뒤로 물러선 사도천벽의 도에서 가공할 도기(刀氣)가 피어올랐다.
그만큼 그의 내력이 집중되었다는 것을 의미했다.

"합!"

우렁찬 기합성과 함께 사도천벽의 도가 일도단악(一刀斷嶽)식으로
진현을 양단하려 했다. 하지만 가만히 있을 진현이 아니었다. 진현의
검은 슬며시 사도천벽의 도를 비껴가 도신을 타고 삽시간에 그의 손목
을 노려갔다.

"어림도 없다!"

진현의 의도를 파악한 사도천벽은 내려치던 그 기세를 정반대로 돌려 하늘 높이 치켜들었다.

치치칫.

검과 칼이 마찰이 되며 떨어지자 괴음과 함께 불꽃이 피어올랐다.

'음. 과연.'

두 사람 다 상대에게 감탄을 했다. 하지만 겉으로 내색하지는 않았다. 그 순간 이번에는 진현이 사도천벽을 향해 검을 그었다. 조금 전 수라마인과 앙천독인을 상대하면서 완성된 활검(活劍)의 극치를 보여주고 있었다.

마치 살아 있는 뱀처럼 사도천벽의 도를 피하며 요혈을 노리는 진현의 검은 유검(柔劍)의 극을 달리고 있었다. 이에 사도천벽은 처음부터 끝까지 강경일변의 도를 펼쳤다.

두 사람의 대결은 어느덧 극유와 극강의 대결로 치닫고 있었다.

진현의 검이 수양버들처럼 꺾일 듯하면서도 꺾이지 않는 반면, 사도천벽의 도는 거목(巨木)도 부러뜨리는 저 하늘의 번개처럼 펼쳐지고 있었다.

정(靜)의 극(極)은 동(動)이라는 말이 있다. 그리고 동의 극은 정이란 말도 있다. 즉, 극에 달하면 구별이 없어진다는 말이다. 그것이 유와 강에도 마찬가지였다. 이 모두 극에 달하자 둘을 갈라놓은 구분이 없어지며 어느 것이 유인지 어느 것이 강인지 구별하기 힘들었다.

자연 두 사람의 승부는 끝을 보기 힘들어졌다.

'아! 검이 더 이상은 힘들어하는구나. 그래, 너무 부드러움만을 강요했지. 그렇다면 이제부터 네 뜻대로 하려무나.'

진현은 검에게 말을 하듯 속으로 중얼거리며 지금까지의 방식을 버리고 유검 속에 중(重)의 무리를 집어넣었다. 즉, 강유조화를 생각한 것이었다.

'그래, 음과 양이 모두 공존하듯 어느 것 하나만을 치중해서는 안 되지.'

진현은 자신의 생각대로 검을 다루기 시작했다.

상황이 이렇게 변하자 초조함을 느낀 것은 사도천벽이었다. 그 역시 진현이 펼치는 검의 성질이 바뀌었다는 것을 느꼈기 때문이다. 그리고 그 바뀜으로 인해 자신의 도가 가야 할 방향이 매우 어려워졌다는 것도 알 수 있었다.

사도천벽은 더 이상 일반적인 도법으론 어렵다고 판단하고 좀 전에 진현에게 말한 그 도법을 펼치기로 결심을 했다.

"대라개천(大羅開天)!"

드디어 사도세가에 비전으로 내려오는 파황도법이 펼쳐지기 시작한 것이다. 그리고 북천의 묵도라고 불리는 도법이기도 했다.

치지직.

과연 파황도법이 펼쳐지자 그의 도에서 번개 같은 전류가 터져 나와 그의 도신을 감싸기 시작했고, 그 위협적인 모습만큼이나 강력한 도기가 유형을 이루며 진현을 향해 폭사되어 갔다.

'음! 도강(刀罡)이로군.'

진현은 그 모습을 보며 신음성을 내뱉었다. 하지만 이대로 당할 수만은 없었다.

"수류폭!"

그 역시 대라삼검 중 수류폭을 펼쳤고, 그러자 장강의 물줄기처럼 도도한 검기가 사도천벽이 만들어낸 도강을 향해 달려나갔다.

퍼퍼펑!

엄청난 굉음이 터졌고, 동굴 내부의 곳곳에서 돌덩이가 떨어져 나가기 시작했다. 자욱하게 피어오르던 먼지가 어느 정도 걷혀지자 서로 마주 보며 대립하고 있는 진현과 사도천벽의 모습이 나타났다.

두 사람 모두 안색이 그리 좋지 못했다. 이번 대결로 인해 상대방의 경맥을 흔들어놓은 만큼 자신 또한 피해를 입었기 때문이다.

사도천벽은 이를 악물며 다시 한 번 파황도법을 펼쳤다.

"대라선전(大羅旋轉)!"

그의 도가 회오리처럼 빙빙 돌아 잔상(殘像)을 남기며 진현의 요혈을 노려갔다. 진현 역시 급히 검법을 펼치며 사도천벽이 만들어놓은 잔상을 하나하나 꿰뚫었다. 그리고 마지막까지 남아 자신의 심장을 향해 치닫는 사도천벽의 도를 막으며 그와 동시에 남은 한 손으로 일양지를 펼쳐 냈다.

찌지직.

사도천벽은 진현이 날린 지력을 느끼곤 급히 도를 회수하여 도신으로 막아내는 한편 반격을 시도했다. 숨 쉴 틈 없는 공방의 연속이었다.

아무리 공격을 퍼부어도 더 이상의 진전이 없자 사도천벽은 잠시 도를 거두고는 온몸을 이용하여 자신이 알고 있는 모든 무공을 표출하기 시작했다.

먼저 진현의 가슴을 향해 날아가는 것은 천뢰기(天雷氣)라는 독특한 기공이었고, 조금이라도 틈이 보이면 뻗어버리겠다는 듯 들썩거리는 두 발은 칠절산화각(七絶散花脚)이라는 무서운 각법이었다.

그뿐이랴.

끊임없이 놀리고 있는 두 손에는 파경혈수(破鏡血手)라는 가공할 수법이 숨어 있었다. 그 밖에도 사도천벽은 계속해서 색다른 무공을 펼쳐 보였다. 마치 살아 있는 무공비급과도 같이 새로운 무공들이 샘솟듯 쏟아지고 있었다.

이에 진현은 처음부터 끝까지 대라삼검만을 이용하며 맞서갔다. 오행지기로 뒤덮인 그의 몸은 강철보다 단단했기에 웬만한 타격에는 눈 하나 깜짝하지 않았고, 적절히 일양지와 오행결의 무공을 섞어가며 사용하자 오히려 사도천벽을 압도할 지경이었다.

"크으윽!"

결국 사도천벽은 진현의 검으로 인해 복부에 큰 상처를 입게 되었다. 그와 동시에 그의 입에서 한 바가지의 피가 토해졌다. 진현의 검기가 그의 내부까지 뒤흔들어 놓았기 때문이다.

드디어 지겹도록 팽팽히 이어가던 두 사람 간의 실이 끊어진 것이다.

기어코 사도천벽은 바닥에 주저앉고 말았다. 바로 반 시진 전에 언무청이 그러했던 것처럼 이번에는 그가 그런 모습을 하고 있었다.

"어떻소? 지킬 것이 있는 자가 강하오, 빼앗는 자가 강하오?"

진현은 좀 전의 물음을 다시 한 번 주지시켰다.

"으윽."

사도천벽은 계속해서 고통의 신음만 내뱉을 뿐 대답하지 않았다.

"천주, 잘 생각해 보시오. 천주 역시 지킬 것이 있지 않소? 그렇기 때문에 그토록 강해지려고 노력한 것이 아니겠소. 바로 자신의 야망을, 욕심을 지키기 위해 말이오."

진현은 이제 모든 것이 끝났다고 생각하며 다시 한 번 설교하기 시작했다.

"비록 대상은 다르지만 분명 천주 역시 지킬 것이 있었소. 한데 만약 그 지킬 것을 빼앗기면 어떻겠소? 바로 지금처럼 말이오. 고통스러울 것이오. 이제야 알겠소, 자신의 것을 빼앗기는 기분을? 헉!"

"그런 건 모른다. 나의 길을 가지 못한다면 나에겐 죽음뿐이다!"

그 순간 가만히 앉아 있던 사도천벽이 한바탕 호통을 내지르며 몸 안에 남아 있던 공력을 있는 대로 짜내며 진현에게 달려들었다.

하지만 역부족일 뿐이었다.

진현은 가볍게 그의 공격을 피함과 동시에 그의 혈도를 점해 버렸다.

그때 이제까지 지켜만 보고 있던 사도운이 다가왔다.

"수고했네. 그리고 고맙네."

사도운은 정중하게 고개를 숙이며 포권하곤 진정으로 고마워했다.

"아! 아닙니다. 감히 이런 예를 받을 순 없습니다. 마땅히 제가 해야 할 일을 했을 뿐입니다."

진현은 급히 자신 또한 예를 올리며 사도운을 일으켰다.

"아닐세. 나를 구해준 것도 그대이며 이 아이를 잡아준 것도 그대이지 않는가. 이제 남은 것은 나에게 맡기게. 내가 알아서 하겠네."

"어떻게 할 작정이십니까?"

"후후. 먼저 이 아이의 무공을 전폐시켜야겠지. 그리고 이 아이가 다시는 세상에 나오지 못하도록 하겠네. 그리고 나 역시 다시는 세상에 나오지 않고 이 아이 곁에 있겠네."

결국 사도운의 마음은 사도천벽을 향해 열려 있었다. 그리고 진현 역시 그런 사도운의 결정을 따랐다.

"알겠습니다."

"그럼 나 먼저 가겠네."

사도운은 사도천벽을 두 팔로 안아 천천히 칠성동 밖으로 나가 버렸다. 그 모습을 진현은 오랫동안 지켜보았다.

"결국 이렇게 되는구나. 한 사람의 잘못된 야망이 모든 것을 망쳐 버리고 결국 자신까지 망쳐 버리는구나."

진현은 사도천벽을 생각하며 탄식을 했다. 그 순간 언무청이 다가와 그의 어깨를 두드렸다.

"정말 대단했네. 황극천주를 꺾을 줄이야 생각이나 했겠나?"

"후후. 그저 운이 좋았을 뿐이네."

진현은 언무청의 말에 웃음으로 얼버무리며 아군의 피해 상황을 물었다.

"우리 측은 얼마나 피해를 보았는가? 비록 수라마인과 앙천독인을 없애기는 했지만 우리 측의 피해도 만만치 않았어. 게다가 칠성동 밖에 있던 사문부와 검군 육 노사께서도 돌아가셨으니 말이야. 참! 군사께선 어디에 계신가? 아무리 찾아도 보이지 않으시던데?"

"군사께서? 그건 나도 모르겠는걸. 내 코가 석 자라서 말이지."

언무청은 머리를 긁적이며 진현의 물음에 힘없는 목소리로 대답했다. 자신의 능력이 이토록 무능력했다는 것을 오늘에서야 실감했기 때문이다. 게다가 진현의 무위를 본 탓도 있었다.

그 순간 칠성동 내부에 있는 통로 중 한곳에서 누군가 벽을 짚으며 나타났다. 진현과 언무청이 찾던 바로 제갈화영이었다. 제갈화영은 부상을 당한 듯 가슴을 부여잡고 있었다.

"앗! 군사! 어디 다치셨습니까?"

진현은 급히 제갈화영에게 달려가 부축하며 상태를 살폈다. 과연 그의 가슴 부분에 피가 배어 있었다. 그것을 안 진현은 재빨리 수하들에게 소리쳤다.

"자! 어서 칠성동을 빠져나가자! 이곳에는 아무것도 없다. 재빨리 빠져나가 부상자를 치료하도록 하라!"

진현의 말에 단심맹의 무사들은 부상자를 부축하며 신속하게 칠성동을 빠져나갔다.

제52장

밝혀진 오호(五號)

밝혀진 오호(五號)

　칠성동의 일이 끝난 지 나흘이 지나고 진현 일행은 단심맹으로 돌아가 간만의 휴식을 즐기고 있었다.

　"자인!"

　"무청!"

　진현의 거처에 모인 모용자인과 언무청은 감격적인 해후를 맞이하며 상대방의 이름을 거듭 불러보았다. 언무청으로서는 이런 날이 올 줄 상상이나 했겠는가?

　"자네를 다시 볼 수 있는 날이 올 줄이야… 정말 기쁘네."

　"나도 마찬가지야. 그동안 자네의 듬직한 모습을 보지 못해서 얼마나 섭섭했는 줄 아는가?"

　어느새 모용자인은 옛일을 기억하며 농담을 걸었지만 언무청의 눈가에 맺힌 이슬은 멈출 줄 몰랐다.

"자인, 이제 완전히 이곳으로 온 것인가?"

언무청은 혹시나 하는 마음에 모용자인에게 물어보았다.

"그렇네. 자네 말대로 완전히 이곳으로 온 것이네. 다시는 내 이상을 굽히지 않을 걸세."

"아!"

모용자인의 확고한 대답에 언무청은 기쁨의 탄성을 질렀다. 그리곤 주위를 두리번거리더니 서둘러 진현에게 무언가를 재촉했다.

"이보게. 이렇게 기쁜 날에 술이 빠져서야 되나. 어서 내오게."

"허어, 이 사람 보게나. 그러고 있으니 자네가 주인 같구만."

"하하하. 그렇게 되었나? 그럼 내가 주인 하지. 주인이라고 뭐 별것 있겠는가?"

"하하하!"

언무청의 익살에 모두 한바탕 웃음을 터뜨렸다. 그사이 사마화련이 방으로 들어왔다.

"뭐가 그리 재미있으신지요. 저에게도 알려주세요."

"제수씨껜 별로 재밌지 못한 말입니다."

언무청은 갑자기 미간을 주름을 잡으며 심각하게 말했다.

"그것이 뭔가요?"

"음. 그것이 뭐냐 하면… 바로 저희들에게 술이 필요하다는 것이지요. 그럼 당연히 제수씨가 술과 안주를 준비하느라 고생할 테니 반가운 소식이 될 리가 없지요."

"하하하."

"호호호."

방 안에 모인 이들의 입에서 다시 한 번 웃음소리가 흘러나왔다. 사마화련 또한 소매를 입을 가리며 웃더니 금세 언무청의 부탁을 들어주기 위해 밖으로 나갔다.

사마화련이 나가자 지금까지 웃고 있던 모용자인의 안색이 급격히 굳어버렸다. 그것을 안 진현이 그 연유를 물었다.

"자네 왜 그러는가?"

"음. 자네 부인을 보니 사마세가와 사마 가주가 생각나서 그러네. 참으로 미안하게 되었네."

진현은 이미 남궁유에게 사대세가 사이의 일을 들었기 때문에 모용자인이 자신에게 사죄하는 이유를 알고 있었다.

"다 지난 일일세. 그리고 그 일은 자네의 뜻이 아니지 않는가? 어찌 자네가 책임지려 하는가? 책임을 져야 한다면 응당 일을 저지른 이가 져야지."

"하지만……."

"아무 말 말게. 자꾸 이러면 화낼 걸세."

"자자. 이런 좋은 날 왜 그런 말을 하는가. 좀 있다가 제수씨가 술을 가져오면 왕창 마셔 버리고 털어버리자구."

모용자인과 진현을 보던 언무청이 중간에서 중재를 하였다. 그 순간 진현은 생각나는 것이 있어 모용자인에게 물어보았다.

"한데 말일세, 자네 혹시 빙장어른에 대해서 알고 있나? 내가 듣기론 사마세가의 멸문 때 돌아가시지 않은 것으로 알고 있는데 말일세. 그 뒤로 들리는 소식에 의하면 무극천으로 끌려가셨다가 황극천으로 옮겨져 수라마인과 앙천독인의 재료로 쓰이셨다고 하였네. 하지만 지난 칠성동에서 마인과 독인을 없애고 난 뒤 살펴보았지만 어디에도 없으셨네. 자네라면 알고 있을 것 같은데?"

"음."

진현의 말에 모용자인은 말하기 어려운 듯 신음부터 내뱉었다.

"뭔데 그러는 것인가? 어서 말해 보거나."

진현의 재촉에 모용자인은 결국 입을 열고야 말았다.

"자네 말이 맞네. 사마 가주께서는 분명 사마세가의 멸문 때 돌아가시지 않으셨지. 그리고 무극천으로 붙잡혀 가신 것도 맞다네."

"그럼 그 뒤에는?"

"작고하셨네."

"뭐라고? 작고하셨다고? 언제 작고하신 건가? 어디서?"

진현은 모용자인의 말에 깜짝 놀라 그의 소매를 붙잡으며 되물었다. 그 모습에 모용자인은 자연히 고개를 돌릴 수밖에 없었다.

"자네 말대로 사마 가주께선 마인의 재료로 쓰이기 위해 황극천으로 가서야 할 운명이었네. 하지만 가주께서 완강히 거부를 하자 결국 황극천으로 가지 않고 금마옥에 갇혀 버리셨지. 그리고 얼마 있은 후 내상과 지병이 겹쳐 그만……."

"아!"

진현은 금마옥이라는 말에 무극천에서 보았던 금마옥의 내부를 떠올려 보았다. 분명 사람이 오랫동안 버티기엔 무리가 있는 곳이었다.

"병이 있으신 분을 그런 곳에……."

진현은 두 주먹을 쥐며 분노를 터뜨렸다. 다시 한 번 무극천에 대한 증오를 확인한 셈이었다.

쨍그랑!

그 순간 밖에서 그릇이 깨지는 소리가 들려왔다. 그 소리에 진현은 고개를 돌려 밖을 쳐다보았다. 밖에는 그릇을 떨어뜨린 그 자세로 멍

하니 서 있는 사마화련이 있었다.

그녀의 모습에 깜짝 놀란 진현은 사마화련에게 달려갔다.

"운랑… 조금 전 말씀이 뭐예요? 다시 한 번 말씀해 주세요. 아버님
께서 작고하셨다니요? 아버님은 본래… 본래… 금마옥이 뭔가요? 금
마옥이 어디예요?"

사마화련은 정신이 오락가락하는 듯 두서없이 말을 뱉었다. 그런 그
녀를 진현은 꼭 껴안고 서둘러 방 안으로 옮겼다. 사마화련은 진현의
품에서 계속해서 사시나무 떨듯 바들바들 떨며 입술을 달싹거렸다.

"자인, 무청, 미안하네만 오늘은 안 되겠네. 다음에 술을 하도록 하
세."

"아, 알겠네."

진현의 말에 언무청과 모용자인은 서둘러 밖으로 나가 버렸다. 그
순간 모용자인은 다시 한 번 사마화련을 복잡한 심경이 담긴 눈으로
쳐다보았다.

"운랑, 말해 주세요. 아버님이 어찌 되신 거예요? 흑흑흑."

급기야 사마화련의 눈에서 눈물이 흘러내리고 말았다. 진현은 가슴
아파하는 사마화련을 보며 소매로 눈물을 닦아주고는 다시 한 번 자신
의 품에 안았다.

"련 누이……."

진현은 사마화련이 슬퍼하는 모습을 보니 자신의 마음이 갈기갈기
찢어지는 듯함을 느꼈다. 가슴속 깊이 무언가 맺힌 듯 속이 울렁거렸
고 누군가 죄는 것같이 목이 메어옴을 느꼈다.

하지만 진현은 자신마저 무너지면 안 된다고 생각하며 마음을 다잡
았다. 그리고 사마화련이 어느 정도 진정되는 듯하자 그간의 사정을

모두 이야기해 주었다.

"악!"

이야기를 모두 들은 사마화련은 비명을 지르며 기절하고 말았다.

"련 누이!"

진현은 급히 사마화련의 몸에 자신의 내력을 불어넣으며 그녀의 백회혈(百會穴)을 매만졌다. 그러자 사마화련의 눈이 서서히 떠지기 시작했다.

"련 누이, 정신 차릴 수 있겠어? 괜찮아?"

진현은 사마화련을 보며 급히 물었다.

"아! 운랑! 어쩌면 좋아요? 흑흑흑."

정신을 차린 사마화련의 눈에서 다시 눈물이 흐르기 시작했다.

아무리 자신의 아버지가 죽었다는 것을 알고 있었지만 근래까지 살아 계셨다 결국 돌아가셨다는 것과 그 느낌이 같을 수는 없는 법이다. 그녀가 착각하는 동안 사마추현 역시 한 하늘 아래 살아 있었으니 말이다.

진현은 묵묵히 그녀의 등을 토닥여 주었다. 그것만이 그가 할 수 있는 최선의 방법이기 때문이었다. 그러다 진현은 서서히 입을 열기 시작했다.

"련 누이, 이제 그만 진정해. 내가 있잖아. 비록 내가 련 누이보다 나이는 어리지만 아버지 몫까지 누이를 아껴줄게. 아버지가 필요하면 내가 아버지가 되어주고 남편이 필요하면 남편이 되어주고, 종이 필요하면 종이 되어줄게. 그러니 더 이상 슬퍼하지 마. 응? 네 말을 들어."

진현은 그녀의 얼굴을 들어 자신의 눈을 쳐다보게 만든 후 다시 말을 이었다.

"련 누이, 지금까지 누이가 나를 지켜주고 나 때문에 희생만 강요당한 것 알아. 이제 내가 할게. 내가 누이를 지켜주고 아껴주고, 내가 희생할 거야. 그러니 이제 슬퍼하지 마."

"운랑!"

진현의 말에 사마화련은 다시 한 번 그의 품으로 파고들며 울음을 터뜨렸다. 자신의 울음이 하늘에 있는 사마추현에게 들릴 수 있도록 절규하듯 악을 쓰며 울었다. 그리고 진현은 또다시 그녀를 꼭 껴안으며 등을 토닥여 주었다.

진현은 울다 지쳐 잠이 든 사마화련의 뺨을 쓰다듬으며 깊은 상념에 빠져 있었다. 그때 그의 귀에 들리는 호각 소리가 있었다.

삐이익―

그 소리에 진현의 두 눈이 번쩍 하며 떠졌다. 그리고 슬며시 침상에서 일어나 방에서 빠져나갔다. 자신의 거처에서 나온 진현이 걸어간 곳은 자신의 별원(別院) 근처에 있는 울창한 수림 속이었다.

"나오거라."

진현은 아무도 없는 공간에 향해 말했다. 그러자 거짓말같이 그의 명령에 누군가 모습을 드러냈다.

"주군, 실로 오랜만에 뵙습니다."

"그렇구나."

진현을 주군이라 부르는 이는 단 한 명뿐이었다. 바로 곤륜산에서 구해준 인연으로 지금까지 주종 관계를 유지하고 있는 혁천운이었다.

"그동안 성과는 있었느냐?"

진현은 혁천운을 향해 단도직입적으로 물었다. 좀 전의 일로 인해 그의 심기가 그리 편치 못했기 때문이었다.

"그렇습니다. 지난 반년 가까이 조사를 한 덕분에 몇 가지 사실을 알아낼 수 있었습니다."

사실 혁천운은 진현이 무극천에 잠입한 동안 그의 명을 받아 멀리 떠나 있었다. 진현의 명이란 바로 남천문과 북천문에 관한 것이었다.

"그래, 어서 말해 보거라."

"주군께서 분부하신 대로 우선 남천문과 북천문의 맥을 찾아보았습니다. 우선 남천문은 주군의 사문인 금강문을 끝으로 이미 그 후손을 찾아보기 힘듭니다. 그리고 북천문의 경우는 전진교가 그 맥을 이어가고 있었습니다. 한데 여기서 더욱 놀랄 만한 사실이 있습니다. 전진교의 마지막 교주가 바로 사도세가의 사람이라는 점입니다. 천마사천회의 사도세가 말입니다."

아직 진현이 그 사실을 알고 있다는 것을 모르는 혁천운이었다. 그래서인지 진현의 담담한 표정에 혁천운은 의외라는 표정을 지었다. 그것도 잠시, 계속해서 말을 이어갔다.

"그리고 사대기보(四大奇寶)에 대해 말씀드리겠습니다. 확실히 사대기보는 북천무동(北天武洞)과 남천무동(南天武洞)을 여는 열쇠 역할을 하는 것으로 밝혀졌습니다. 그중 남천무동은 이미 칠성동이라는 이름으로 세상에 잘 알려져 있어……."

"잠깐! 칠성동이 남천무동이라고? 음."

혁천운의 말에 진현은 잠시 놀라 그의 말을 끊었다.

'아! 칠성동이 남천무동이라니……. 그래, 그랬었구나. 오행결과 일월신공! 남천무동이 아니라면 있을 리가 없겠지. 아, 왜 그 생각을 못 했을까?'

진현은 자신의 한심함을 탓하다 갑자기 떠오르는 생각이 있었다.

"한데 남천무동은 취옥소불상과 화룡천검으로 열리지 않느냐? 그리고 북천무동은 고경참문과 음양쌍보환으로 열리고. 그래, 호천사정맹 시절 화룡천검을 본 가에서 빌려간 일이 있었지. 바로 그때다! 그때 이미 칠성동이 열린 것이야. 그래, 북천무동은 어떻게 되었느냐?"

"북천무동 역시 열렸습니다."

"그래? 북천무동이 열렸다고? 그 장소가 어디더냐?"

진현은 급히 물었다.

"십만대산에 있었습니다."

"십만대산?"

"예. 주군께서도 가보신 적이 있는 곳입니다."

"응? 내가 가보았다니? 그게 무슨 말이냐?"

"북천무동이 바로 주군께서 천마사천회의 회주를 구해냈던 유동이 었습니다."

"헉!"

진현은 깜짝 놀라 경악성을 내질렀다. 처음으로 수라마인과 앙천독 인을 보았던 그곳이 알고 보니 북천무동이었다니 놀라지 않을 수 없었던 것이다.

"하지만… 음양쌍보환이 내 손에 있거늘… 고경참문만으로 북천무 동을 열 수 있었단 말인가?"

진현은 자신의 손목에 차여진 오화지음쌍환(午火至陰雙環)을 쳐다보 며 중얼거렸다. 그도 그럴 것이 쌍환의 경우 북천문의 시조나 마찬가 지인 혈천자가 남긴 것이기에 북천무동을 열 수 있는 가장 중요한 열 쇠였기 때문이다.

"아! 그렇군. 사도천벽 그가 바로 북천문의 후예였으니 분명 또 다른 방법을 이용하여 무동을 열었을 것이다. 칠성동에서 보여준 그 많은 무공들은 분명 북천무동에서 나온 것이 틀림없다."

진현은 사도천벽과의 비무를 떠올리며 나름대로의 추리를 하였다. 여기서 그의 추측이 맞는지 틀리는지 그것은 상관이 없다. 중요한 것은 이미 남천무동과 마찬가지로 북천무동 역시 열렸다는 점이다.

진현이 이런 상념은 그리 오래가지 못했다. 혁천운으로부터 새로운 사실을 알았기 때문이다.

"주군, 그것 말고도 몇 가지 더 흥미로운 사실이 있습니다."

"그것이 무엇인가?"

"예전 곤륜파를 방문하셨을 때 보셨던 청송 도인이 생각나십니까?"

"그렇네. 한데 그분이 왜?"

"그 당시 그분께서 말씀하시길 괴인이 나타나 일거에 곤륜파를 멸문시켰다 하셨습니다. 그래서 제가 그 괴인의 종적에 대해서도 조사를 해보았습니다. 당시 그 괴인은 곤륜파를 무너뜨리고 오랫동안 천산을 헤매다 다시 남부로 내려와 운남에서 그 종적이 끊어졌습니다."

"운남에서?"

"그렇습니다. 만약 주공께서 추측하신 대로라면 고경참문은 천마사천회로 돌아갔으니, 그 괴인은 분명 황극천의 사람일 것입니다. 그렇다면 괴인의 발걸음은 십만대산을 향해야 할 것입니다. 한데 운남이라니, 이상하지 않습니까?"

"듣고 보니 그렇군."

"또 한 가지. 그 당시 곤륜파가 멸문당했다는 소식을 중원에서는 모르고 있었다는 점입니다. 일반 중소문파도 아닌 곤륜파처럼 명문대파라면 호천사정맹에서 응당 알고 있어야 할 것이 아닙니까?"

"음."

진현은 혁천운의 말에 심각한 표정을 지었다. 예사롭지 않는 부분이었기 때문이다.

"이 부분에 대해선 자세하게 알아볼 필요가 있네. 천운, 나를 따라오게."

"예."

진현의 명령에 혁천운은 부복하며 대답했다.

야심한 밤. 진현과 혁천운은 아무도 몰래 비영각(秘影閣) 안으로 들어갔다. 단심맹의 군사인 제갈화영의 거처인만큼 경비가 삼엄했으나 진현과 혁천운이 신법을 펼치자 그리 어렵지 않게 잠입할 수 있었다.

진현이 비영각으로 온 이유는 간단했다.

곤륜파의 소식을 맹의 최고 정보 수집 기관인 대륙안이 놓칠 리 없다고 생각한 진현은 예전 호천사정맹 시절, 대륙안을 관장했던 이가 바로 제갈화영임을 기억한 것이다.

진현과 혁천운은 비영각에 들어서자 대륙안의 모든 서류가 있는 곳으로 향했다. 이윽고 자신이 원했던 곳에 도착한 그들은 엄청난 양의 서류 더미를 볼 수 있었다.

중앙에는 중원을 축소하여 옮겨놓은 듯한 거대한 크기의 지도가 펼쳐져 있었다. 그리고 지도를 중심으로 하여 사방에 문파별로 서류가 정리되어 있었고, 그중 삼원천에 대한 서류들은 따로 분류되어 있었다.

진현은 서둘러 곤륜파에 대한 서류를 찾아보았다.

"아! 여기 있군."

진현은 곤륜파에 대한 서류를 뒤적거리며 자신이 원하는 부분을 찾았다.

곤륜파 멸문. 산하(山下) 문인들 실종.

대외비(對外秘)라는 도장이 찍힌 전서(傳書)에 쓰여져 있던 내용이다.

"이런! 그럼 호천사정맹 역시 알고 있었다는 것이 아닌가?"

진현은 전서의 내용을 보고 소리쳤다.

"허어, 이게 어찌 된 일이지? 설마 하니 군사께서 이 내용을 숨겼다는 말인가?"

진현은 전서의 내용이 감춰지게 된 이유를 알 수 없었기에 여러 가지 의문이 들었다.

"이런 중요한 사실을 왜 알리지 않았단 말인가. 군사에게 그럴 만한 이유라도 있다는 말인가? 그럴 만한 이유?"

두서없이 말하던 진현은 갑자기 눈빛을 발하였다. 마치 엉망으로 뭉쳐진 실타래를 풀 수 있는 방법을 찾은 아이와도 같았다.

"그렇구나! 이런 중요한 사실을 알리지 않았다는 것은 군사에게 그만한 이유가 있었다는 것이고, 그것은 호천사정맹이 이 사실을 알면 안 되다는 것이겠지. 왜냐하면 곤륜파가 멸문된 진정한 이유는 고경참문에 있으니까."

"아! 그렇군요."

지금까지 진현의 곁에서 가만히 듣고 있던 혁천운이 진현의 추리에 감탄한 듯 탄성을 질렀다.

"진짜 고경참문이 황극천으로 들어갔다는 사실을 호천사정맹이 안다면 분명 가만히 있을 리가 없겠지. 군사는 그것을 막기 위해 전서를 숨긴 것이고. 그렇다면 군사 역시 삼원천의 사람이란 말인가? 그렇군. 그 역시 삼원천의 사람이었어. 구양 맹주께서 중독된 원인에도 알고 보면 그가 있었던 것이야. 구양 맹주와 가장 가까이 지낸 이는 군사밖에 없으니까. 게다가 맹으로 무극천의 사대세가 사람들이 쳐들어왔을 때도 매의 요직에 앉아 있었던 이들은 모두 배신을 했거나 아님 이미 살해되어 다른 이들의 화신(化身)인 경우가 많았어. 한데 군사만 홀로 무사했지. 그에겐 무극천의 암수를 막을 수 있는 능력도 없을 텐데 말이지."

진현의 말대로 제갈화영의 경우 무공만을 치자면 천하십오대고수에 속하는 것이 부끄러울 정도로 그 실력이 미비했다. 오로지 그는 자신의 지식과 견문만으로 그만한 지위에 오른 것이지 결코 무공으로서 그 자리에 오른 것은 아니기 때문이다.

"그리고 칠성동의 일도 의심되는군. 아무리 살펴보아도 찾을 수 없었던 그가 왜 앙천독인이 튀어나왔던 통로에서 부상을 입고 나왔을까? 설마 앙천독인을 상대하기 위해 그 통로로 들어간 것도 아닐 텐데."

진현은 제갈화영의 모든 것에 의심을 품기 시작했다.

"이대로 있다간 어떤 일이 일어날지도 모른다. 내가 먼저 손을 써야겠다."

진현은 눈빛을 빛내며 생각을 굳혔다.

다음날 아침. 진현은 서둘러 제갈화영이 묵고 있는 거처로 찾아갔다. 제갈화영은 칠성동에서 부상을 당한 이유로 별원에 묵으면서 요양

하고 있었다.

"군사께선 계십니까?"

진현은 제갈화영을 부르자 얼마 안 되어 별원의 문이 열리고 시종이 그를 맞이했다.

"신검부주가 아니십니까? 어쩐 일로 오셨습니까?"

"군사께선 안에 계시더냐? 내가 찾아뵌다고 여쭈거라."

진현의 말에 시종은 부리나케 안으로 달려 들어갔다. 그리고 얼마 되지 않아 제갈화영의 말을 전해왔다.

"어서 드시지요. 군사께서는 안에서 기다리겠다고 하십니다."

"그래? 하긴 몸이 불편하시니 방 안에서 뵈어야겠지."

시종을 따라 진현은 제갈화영이 있는 곳으로 걸어갔다. 진현의 발걸음이 머문 곳에는 아담한 전각 한 채가 있었다. 그곳을 본 진현은 시종을 내버려 둔 채 홀로 전각 안으로 들어갔다.

"아, 어서 오시게. 푹 쉬지 않고 여긴 어쩐 일인가?"

침상에 누워 진현을 반기던 제갈화영은 진현이 방문한 까닭을 물었다.

"그야 군사께서 이렇게 몸져누워 계시는데 찾아뵙지 않을 수가 있어야지요."

"허허허. 그런가? 그것참 고맙구려."

"아닙니다. 억지로 아픈 척을 하는 것이 얼마나 힘든 일인데요. 어서 자리에서 일어나셔서 다시 삼원천을 위해 일하셔야지요."

진현은 비릿한 웃음을 머금으며 제갈화영을 비꼬았다. 이에 제갈화영의 눈이 둥그렇게 떠지며 놀라는 기색을 보였다.

"아니, 그게 무슨 말인가?"

"하하하. 본인이 스스로 더 잘 알고 계실 터인데 저보고 물으시면 어떡하란 말씀이십니까?"

진현은 비록 웃고 있었지만 그의 두 눈은 차갑기 이를 데 없었다.

"허허허. 신검부주가 농담이 심하군 그래. 말을 삼가게나."

제갈화영은 짐짓 화난 것처럼 나직한 목소리로 진현을 꾸짖으려 했다.

"흥! 농담이라니? 이미 모든 것을 알고 왔거늘. 예전 곤륜파의 멸문을 맹에 숨긴 것도 당신이며, 구양 맹주에게 독을 주입시킨 것도 당신이지 않소? 더 말해야 털어놓으시겠소?"

진현의 말을 들은 제갈화영은 눈동자가 떨리기 시작했고 기묘한 표정을 짓기 시작했다. 그러다 결국 모든 것을 체념한 듯 제갈화영은 침상에서 일어나 진현을 주시하며 입을 열었다.

"흐흐흐. 용케도 알아냈구나. 그렇다, 네 말대로 나는 삼원천의 사람이다."

"역시 그랬구려."

진현은 순순히 자백하는 제갈화영을 보며 자신이 추측이 옳았음을 알 수 있었다. 하지만 제갈화영의 진정한 신분을 모르고 있기는 마찬가지였다.

"그럼 삼원천에서 어떤 지위를 가지고 있으시오?"

"지위? 난 그 어디에도 속하지 않는다. 감히 나를 다스릴 재량을 가진 이는 없다. 다만 내가 그들의 일을 옆에서 도와줄 뿐이지."

"……?"

진현은 제갈화영의 말을 언뜻 이해하지 못하여 어리둥절한 표정을 지었다.

삼원천에 속하면서도 속하지 않는다니. 그 순간 진현은 어떤 기억을 떠올리곤 제갈화영의 말이 무엇을 뜻하는지 알 수 있었다.

"그럼 당신은 태극천주, 무극천주, 황극천주와 함께 오호 중 한 명이겠구려?"

"호오, 그것까지 알고 있었나? 대단하군. 그래, 내가 바로 그중 오호이지."

제갈화영은 진현의 말에 부정하지 않았다.

"음. 한 가지 물어볼 말이 있소."

"무엇이냐?"

"오호 중 두 명의, 아니, 이제 당신까지 세 명의 신분은 알아냈소. 나머지 두 명은 누구요?"

"흐흐흐. 일호와 사호 말이냐? 아쉽지만 말해 줄 수 없다. 아니, 가르쳐 주고 싶어도 그럴 수 없다. 나 역시 모르기 때문이다. 이호와 삼호를 제외하곤 모두의 신분은 철저히 숨겨져 있지. 물론 처음부터 삼원천을 계획한 일호는 알고 있겠지만."

"음. 그럼 태극천은 어디에 있소?"

진현은 아직까지 정체를 숨기고 있는 태극천에 대해 물었다. 이에 제갈화영은 이번에도 순순히 대답해 주었다.

"그것 역시 모른다. 태극천은 일호가 처음부터 계획하고 일호 혼자 만들었기 때문에 아무도 그 정체를 모른다. 단지 추측하기론 태극천은 있는 듯 없는 듯하기 때문에 그 정체를 파악하기 힘들다는 점이다."

"그것이 무슨 말씀이시오?"

"후후후. 이해가 되지 않는 것이 당연하지. 나 역시 오랜 세월 동안 조사한 후에야 알게 된 것이니까. 쉽게 설명하자면 태극천 같은 경우 그 범위에 한정이 없다는 것이다. 무극천의 경우는 황산이라는 거처가 있다. 얼마 전 괴멸된 황극천만 하더라도 천마사천회라는 단체의 화신이었다. 하지만 태극천은 이런 것들이 없다는 말이다. 거처도 없거니와 어떤 무엇의 화신도 아니라는 점이다."

"음."

진현은 제갈화영의 설명에 탄식을 내뱉었다.

이 얼마나 황당한 말인가? 거처가 없다니. 그럼 진현은 어디를 보고 검을 뽑아야 하며 누구를 향해 검을 휘둘러야 한다는 말인가.

진현이 태극천의 존재로 인해 고민을 하는 동안 제갈화영은 서서히 품속에서 기이한 병기를 꺼냈다. 그냥 겉으로 보기엔 막대기와 비슷해 보였지만 자세히 보면 막대기라 하기엔 어색할 정도로 날이 서 있었다. 마치 검병(劍柄)이 없는 검과 같아 보였다.

그 모습을 본 진현은 지금까지의 생각들을 잠시 접어두고 검을 빼들었다.

"어차피 네가 나의 정체를 안 이상 가만히 있을 리는 만무한 일. 그렇다면 나 역시 가만히 있을 수는 없지. 행여나 나를 설득할 생각은 하지 말아라. 나 역시 사도천벽 그 아이와 생각이 같으니까."

"아!"

제갈화영의 말에 진현은 탄성을 질렀다. 아닌 게 아니라 자신의 물음에 순순히 대답해 주는 제갈화영을 보며 생각을 바꾸지 않을까 하는 일말의 기대를 걸었기 때문이다.

"내가 너의 물음에 순순히 대답해 준 이유는 지금 이 자리에서 너와 검을 다툰다면 내가 죽을 것이라는 걸 알고 있기 때문이다. 이미 삼호도 무너졌고 나도 이 자리에서 죽으면 남은 것은 세 명뿐이겠지. 하지만 그들 세 명의 힘은 네가 감히 상상도 하지 못할 정도로 강력하다. 특히 일호의 경우는 더욱 그러하다 할 수 있다. 해서 너에게 기회를 준 것이다. 어차피 삼원천이 무너지든 단심맹이 무너지든 지금 와서 상관 없는 일 아닌가. 그렇다면 두 곳이 공평하게 겨뤄야 한다는 것이 내 생각이었다."

제갈화영은 진현의 궁금증을 짐작하고 그 이유를 설명해 준 것이다.

"자! 이제 시작하도록 하지. 길게 끌어봐야 추하기만 할 뿐."

차분히 말을 하던 제갈화영은 그의 말투와는 달리 갑자기 병기를 들어 진현을 찔러갔다.

"으헉!"

진현은 갑작스런 제갈화영의 선공에 깜짝 놀라며 신형을 틀어 자리를 피했다. 하지만 이미 선공으로 인해 기세를 탄 제갈화영은 계속해서 진현의 방위를 점하며 진현의 요혈을 노렸다. 그의 기문병기는 동영(東瀛)의 왜검(倭劍)과 비슷하여 찌르기에 매우 효과적이었다.

한순간은 판관필처럼, 때론 곤의 수법으로 제갈화영은 병기를 다양한 용도로 변환하며 진현을 공격해 나갔다.

제갈화영의 수법이 계속해서 다양해지자 바쁜 것은 진현이었다. 그렇지 않아도 좁은 방 안에서 쏟아지는 제갈화영의 공격을 피하자니 여간 어려운 일이 아니었다.

진현은 방법을 모색하다 천장을 바라보곤 그곳을 향해 장력을 날렸다.

쿠르릉!

진현의 장력에 맞은 천장은 자욱한 먼지를 일으키며 무너져 버렸다. 진현은 이때다 하며 그 틈을 통해 밖으로 빠져나갔다. 그러자 제갈화영 또한 뒤쫓아왔다.

"허허. 황극천주도 손쉽게 이긴 신검부주가 이렇게 도망을 치다니. 세상 사람들이 알면 웃겠군."

"……."

제갈화영의 도발에도 진현은 전혀 상관하지 않고 검에 공력을 주입시키며 상대를 주시하였다. 자신의 죽음을 예상하며 말하던 제갈화영으로 인해 잠시 동안이지만 방심했던 진현은 자신을 자책하며 온몸에 가벼운 긴장감을 불어넣었다.

이런 진현의 기색을 보며 이제는 아까와 같은 요행을 기대할 수 없다고 여긴 제갈화영은 그 또한 진지하게 자세를 잡았다.

"합!"

진현은 좀 전의 실수를 만회라도 하려는 듯 일수에 삼 검(三劍)을 날리며 제갈화영을 노렸다.

창창창!

진현의 수를 읽기라도 한 듯 제갈화영은 무난하게 막아냈고 그 뒤를 이어 반격을 시도했다. 그러자 폭풍 같은 경기가 그의 병기에서 일어나 진현을 향해 휘몰아쳐 갔다. 이를 본 진현도 검강을 일으켜 태산압정(泰山壓頂)식으로 맞서갔다.

"크으윽!"

이 한 번의 대결에서 손해를 본 것은 제갈화영이었다. 아무래도 나이도 나이거니와 진현과 비교했을 때 공력의 차이가 있었던지라 정면 대결은 절대적으로 그에게 불리했다.

"대단하군. 이것이 천하제일가의 힘인가?"

입가에 흘린 피를 소매로 닦으며 중얼거리던 제갈화영은 입술을 질끈 깨물며 또다시 진현을 향해 달려들었다. 그와 동시에 병기의 어느 부분을 눌러 병기의 길이를 한 치나 줄여 버렸다. 근접전을 시도하려는 의도였다.

어느새 짧은 길이가 되어버린 그의 병기는 진현의 옆구리를 찌르고 있었고 그와 동시에 그의 무릎이 진현의 낭심을 노려갔다. 제갈화영의 공세에 놀란 진현은 급히 뒤로 물러서며 검을 땅에 꽂아버리고 그 역시 두 손으로 맞서갔다.

두 사람의 박투(搏鬪)가 시간이 갈수록 치열해져만 갔다.

진현의 팔꿈치가 제갈화영의 관자놀이를 노리는가 하면, 어느새 그의 가슴으로 제갈화영의 어깨가 들이박고 있었다.

'이런. 세상 사람들이 착각을 하고 있었구나! 누가 기왕(機王)의 무공이 별 볼일 없다고 했는가?

진현은 다시 한 번 제갈화영의 무공에 감탄하였다.

몇 합(合)이나 지났는지 모른다. 진현이 이곳에 온 지 벌써 한 시진이 넘었음에도 불구하고 두 사람 간에는 아무런 진전이 보이지 않았다.

하지만 시작이 있으면 끝이 있는 법.

끝날 줄 모르던 두 사람의 박투는 진현의 회심 어린 일격으로 인해 무너져 버렸다. 각법과 함께 일양지를 사용하여 어깨를 노린 것을 제갈화영이 미처 피하지 못한 것이다.

퍼퍼펑!

어깨를 붙잡고 신음을 내뱉는 제갈화영의 몸에 진현의 연속타가 적중되었다.

"우웩!"

결국 자리에 주저앉아 버린 제갈화영은 피를 토하며 쓰러졌다. 진현은 괴로워하는 제갈화영에게 다가가 그의 혈도를 점해 버렸다.

"이게 무슨 일이십니까?"

저 멀리서 숨어 지켜보고 있던 시종이 다가와 진현에게 물었다. 그로선 깜짝 놀랄 광경이기 때문이었다.

"알 것 없다. 이곳에서 있었던 일을 아무에게도 발설하지 않도록 하거라. 알겠느냐?"

"예, 예!"

진현의 명령에 그렇지 않아도 벌벌 떨고 있던 시종은 다급히 대답하며 사라져 버렸다. 하지만 진현은 시종에게 더 이상 관심을 두지 않고 제갈화영을 쳐다보았다.

"당신은 아직 죽을 때가 아니오. 이제부턴 죽고 싶어도 허락을 받고 죽어야 할 것이오."

나직이 말을 뱉던 진현은 제갈화영을 안고 어디론가 사라져 버렸다.

제53장

대결전(大決戰)

대결전(大決戰)

진헌이 들고 온 소식은 단심맹의 수뇌부를 놀라게 하기에 충분했다.

"군사란 지위가 어디 보통 자리인가? 일인지하 만인지상(一人之下 萬人之上)의 자리이네. 한데 그런 자가 삼원천의 수뇌였다니……."

예의 큰소리치기 좋아하는 하후단은 노성을 지르며 분노를 터뜨렸다. 그럴 수밖에 없는 것이 적지에서 곤군과 검군을 잃어야 했던 그였다. 사군 중 절친했던 두 친우를 잃은 원인 중에 하나가 제갈화영에 있다고 생각하면 피가 거꾸로 치솟는 것 같은 하후단이었다.

"진정하시오. 이 모든 것이 사람을 제대로 보지 못한 본인의 책임이오."

단후명은 자신을 책망하며 하후단의 노기를 풀어주려 하였다. 하지만 한번 노기충천한 하후단의 마음은 단번에 풀어지지 않았다. 비록 맹주의 권위를 생각하여 자제하긴 했지만 계속해서 씩씩거리며 어쩔 줄 몰라 했다.

　대청 안에 모인 사람들은 이런 하후단의 마음을 충분히 이해할 수 있었다. 그네들 역시 같은 심정이기 때문이었다. 하지만 이렇게 화만 낼 수는 없었다.

　"여러분은 제갈화영의 처분을 어떻게 하였으면 좋겠소?"

　어느 정도 장내의 분위기가 가라앉자 단후명이 좌중을 둘러보며 물었다. 그의 물음에 제일 먼저 대답한 이는 하후단이었다.

　"죽여야지요. 그렇고말고요. 그자로 인해 얼마나 많은 이가 죽었습니까? 다른 것을 모두 제쳐 두고 칠성동의 일만 해도 그렇습니다. 그자가 계획을 세우지 않았다면 사문부의 제자들이 몰살을 당하는 일도 없었을 것이며 궁가부의 제자들이 그렇게 죽지도 않았을 것입니다. 더구나 검군도 죽었습니다. 그런 놈은 죽여야 마땅합니다! 그의 목을 잘라 죽은 단심맹 무사들의 넋을 위로해야 합니다."

　하후단은 다분히 감정 섞인 말로 좌중을 설득했다. 그러자 그의 말에 모두들 고개를 끄덕이며 동감을 표했다.

　"맞습니다. 그자의 목을 베어야 합니다. 그런 놈을 살려두었다간 또 다시 무슨 짓을 할지 모르는 일입니다."

　평소 하후단을 비롯한 사군과 친분이 두터웠던 창왕 언무외가 자리에서 일어나 단후명에게 간곡하게 말했다.

　"음. 그럼 그렇게 하도록 하십시다. 우선 그자의 무공을 폐하고 사대근맥(四大筋脈)을 잘라 가둬두고 날을 잡아 목을 베도록 합시다."

　단후명의 명이 떨어지자 하후단은 두 눈을 지그시 감았다.

　'조 형, 육 형, 조금만 기다리시오. 지금은 제갈화영만의 목을 벨 것이지만 언젠가는 그놈들 모두 목을 벨 것이니까.'

하후단이 조진환과 육정방의 모습을 떠올리며 상념에 빠져 있을 때 대청 안의 회의는 또 다른 안건을 다루고 있었다.

"이쯤에서 제갈화영에 대한 것은 마무리하도록 합시다. 참, 새로운 소식이 있소. 신검부주가 그간 무극천에 잠입했던 사실은 모두 알 것이오. 신검부주는 무극천에서 많은 정보를 가지고 왔소. 그중 반가운 소식이 있어 알려 드리려 하오."

"그것이 무엇입니까?"

"이 부분은 신검부주가 직접 말할 것이오."

단후명의 말에 모두가 진현을 주목했다. 진현은 자리에서 일어나 포권을 하며 자신이 알고 있는 사실을 말했다. 우선 사대세가 간의 관계와 그간의 사정을 설명하였다. 그러던 중 진현은 밖을 가리키며 누군가를 불렀다.

"제 말을 증명하기 위해 제 친우를 불렀습니다. 자인, 들어오게나."

진현의 부름에 모용자인이 대청 안으로 들어왔다.

"이 친구는 제가 소천성탑 시절에 만난 친우로서 이름은 모용자인이라 하며 저기 보이는 궁가부주와 함께 형제처럼 가까운 사이입니다."

"아니! 모용자인이라면 모용세가의 소가주가 아닌가?"

진현의 말에 모두들 놀라워했다.

"아니! 네놈이 여기가 어디라고 감히 찾아온 것이냐! 아무리 신검부주와 친분이 두텁다 해도 절대 용서할 수 없다!"

삼원천을 향해 무조건적인 적대감을 드러내는 하후단이 모용자인을 잡아먹을 듯이 노려보았다. 이에 진현은 하후단에게 모용자인에 대한 설명을 보충하였다.

"자인은 비록 무극천에 몸을 담고 있었지만 자신이 원해서가 아니라

세가의 명에 어쩔 수 없이 따른 것입니다. 그리고 무림 정의를 위해 더 이상 세가의 명을 받길 거부하여 뇌옥에 갇혀 있다 제가 구출한 것이지요."

진현이 차근차근 설명하자 하후단의 모용자인에 대한 적대감이 줄어들기는 하였으나 완전히 사라지지는 않았다. 그만큼 그가 가진 삼원천에 대한 분노의 뿌리는 깊었기 때문이다.

모용자인은 진현이 자신을 이곳으로 부른 이유를 알기 때문에 진현이 설명한 부분을 더욱 자세하게 다시 한 번 말해 주었다. 그리고 모용혜가 준 쪽지에 대한 부분도 말하였다.

"아니! 무극천 안에서 반란이 일어난다는 말인가?"

"이런. 이거야말로 하늘이 내려주신 기회가 아닌가?"

모용자인의 말에 모두들 기뻐하며 소리쳤다. 간단한 논리지만 적의 아픔이 나의 기쁨 아니겠는가.

단후명 또한 마찬가지였다. 그 역시 이런 기회를 호재(好材)라 생각하며 즉시 이에 대한 계획을 원했다.

"본인 역시 이번 기회를 놓치지 않았으면 하오. 하지만 기뻐하며 들떠 있기만 한다면 아무 소용 없소. 언제 다시 이런 기회가 찾아오겠소? 그러니 모두들 신중하게 생각하고 계획을 내놓으시기 바라는 바이오."

단후명은 맹주답게 좌중을 이끌어가며 무극천을 칠 계획을 만들어 갔다.

중양절(重陽節).

양수(陽數)인 구가 겹쳤다는 뜻으로 중양(重陽)이라 부르고, 구가 두 번 겹치는 날이라 하여 중구절(重九節)이라 부르기도 하였다. 제비가 봄에 왔다가 이날에 강남으로 돌아간다 하여 위나라 때는 이날을 상국절이라 부르기도 하였다.

온 산이 단풍으로 곱게 물들고 등고(登高)와 상국(賞菊)이 알맞은 계절이었기에 사람들은 술과 음식을 장만하여 산이나 계곡으로 풍국(楓菊) 놀이를 즐기러 가기도 했다. 그리고 곳곳에서 이름 높은 누각에 시인과 묵객들이 모여 황국(黃菊)을 술잔에 띄워 마시며 시를 읊거나 그림을 그리며 놀기도 하였다.

이런 날을 대목으로 잡아 큰돈을 모으려는 자들도 있었다. 바로 상인들이다. 각 지방의 명물을 끌어 모아 사람들 앞에 내놓고 장사를 하니 어느 때보다 많이 팔렸다.

사정이 이러니 상인들은 너도나도 각 성(省)을 오가며 명물을 모으기에 바빴다.

그런 상인들이 황산(黃山)에도 그 모습을 드러내고 있었다. 절강성(浙江省)과 안휘성(安徽省)의 경계선에 맞물려 있는 황산이었기에 상인들은 산길을 마다 않고 넘나들었다.

"어이. 이보게, 잠깐만 쉬다 가세."

황산을 넘던 상인들 중 하나가 나뭇둥치에 기대앉아 동료들을 불렀다. 그러자 그의 목소리를 들은 다른 상인들이 그에게 다가와 그를 일으키려 하였다.

"이보게. 좀 있으면 해가 떨어져. 어서 가세나. 아무리 못 가도 백아령(白鵝嶺)까지는 가야 하네. 그래야 오늘 밤을 넘기지."

그가 이렇게 재촉하는 데에는 이유가 있었다. 황산을 넘나드는 대부분의 상인들이 백아령에 위치한 운곡산장(雲谷山莊)에서 하룻밤을 묵기 때문이었다. 게다가 운곡산장 내에는 황산의 명물인 온천물이 있어 그날의 피로를 말끔히 씻어주기 때문에 상인들이 애용하는 곳이었다.

"그러지 말고 조금만, 조금만 쉬다 가세나. 도저히 더워서 못 가겠네. 이거야 원, 중구절인데도 이렇게 더운 것은 무슨 조화인가?"

"음. 덥긴 덥구만. 좋네. 일각 정도 쉬다 가세나."

종각(宗却)이라 불리는 사내는 앞에서 기다리고 있는 동료들을 불렀다. 그의 곁에서 조금 전 애원하던 이는 윤청(潤靑)이라 불리는 자였다.

이번 상인단의 우두머리 격인 종각의 허락이 떨어지자 윤청은 잽싸게 봇짐부터 풀어놓고 술병을 꺼내 목을 축였다.

"아흐, 시원하다. 역시 이런 날에는 술이 한잔 들어가야 제 맛이지, 암."

윤청은 다시 한 번 술병을 입에 가져갔다. 그러자 그의 목젖이 상하로 움직이며 시원한 술이 그의 배로 들어갔다.

"아이구, 시원하다. 시원해. 이봐, 자네도 한잔 들지."

윤청이 술병을 종각에게 넘기자 기다렸다는 듯 벌컥벌컥 마셔 버렸다.

"그렇지 않아도 갈증이 나던 참이었네."

"한데 오늘 날씨는 왜 이렇게 더운지 모르겠네. 한여름에도 선선한 날씨를 유지하는 황산인데 가을인 요즘에 이렇게 더운 날씨라니 참 이상도 하지. 앗! 저기 누가 또 오는군."

날씨를 원망하던 윤청의 눈에 멀리서 한 무리의 사람들이 들어왔다. 마차를 중심으로 뒤에는 수레가 있었고 앞뒤 좌우로 말을 탄 무사들이 보호하고 있었다.

"음, 표사들이로구만."

윤청은 표사로 보이는 무사들 중 한 명이 들고 있는 깃발을 보며 말했다. 깃발에는 중원표국(中原鏢局)이라 쓰여 있었다.

"아따, 중원표국이라면 이 근방에선 알아주는 표국이 아닌가? 정말 대단한 위세로구만."

윤청은 감탄하며 그들을 주시했다. 이때 종각이 자리에서 일어나 다시 길을 재촉했다.

"자, 이제 일어서게. 이만큼 쉬었으면 다시 길을 떠나야지. 언제까지 이러고 있을 수만은 없지 않은가. 게다가 지금 표사들이 지나가니 그 뒤를 따라간다면 안전하게 갈 수 있을 걸세."

언제부턴가 황산에서 산적들이 사라지긴 했지만 혹시나 하는 마음에 종각은 중원표국의 뒤를 따르기로 결심한 것이었다.

종각의 말에 윤청을 포함한 상인들이 모두 자리를 털고 일어나 다시 발걸음을 옮겼다.

하지만 말과 사람의 걸음이 어찌 비교가 되겠는가. 당연히 중원표국의 표사들은 종각 일행보다 훨씬 앞질러 가버렸다.

그렇게 얼마나 갔을까.

산중에 걸려 있던 해는 이미 산 너머로 저물어가고 어둠이 깔리기 시작할 무렵 종각 일행은 목적지인 운곡산장에 도착할 수 있었다.

종각 일행은 이미 여러 번 와본 곳인 듯 익숙하게 대문을 열고 안으로 들어갔다.

"주인장! 주인장! 우리 왔소이다. 나와보시구려!"

윤청이 소리를 지르며 주인을 찾자 끼이익거리는 마찰음과 함께 방문이 열리더니 노인이 그 모습을 드러냈다.

"아이고! 오늘은 늦으셨소이다."

서로 얼굴을 알고 지낸 지는 오래되지 않았지만 이틀에 한 번씩 꼭 찾아오는 종각 일행을 보며 노인은 반가운 기색을 보였다.

"그렇게 되었습니다. 우리가 묵던 그 방은 남아 있겠지요?"

황산을 지나다니는 상인들의 수가 한둘이 아니기 때문에 종각 일행은 아예 방을 예약하고 다니던 터였다. 그렇지 않으면 노숙을 해야 할지도 모르기 때문이었다.

"아이고, 이 일을 어쩐다나."

노인은 윤청의 말에 어쩔 줄을 몰라 하며 미안한 기색을 보였다. 그 모습을 본 윤청은 뭔가 일이 잘못되었음을 느끼곤 노인을 다그쳤다.

"왜 그러시는 것이오? 무슨 일이라도 있소?"

"그게 말이야… 저기, 정말 미안하게 됐네. 자네들이 늦기에 오늘은 안 오는 줄 알고 그만 다른 이들에게 방을 내줬지 뭔가."

"엥? 그게 무슨 말이오? 그 방을 내주다니! 그럼 우린 어디서 자라고?"

윤청은 노인의 말에 버럭 화를 내며 따졌다. 그도 그럴 것이 자신들이 묵을 방만은 남에게 빼앗기지 않기 위해서 웃돈을 주며 부탁했기 때문이었다.

"어쩔 수 없었네. 그 사람들이 워낙에 강짜를 부려서……."

"그들이 누구요?"

이제까지 가만히 있던 종각이 노인에게 물었다.

"주, 중원표국의 사람들이네."

노인은 말을 더듬으며 종각의 물음에 대답했다. 이에 종각의 표정이 어두워졌다. 그 모습을 본 노인은 종각을 위로하기 시작했다.

"어쩔 수 없지 않는가. 무공을 아는 그들에게 우리 같은 사람이 힘이나 쓸 수 있겠나."

"흥! 우리 방을 빼앗기고도 말 한마디 못한다는 것은 참을 수 없는 일이오!"

노인의 말을 듣던 윤청이 노성을 터뜨렸다. 다혈질적인 성격 때문에 이런 상황을 참을 수 있는 인내심이 극도로 부족한 그였다.

윤청은 종각이나 노인이 말릴 틈도 없이 다짜고짜 자신이 묵었어야 할 방으로 쳐들어갔다.

"이 도둑놈들아! 이리 나오너라!"

윤청은 큰 소리로 중원표국의 표사들을 불렀다. 그러자 방문이 열리며 표사들이 어리둥절한 얼굴을 하며 밖으로 나왔다.

"무슨 일이오?"

"네 이놈들! 그 방은 우리가 이미 맡아놓은 곳이거늘 왜 너희들이 중간에서 가로챈 것이냐?"

"웅? 그게 무슨 말이오? 가로채다니?"

표사들은 영문을 모르겠다는 듯 반문했다. 그 모습에 더욱 화가 난 윤청은 겁도 없이 표사의 멱살을 잡으며 화를 냈다.

"네놈이 우리 방을 가로챘지 않느냐! 그 방은 원래 예전부터 우리가 쓰던 방이다! 주인장도 그렇게 알고 있는 것이고. 한데 너희가 도대체 뭔데 중간에서 가로채냐는 말이다!"

"허어, 이 사람 보게. 도대체 무슨 말을 하는지 모르겠구만. 그건 그렇고, 말 좀 곱게 할 수 없나?"

윤청에게 멱살을 잡힌 표사는 어이가 없는 듯 실소를 하다가 윤청의 손목을 잡고는 멀리 던져 버렸다. 그러자 윤청의 몸이 삼 장 밖으로 날아가 땅에 처박혀 버렸다.

그 모습을 본 종각의 얼굴에는 분노가 떠올랐다.

"이보시오! 말로 하면 될 것을 왜 사람을 던지는 것이오?"

"네놈은 또 뭐냐?"

표사는 다짜고짜 종각의 몸을 잡아 좀 전처럼 던져 버렸다. 결국 종각 역시 윤청처럼 멀리 날아가 버렸다. 한데 이번에는 우연인지 아닌지 몰라도 윤청과는 달리 종각이 날아가는 곳에 노인이 서 있었다.

"으악!"

노인은 갑자기 종각의 몸이 자신에게 날아오자 깜짝 놀라 비명을 질렀다. 그러는 사이 결국 둘의 몸이 부딪치고 말았다.

이때 신기한 일이 발생했다. 노인이 종각을 막아내기 위해 무의식적으로 뻗은 두 팔이 교묘하게 움직이며 충격을 흡수하려 한 것이다. 하지만 노인은 자신의 의도를 성사시키지 못했다. 혈도가 짚인 듯 두 팔을 뻗은 그 자세 그대로 뒤로 넘어졌기 때문이다. 그와 동시에 종각은 허공에서 신형을 틀어 정자세로 착지했다. 물론 노인의 혈도를 점한 것도 종각의 짓이었다.

이게 어찌 된 일일까.

무공을 모르던 두 사람이 동시에 무공을 펼친 것이다.

이때 종각은 윤청을 향해 귀에 익은 이름을 불렀다.

"이보게, 무청. 서두르게나. 조금 있으면 이들이 교대할 시간이야."

"알았네."

종각은 바로 진현의 화신이었다. 그리고 윤청은 말할 것도 없이 언무청의 화신이었다. 그리고 표사들과 종각을 따르던 상인들은 모두 신검부의 무사들이었다.

이것은 모두 진현의 계획이었다.

예전 진현으로 인해 발칵 뒤집힌 무극천은 전과 다르게 황산 전체에 무사를 풀어 경계를 삼엄하게 펼쳤고 운곡산장 역시 황산을 출입하는 자들을 감시하고 있는 곳이었다. 이를 안 진현은 정공법으로는 무극천으로 돌파하지 못한다 판단하고 이 같은 수를 쓴 것이다.

그래서 일주일 전부터 중구절을 준비하는 상인처럼 뻔질나게 황산을 넘나들었고, 운곡산장에도 매번 얼굴을 비추어 조금 전 혈도를 짚인 노인과도 얼굴을 익힌 것이다. 그러던 중 중구절이 되자 중원표국의 무사들로 위장한 신검부의 무사들과 짜고 운곡산장을 제압할 수를 짠 것이었다.

물론 황산 곳곳에 배치된 무극천의 감시원 때문에 운곡산장에 도착하기 전까진 철저하게 서로를 모른 체하였다.

진현과 언무청은 서둘러 장내를 정리하고 방 안으로 들어갔다. 신검부의 무사들 역시 각자 자신의 방으로 들어갔다.

그러자 운곡산장은 처음부터 아무 일이 없었던 것처럼 조용하기 이를 데 없게 되었다. 그때 운곡산장의 대문이 열리며 누군가가 모습을 드러냈다.

더벅머리에 산지기 행색을 한 사나이였다. 잠시 장내를 둘러보던 그는 품속에서 작은 호각을 꺼내어 작은 소리로 짧게 몇 번을 불었다.

"응? 못 들었나?"

아무런 반응이 없자 사나이는 다시 한 번 호각을 불었다. 그때였다. 방문이 열리며 진현이 번개처럼 튀어나와 사나이를 제압했다. 그리곤 서둘러 사나이의 품속을 뒤져 물건들을 모두 꺼내었다. 품속에서 나온 물건 중 사나이의 신분을 나타내는 영패가 있었다.

무극(無極). 팔왕(八王). 이십삼호(二十三號).

"음. 이자는 팔왕 휘하 이십삼호로구만. 그렇다면 팔대명왕, 아니, 팔비령주까지 이곳에 모여 있군."

"그럼 더 좋은 일이 아닌가. 한번에 일망타진(一網打盡)할 수 있어 수고를 덜었구만."

이미 무극천의 조직 구성을 알고 있던 언무청이 진현의 말에 좋아라 했다. 그 모습을 본 진현은 빙긋 웃어 보이더니 고개를 돌려 신검부의 무사 중 한 명을 불렀다.

"너는 이대로 가서 본진(本陣)에게 이 사실을 알려라. 이미 운곡산장을 접수했으니 통로는 뚫렸다고."

"존명!"

진현의 명을 받은 무사는 신법을 펼쳐 삽시간에 산 아래로 내려갔다. 그 모습을 지켜보던 진현은 나직이 중얼거렸다.

"오늘 밤은 참으로 긴 밤이 될 것이야."

이 시각 무극천 내의 무극원에는 성대한 연회가 열리고 있었다.

아무리 한 치 앞의 생사도 장담할 수 없는 무인이라지만 그들 역시 사람인지라 중구절 같은 명절에는 즐길 줄도 알았다.

제일 상석에는 무극천주이자 남궁세가의 노가주인 남궁목진이 앉아 있었다. 그리고 그 곁에는 남궁세가의 현 가주인 남궁선과 남궁유가 앉아 있었고 그 뒤로 상관세가의 가주인 상관유아(上官唯我)와 상관영이 자리했다. 끝으로 모용세가와 단목세가의 가주인 모용황과 단목산청이 있었고 모용혜와 단목수의 모습도 보였다.

그뿐만이 아니었다. 그 자리엔 흑면패왕을 비롯한 무극천의 수뇌부들도 함께 연회를 즐기고 있었다.

명절을 즐기는 일반인들처럼 그들 또한 술을 마시며 덕담을 나누고 있었다. 그러던 중 상석에 앉아 있던 남궁목진이 좌중을 둘러보며 심각한 말을 꺼냈다.

"모두 아시겠지만 일전에 칠성동에서 유감스러운 일이 벌어졌소. 바로 황극천의 괴멸 말이오. 듣기로는 천하제일가의 가주가 나타나 수라마인과 앙천독인을 없앴다고 하더이다. 이것만 하더라도 단심맹의 전력은 한층 더 보강된 것이 틀림없는 사실이오."

남궁목진의 말에 좌중의 분위기는 찬물을 끼얹은 듯 싸늘해졌다. 그때 상관유아가 일어서 좌중을 향해 입을 열었다.

"걱정하실 것 없습니다. 천주께서 염려하시는 부분이 뭔지 알고 있으나 그리 신경 쓰지 않아도 될 것으로 압니다. 본래 황극천의 경우 천마사천회에서 나온 그 순간부터 그 결말이 예정되어 있었습니다. 그리고 본 천에는 칠성동의 신공을 바탕으로 수련에 박차를 가하고 있는 영웅단이 있습니다. 만약 그들이 신공을 완성하는 날에는 천하제일가의 가주가 두렵겠습니까? 그뿐만이 아닙니다. 저기 보이는 천애단주와 지금 황산의 경계를 맡고 있는 수라단주가 있지 않습니까."

상관유아의 말에는 자신감이 가득했다. 그리고 그 말에 다들 고개를 끄덕이며 동감의 뜻을 표했다.

"그리고 마지막으로 말씀드릴 것은 본 세가 역시 그동안 무극천을 위해 많은 준비를 하였습니다. 그중 대라천강절대검진(大羅天罡絕代劍陣)과 칠성천강진(七星天罡陣)은 본 세가가 자랑하는 합격진입니다."

"오오!"

상관유아의 말에 다들 탄성을 질렀다. 칠성천강진이라면 칠성비급에서 나왔던 칠성공을 이용한 합격진(合擊陣)이었고 대라천강절대검진 역시 무적을 자랑하는 절진(絶陣)이었다.

"과연 상관 가주요. 그대가 내 곁에 있다면 무극천하도 헛된 꿈이 아닐 것이오. 허허허."

남궁목진은 상관유아를 보며 함박웃음을 지었다.

"과찬의 말씀이십니다. 무극천하는 꼭 이루시게 될 것입니다. 천주의 손으로 말입니다."

"허허허."

"하하하."

남궁목진은 상관유아의 말이 마음에 드는 듯 연신 웃음꽃을 피웠고, 그의 웃음을 시작으로 장내는 웃음바다가 되었다.

웃음소리가 멈추고 장내의 분위기가 어느 정도 가라앉자 상관유아는 남궁유를 보며 남궁목진에게 말을 걸었다.

"소천주의 미모는 날이 갈수록 더해가는 것 같습니다."

다분히 남궁유와 혼담이 가고 있는 상관영을 위한 말이었다.

"허허허. 그런가? 내가 보기엔 상관영 저 아이가 날이 갈수록 준수해지는 것 같구먼."

상관유아의 마음을 짐작하고 있는 남궁목진이 그의 말에 맞장구를 쳤다. 그로서도 상관영이 남궁유와 결합한다면 손해 볼 것이 없기 때문이었다.

"아닙니다. 저 아이야 아직 부족한 게 많지요. 장차 무극천의 선두에 서려면 배워야 할 것이 많습니다."

"허허허. 그런가? 네가 보기엔 충분한 것 같아 보이는데 아닌가 보군."

상관유아는 남궁목진의 말을 들으며 속으로 쾌재를 불렀다. 그리고 이번에는 고개를 돌려 모용황에게 말을 걸었다.

"모용 가주, 요즘 신경 쓰이는 것이 한두 가지가 아니겠습니다그려. 소가주만 하더라도 아직 소식이 없으니……."

상관유아의 얼굴에는 모용황을 향한 비웃음이 가득했다.

"뭐, 저야 아무 근심거리가 없지만 같은 무극천의 동료로서 걱정이 안 될 수가 없소이다."

모용황은 상관유아의 말에 아무 대답도 하지 않았다. 대신 그의 얼굴에는 굴욕감이 가득했다. 그 옆에 있던 단목산청도 마찬가지였다. 현 시점에서 모용세가와 단목세가는 같은 처지에 있었기 때문에 모용세가의 굴욕은 단목세가의 굴욕이나 마찬가지였던 것이다.

"음."

심기가 불편했던 단목산청은 헛기침을 하며 내심을 드러냈다. 그러자 상관유아는 모용황에서 단목산청으로 표적을 바꾸었다.

"어디 불편한 모양이시오? 하긴 저기 있는 소가주도 혹시 모르지요, 자인과 같은 꼴을 당할지."

"어허! 말을 삼가시오!"

상관유아의 도발에 단목산청은 그만 노기를 참지 못하고 터뜨리고 말았다. 하지만 상관유아의 얼굴에는 여유가 가득했다.

"왜 그러시오?"

"지금 몰라서 묻는 게요? 상관 가주의 말이 지나치지 않소!"

"음. 내가 보기엔 오히려 단목 가주께서 너무 민감하게 받아들이신 것 같소. 저기 계시는 모용 가주는 가만히 계신데 왜 단목 가주께서 이렇게 좋은 날 화를 내신단 말이오?"

"네 이놈!"

"아아, 두 사람은 이제 그만두시오. 사람들을 앞에 두고 이 무슨 짓 들이오?"

단목 가주가 노성을 터뜨리자 남궁목진은 서둘러 두 사람을 중재시켰다. 하지만 단목산청은 화를 거둘 기미를 보이지 않았다. 오히려 이제까지 가만히 있던 모용황이 자리를 박차고 일어나 단목산청을 거들었다.

"천주, 상관 가주의 말씀이 아까부터 너무 지나치지 않습니까? 우리의 신분은 결코 상관 가주의 아래가 아님에 틀림이 없거늘 이 많은 사람들 앞에서 수모를 주다니요?"

"허어, 모용 가주까지 왜 그러시오. 어서 앉으시오."

"아닙니다. 천주께서 결정하십시오. 계속해서 상관세가의 편을 드실 건지, 아님 저희의 뜻을 받아주실 건지!"

"어허! 듣자 하니 너무 심하구려. 누구의 편을 들라니? 그게 무슨 망발이오? 사대세가가 있어 무극천이 있는 것이거늘 어찌 누구의 편을 들 수 있겠소."

모용황이 자신의 뜻을 굽히지 않자 결국 남궁목진은 노성을 터뜨리며 화를 냈다. 이에 질세라 모용황 역시 술잔을 바닥에 내던지며 큰 소리로 말했다.

"천주께서 애매모호한 태도를 보이시니 상관세가가 지금처럼 무시하려 드는 것이 아니겠습니까! 정 이렇게 될 거라면 아예 사대세가에서 모용과 단목은 없어지는 것이 옳겠습니다!"

상황은 극속도로 악화되었다.

하지만 이 모든 것이 모용황과 단목산청이 바라던 것이었다. 그것을 증명하듯 모용황이 술잔을 던진 것을 신호로 장내를 둘러싼 휘장이 걷혀지며 밖에 있던 무사들이 일제히 대청 안을 둘러쌌다.

그와 동시에 이제까지 무극천 외부를 지키고 있는 것으로 알려진 팔비령주 중 항삼세존, 군다리명왕, 금강야차, 예적금강, 마두관음, 이 다섯 명이 나타났다.

모용황은 남궁목진을 노려보며 말했다.

"천주께서 자꾸만 상관세가만을 끼고 도시니 저희로선 어쩔 수 없는 선택이었습니다. 용서하소서."

하나 모용황의 위협적인 말에도 이상하게 남궁목진과 상관유아의 얼굴에는 긴장감을 찾아볼 수가 없었다. 오히려 침착하다 못해 여유가 흐르는 것 같았다.

"하하하! 역시 이럴 줄 알았어."

상관유아는 갑자기 앙천대소를 하더니 손뼉을 세 번 쳤다.

그러자 갑자기 대청의 천장이 갈라지며 수많은 무사들이 튀어나왔고 와! 하는 함성과 함께 무극원 밖에서 수라단의 고수들이 그 모습을 드러냈다.

갑자기 상황이 반전되자 당황한 쪽은 모용황이었다.

'이게 어찌 된 일인가? 이거야말로 함정에 당한 것은 우리가 아닌가!'

"흐흐흐. 이미 모용세가와 단목세가의 역적모의는 알고 있었다. 그 자를 끌고 오라!"

상관유아가 밖을 향해 소리치자 상관세가의 무사들이 한 명의 노인을 끌고 왔다.

"노 총관(盧總管)!"

그 노인은 모용세가의 총관인 노창(盧窓)이었다. 노창의 얼굴을 확인한 모용황의 얼굴에는 서서히 절망감이 일기 시작했다.

"본래 너희들의 속셈을 알고 일찌감치 두 세가를 멸문시키고자 했으나 너희들의 역적모의에 얼마나 가담했는지 몰라 지금까지 살려둔 것이다."

모용황과 단목산청의 가슴에 상관유아의 말 중 역적이라는 말이 박혀 들어왔다.

"그래, 성공하면 영웅이고 실패하면 역적이 되는 것이지. 어차피 순순히 물러선다고 해도 죽긴 매한가지! 나를 따르는 이는 듣거라! 어차피 너희들은 죽은 목숨이다. 저들이 살려둘 리 만무하다. 우리 모두 명예롭게 죽도록 하자!"

모용황은 잠시 묘용혜를 쳐다보다가 입술을 깨물곤 상관유아를 향해 달려들었다.

모용황은 가전비기인 건곤귀원신공(乾坤歸元神功)을 극한으로 끌어올리며 은하유성검법(銀河流星劍法)을 펼쳤다. 그러자 은하수의 별빛처럼 찬란한 빛이 터지며 상관유아를 향해 폭사되었다.

하지만 상관유아의 입술에 걸린 비릿한 미소는 없어질 줄 몰랐다.

"흐흐흐. 싱겁구만, 이만한 무공으로 그런 짓을 할 용기가 생겼다니."

상관유아는 모용황의 검에 맨손으로 상대해 갔다. 상관세가의 절학 중 하나인 조화십삼수(造化十三手)였다.

퍼퍼펑!

육장(肉掌)과 검(劍)이 부딪치자 폭음이 일고 경기의 회오리가 일어났다. 그와 동시에 모용황의 신형이 뒤로 퉁겨져 나갔다.

"크윽!"

모용황은 상관유아와 자신의 실력 차이를 실감할 수 있었다.

"제길. 이토록 차이가 났었단 말인가."

모용황은 원통한 마음을 가눌 길 없어 다시 한 번 상관유아에게 죽자 사자 달려들었다. 하지만 그의 실력이 상관유아에게 통할 리 없었다. 이미 실력의 차가 확연히 드러났기 때문이다.

결국 피를 토하며 쓰러진 것은 모용황이었다.

상황은 단목산청 역시 마찬가지였다.

지금까지 가만히 있던 흑면패왕이 흑수장을 펼치며 그를 상대하자 그 역시 얼마 되지 않아 피를 뿌리며 쓰러진 것이다.

사실 흑면패왕이 단목산청을 상대로 이렇게 압도적인 무위를 보일 리 만무했다. 모용황과 상관유아의 경우도 마찬가지였다.

여기에는 한 가지 비밀이 숨어 있었다.

바로 연회가 시작되기 전 단목세가와 모용세가의 사람들이 먹을 음식과 술에는 군자산(君子散)이 뿌려져 있었던 것이다.

그렇기에 상관유아와 흑면패왕은 쉽게 제압할 수 있었다.

모용황과 단목산청이 쓰러지자 장내는 삽시간에 정리가 되었다. 모용과 단목 두 세가의 대부분의 사람들은 죽어 있었고, 살아남은 자들 역시 비슷한 처지에 놓여 있었다.

"역시 상관 가주의 말대로군. 이들은 본 천을 배반할 마음을 가지고 있었던 것이야."

남궁목진은 쓰러져 있는 모용황과 단목산청을 보며 나직이 중얼거렸다.

그때 한 무사가 대청 안으로 들어와 남궁목진에게 부복하여 급히 전

갈을 알렸다.

"천주시여, 지금 단심맹의 무리들이 본 천을 향해 쳐들어오고 있습니다."

"단심맹이?"

남궁목진은 깜짝 놀라 상관유아의 얼굴을 쳐다보았다. 하지만 상관유아 역시 자신도 모르고 있었다는 듯 놀란 표정을 지었다.

"아버님, 우선 이곳을 피하시는 것이 어떻겠습니까? 단심맹은 저희가 맡겠습니다."

남궁선은 남궁목진을 위해 피신하기를 바랐다.

"음, 알았다."

남궁목진은 남궁선의 생각을 읽고 고개를 끄덕이며 무거운 음성으로 허락을 했다.

진현과 언무청은 단심맹의 선두에 서서 닥치는 대로 무극천의 무인들을 베며 앞으로 나아갔다. 그 뒤로 이백 명은 족히 넘어 보이는 무인들이 따르고 있었다.

그들의 복장은 천차만별이라 개중에는 승인(僧人)도 있고 도인(道人)도 있었으며 속인(俗人)도 있었다. 바로 사대문파의 남은 제자들이었다. 하지만 가장 많은 수를 차지한 것은 뭐니 뭐니 해도 개방의 제자들이었다.

"와아아!"

함성을 지르며 달려가는 단심맹의 무인들 얼굴에는 무극천의 향한 분개심과 증오가 타올라 있었고, 그것들은 고스란히 그들의 손으로 옮겨져 무극천의 무인들을 죽이는 데 쓰여졌다.

그중 하후단과 청운 도장의 수법은 잔인하기 이를 데 없었다. 누구보다 무극천에 대한 원한이 컸던 그들인지라 손속에 사정을 둘 리가 만무했다.

"죽어라!"

"와아!"

힘찬 함성들이 단심맹의 사기를 대변했다. 하지만 그것도 잠시, 그들 앞에 괴이한 복장을 한 이들이 나타났다. 시뻘건 혈의를 입은 그들은 손에 검을 들고 있었는데 하나같이 무표정한 얼굴이었다.

그때 상관유아의 목소리가 들려왔다.

"대라천강절대검진을 개진(開陣)하라!"

상관유아의 명령에 혈의인들은 일사불란하게 움직이며 거대한 진을 만들어갔고 단심맹의 무리 중 개방의 제자들을 둘러쌌다.

"개방에는 천하에 자랑하는 타구대진(打狗大陣)이 있다지? 어디 한 번 겨루어보자꾸나."

"좋다! 개방의 제자들은 진을 만들어라!"

상관유아의 말에 언무청은 흔쾌히 승낙하며 타구대진을 만들 것을 명령했다.

그러자 삽시간에 두 개의 진이 마주 보는 상황이 만들어졌다.

이 순간 진현에게도 괴인들이 찾아왔다. 그들은 각각 청백적흑황(靑白赤黑黃) 색의 옷과 일월(日月)이라 새겨진 혈의를 입고 있었다.

그것을 본 진현의 머리 속에 떠오르는 것이 있었다.

'설마 칠성천강진? 그럴 리가!'

설마 했던 진현의 생각이 맞았다. 칠 인의 괴인들은 진현의 앞에 서

자 가타부타 말도 없이 진을 형성해 버렸다. 그 모습이 영락없이 칠성천강진이었다.

먼저 적의를 입은 자가 적양열화수를 펼치며 진현의 등을 노려왔고, 그와 동시에 청의를 입은 자가 고목산수를 펼쳐 진현의 옆구리를 노렸다.

그들은 철저하게 오행의 섭리를 따라 움직였다. 이것을 안 진현은 청의를 입은 자를 향해 금왕기를 운용했고, 적의를 입은 자에게는 계수신공(癸水神功)을 퍼부었다.

그야말로 상극의 성질을 가진 무공으로 상대한 것이다.

진현이 오행의 섭리를 따르며 무공을 펼치자 칠성천강진의 위용이 무색해질 정도로 아무 진전 없이 시간만 흘러갔다.

하지만 일월의 글자가 새겨진 옷을 입은 자들이 무공을 펼치자 상황은 서서히 달라지기 시작했다.

"월인천강(月刃天罡)!"

"태양신공(太陽神功)!"

각각 일월신공을 펼치며 진현에게 달려들자 한쪽에서는 극음의 기운이, 또 다른 한쪽에서는 극양의 기운이 진현을 덮치기 시작했다.

이때 진현의 몸에서 찬란한 오색지기가 빛나기 시작했다. 동시에 그는 양손을 좌우로 뻗으며 사방을 흩트렸다.

쉬이익.

진현의 두 손이 가공할 속도로 그자들의 대혈들을 노려갔다. 그뿐이랴. 쾌(快)의 무리에 환(幻)의 무리까지 겸했기 때문에 어느 것이 허초(虛招)이고 어느 것이 실초(實招)인지 구분하기 힘들었다.

콰르르!

세 사람의 공력이 마주치자 벼락이 치는 듯한 폭음과 함께 주위의 먼지들이 날리고 경기의 폭풍들이 소용돌이쳤다.

그 틈으로 남은 오행의 괴인들이 달려들었다.

"헉!"

일월신공과의 충돌로 미처 자세를 잡지 못했던 진현은 달려드는 괴인들을 보며 깜짝 놀랐다. 이에 진현은 이를 악물고 불완전한 자세이지만 공력을 급히 끌어올려 그들의 공세에 막아섰다.

"으윽!"

진현의 머리가 완전히 풀어헤쳐졌고 그의 두 다리는 한 치나 바닥에 박혀 버렸다.

이것만 보아도 그가 당한 압력이 얼마나 엄청난 것인가를 단적으로 알 수 있었다. 하지만 진현의 눈동자는 무섭도록 차갑고 당당했다.

조금 전 진현이 피해를 입은 것처럼 괴인들 역시 진현이 일으킨 반탄력으로 인해 적지 않은 피해를 보았기 때문이었다. 그 바람에 지금까지 완벽하게 진을 구성하던 그들에게 처음으로 틈이 생겼다.

이를 본 진현은 순식간에 검을 빼 들었다. 진현은 더 이상 검을 빼 들지 않으면 안 되겠다고 판단했기 때문이다.

이번에는 진현이 먼저 공격을 한다.

"구주황!"

진현은 대라삼검 중 가장 화려하면서도 많은 상대에게 타격을 줄 수 있는 구주황을 펼쳤다.

콰콰콰!

진현의 검에서 찬란한 빛이 터지고 사방을 비추니 노도와 같은 검기가 괴인들을 향해 몰아쳐 갔다. 사방이 모조리 검광 속에 파묻히고 달빛마저도 빛을 잃는 듯했다.

이를 본 괴인들은 급히 한곳으로 모여 한 사람에게 진기를 더하였다.

그러자 칠 인의 공력을 모두 모은 괴인이 쌍장을 뻗어 장력을 밀어냈다.

고오오오.

무섭도록 무지막지한 강기의 회오리가 진현의 검기에 맞받아쳐 갔다.

콰아아앙!

귀가 멀 정도의 엄청난 굉음이 터지고 검기와 장력이 부딪친 중심부는 일 장이나 구덩이가 파여졌다.

"크윽!"

이때 진현의 입에서 신음이 터져 나오며 한 모금의 선혈이 튀어나왔다. 내상을 입은 것이다. 하지만 이만하길 천만다행이었다.

칠 대 일의 공력 대결을 생각한다면 죽지 않은 것만 해도 천지신명께 감사해야 할 판이기 때문이다.

하지만 진현은 절대 물러서지 않았다.

진현의 신형이 수많은 환영을 일으키며 괴인들을 덮쳐 갔다. 정면 대결은 자신에게 불리함을 알았기 때문에 허허실실(虛虛實實)의 무리를 이용하여 칠성천강진의 틈을 찾아내려는 의도였다.

"어딜!"

가슴에 일자가 새겨진 괴인이 진현의 의도를 파악하곤 태양강기를 펼치며 진현이 움직이는 방위를 하나씩 점해갔다. 그와 동시에 나머지 육 인들도 진현의 사방과 천지 방향에서 공세를 퍼부으니 그야말로 진현의 꼴은 독 안에 든 쥐와 같았다.

"음."

이 모습을 본 진현의 입에서 무거운 신음성이 저절로 터져 나왔다.

그 순간 진현은 뭔가를 결심한 듯 눈빛에 신광(神光)이 떠올랐다. 진현은 수많은 환영들을 거두고 자리에 우뚝 서서 검을 하늘 높이 치켜들었다.

"천지연(天池然)!"

대라삼검 중 마지막 초식이다.

한데 이번에는 아무 소리도 들리지 않았다. 오히려 너무나 고요하여 진현이란 존재가 없는 듯했다. 진현은 그 상태에서 천천히 앞으로 검을 숙였다. 그러자 순식간에 거대한 산맥과도 같은 검기가 그를 중심으로 해서 피어올랐다.

마치 황산의 지기(地氣)가 모두 진현에게 모아진 듯했다.

괴인들 역시 진현이 펼치는 검법이 지금까지의 검법 중에서 가장 강력함을 직감하곤 서로 눈빛을 교환하더니 조금 전의 차력미기(借力彌氣)의 형식을 빌렸다.

또다시 진현의 검과 괴인들의 장력이 충돌했다.

콰르릉!

"으악!"

칠성천강진이 와해되며 괴인들이 피를 뿌리며 퉁겨져 나가 버렸다. 진현 역시 무사하지 못했다. 기어코 한 바가지의 선혈을 토해내며 가슴을 부여잡고 있었다. 가볍지 않은 내상을 입은 것이다.

하지만 가만히 있을 겨를이 없었다. 곳곳에서 무극천과 단심맹의 무사들이 대립하며 죽어가고 있었기 때문이다.

"아버님!"

누군가 바닥에 쓰러진 시신을 붙잡고 통곡을 하고 있었다. 바로 모용황의 시신을 본 모용자인이었다.

"아버님, 이렇게 돌아가실 것을 왜 그들과 손을 잡으셨습니까!"

모용자인의 두 눈에선 끊임없이 눈물이 흘러나왔고, 모용황을 붙든 두 손은 슬픔으로 인해 떨리고 있었다.

"누가! 누가 대체 아버님을 이렇게 만들었습니까? 대체 누가!"

오열하던 그의 눈에 원한의 독기(毒氣)가 서리었다.

"아무리 잘못을 하였다 하더라도 이분은 나의 아버지이시다! 내 이 원수를 갚고야 말겠다!"

모용자인은 자리에서 일어나 하늘에 대고 원통한 목소리로 부르짖었다. 그때 그의 귀에 조그마한 목소리가 들려왔다.

"오… 라버니……."

"아! 혜아야!"

모용자인은 신음과도 같은 자그마한 목소리가 모용혜의 목소리임을 간파하고 소리가 들려온 곳으로 급히 뛰어갔다. 그녀 역시 모용황과 마찬가지로 온몸에 피칠을 한 채 쓰러져 있었다.

"오, 오라버니."

"그래, 너의 오라비가 왔다. 정신 좀 차려보거라."

모용자인은 급히 모용혜에게 내력을 불어넣었다. 그러자 모용혜의 창백한 얼굴에 홍조가 일더니 멍한 눈동자가 제자리로 돌아왔다.

"아! 오라버니."

그녀는 그제야 모용자인을 본 듯 깜짝 놀라 그의 품에 안기며 오열을 터뜨렸다. 알고 보니 조금 전 모용자인을 부른 모용혜의 목소리는 무의식적으로 자신의 오빠를 찾은 것이었다.

"혜아야, 누가 너에게 이런 짓을 했느냐? 그리고 아버님은 어떻게 저리되신 것이냐?"

모용혜가 어느 정도 정신을 차리자 모용자인은 급히 물어보았다. 그러자 그녀는 모용자인에게 그동안의 경과를 간략하게 말해 주었다.

"아니! 상관세가 놈들이 감히!"

모용자인은 두 주먹을 불끈 쥐며 분노를 터뜨렸다. 그때였다. 빨갛게 상기되었던 모용혜의 얼굴이 다시 창백해져 갔다.

이를 본 모용자인은 급히 공력을 주입시키며 그녀의 경맥을 주물러 주었다.

"혜아야! 혜아야! 정신 차리거라! 이대로 죽으면 안 된다!"

모용자인은 절규하듯 모용혜를 부르짖었다. 하지만 끝내 모용혜는 고개를 떨구며 죽고 말았다.

조금 전 모용자인의 공력으로 잠깐이나마 정신을 차린 것도 마지막 체내의 기를 소모하는 회광반조(廻光返照)의 현상이었던 것이다.

모용자인은 또다시 오열하며 모용혜의 시신을 꼭 끌어안았다. 그러다 벌떡 일어나 사방을 둘러보며 상관유아를 찾았다.

"네 이놈! 내 가만두지 않으리라!"

독기 어린 시선으로 사방을 둘러보던 그는 마침내 상관유아의 신형을 발견할 수 있었다.

"네 이놈!"

모용자인은 신법을 극성으로 펼쳐 상관유아에게로 날아갔다. 그 모습을 본 상관유아는 모용황에게 그랬던 것처럼 또다시 비릿한 웃음을 지어 보였다.

"아! 누군가 했더니 모용가의 가출 청년이로구만."

"네 이놈! 네가 감히 우리 아버님을… 아버님을……!"

모용자인은 끓어오르는 분노로 인해 말을 끝까지 뱉지 못했다.

"하하하. 그래, 내가 너의 아버지를 죽였다. 그래서 네가 복수라도 하려고 하느냐? 오호라! 그런 게로군. 좋다. 그럼 기꺼이 상대해 주지! 부자가 내 손에 모두 죽게 되겠구나."

상관유아의 말에 모용자인은 그만 지금까지 간신히 유지하던 이성을 잃고 육탄 공세를 펼치고 말았다.

"내가 죽는 한이 있더라도 너만은 죽이리라!"

언무청을 위시로 한 개방의 제자들은 계속해서 대라천강절대검진에 맞서 싸우고 있었고, 하후단과 청운 도장 역시 천애단의 고수들과 목숨을 건 한판 승부를 벌이고 있었다.

"네놈이 바로 흑면패왕이로구나! 너의 목을 내놓아라!"

청운 도장은 눈에 불을 켜며 흑면패왕을 향해 번개같이 달려들었다.

자신이 몸담고 있던, 고향이나 마찬가지인 무당파를 피로 씻은 장본인이 눈앞에 있었다. 아버지 같은 존재로 언제나 자신을 따스하게 맞아주던 현학 도장을 죽인 자이기도 했다.

청운 도장의 몸은 새삼 끓어오르는 분노로 인해 부르르 떨어야만 했다.

청운 도장은 처음부터 자신이 알고 있는 무공 중 가장 강력한 위력을 자랑하는 태극혜검을 펼치며 흑면패왕의 가슴을 찔러갔다.

"흥!"

하지만 흑면패왕은 콧방귀만 뀔 뿐 눈 하나 깜짝하지 않았다.

그의 성명절학이나 마찬가지인 흑수장을 들어 청운 도장의 검신을 잡으려 하였다. 하지만 유검(柔劍)의 검법 중 최강을 달리는 태극혜검이 어찌 쉽게 잡히겠는가. 청운 도장의 검은 마치 살아 있는 뱀과 같이 흑면패왕의 팔뚝을 휘감으며 타고 올라갔다.

"이얍!"

이에 흑면패왕은 한바탕 기합성을 지르더니 팔을 흔들어 검을 떨쳐 버렸고, 그 기세를 그대로 청운 도장에 쏘아 보냈다.

퍼펑!

흑면패왕의 장력에 청운 도장은 면장(綿掌)을 시전하여 상대하였고, 두 장력이 부딪치자 폭음이 일며 주위의 돌멩이나 먼지들을 저 멀리 쓸어버렸다.

청운 도장은 흑면패왕의 무공이 만만치 않자 다시 태극혜검을 펼치기 시작했다. 아무래도 그의 장기는 검법이지 장법이 아니기 때문이었다. 상대의 장기로 맞선다는 것만큼 어리석은 짓은 없었다.

청운 도장의 검이 커다란 원을 그렸고 이윽고 그 속에 작은 동심원들이 만들어지기 시작했다.

"광만육합(光滿六合)!"

청운 도장이 만들어낸 동심원들이 흑면패왕을 향해 몰려갔다. 이 모습을 본 흑면패왕의 얼굴은 굳어지기 시작했다.

"제길."

욕지기를 하던 흑면패왕은 급히 손을 들어 주먹을 날려 동심원을 하나하나 파괴하기 시작했다. 하지만 패권(霸拳)의 일종이었던 흑수장은 중(重)의 요결에는 적합했지만 쾌(快)나 환(幻)의 무궁으로는 부족한 감이 없지 않아 있었다.

결국 밀려드는 동심원들을 모두 파괴하지 못한 흑면패왕의 몸에 청운 도장의 검이 격중했다.

"크으윽!"

"하하하. 네놈에게 이런 날이 올 줄 몰랐겠지? 네 목을 잘라 사부님의 원수를 갚겠다!"

복부에 검상을 입은 흑면패왕을 보며 청운 도장은 앙천대소를 터뜨렸다.

미친 듯이 웃음을 터뜨리던 청운 도장은 거짓말처럼 웃음을 멈추더니 얼음처럼 차가운 눈으로 흑면패왕을 향해 검을 치켜들었다.

"검파음양(劍破陰陽)!"

음과 양의 기운이 물고 물리며 조화를 이루면서 자연스레 이루어지는 것이 태극이다. 그렇기 때문에 무당파에서는 태극의 형(形)을 담은 원(圓)이라는 존재를 매우 중시하였다. 하지만 단 하나 그렇지 않은 것이 있었다.

바로 청운 도장이 펼치는 검파음양이라는 초식이다.

음과 양이 만나는 자오선(子午線)을 자르듯 펼치는 이 검법은 음과 양의 조화보다는 음과 양의 충돌로 인해 생기는 강력한 파괴력에 그 의의를 두고 있었다. 당연히 그 위력이야 말할 필요도 없었다.

하지만 그 때문에 무당파 내에선 위급한 상황이 아니면 사용하게 하지 못할 정도로 금기시되고 있었다.

청운 도장은 이런 검법을 펼치려 한 것이다.

순간 그의 몸이 둘로 갈라지는 듯했다. 오른쪽은 불꽃에 타오르는 듯했고 왼쪽은 한기(寒氣)로 뒤덮여 서리가 얼고 있었다.

그의 몸속에서 끊임없이 운행하는 음양이기를 완벽하게 둘로 갈라 놓은 것이다.

"받아랏!"

청운 도장은 음양의 기운을 한꺼번에 검 안으로 주입시키며 흑면패왕을 찔러갔다. 그러자 동시에 검에 주입된 음양이기는 서로의 존재를 밀어내려 충돌했다. 그 충돌로 인해 청운 도장의 검에는 갑자기 번개가 주입된 것처럼 뇌(雷)의 기운이 서리기 시작했다. 그러기를 잠시, 삽시간에 뇌의 기운들이 흑면패왕을 향해 폭사되어 갔다.

"크아악!"

이미 검상(劍傷)으로 인해 운신이 불가능했던 흑면패왕은 청운 도장이 쏘아 보낸 천뢰지기(天雷之氣)를 고스란히 맞아버렸고, 벼락을 맞은 사람처럼 시커멓게 타버렸다.

천애단의 구심이 되어야 할 천애단주가 죽어버리자 천애단원들의 사기가 크게 줄어들고 말았다. 그들이 보기에도 상황은 점점 단심맹 쪽으로 흐르고 있으니 어쩔 수 없는 결과였다.

천애단원들은 하나둘씩 쓰러지기 시작했다.

그 속에는 종리령도 포함되어 있었다. 이미 신검부의 고수들에게 여러 곳을 부상당했기 때문에 그의 살날도 얼마 남지 않아 보였다. 그 순간 신검부원 중 누군가가 검을 뻗어 그의 등을 노리고 있었다.

그것을 안 종리령은 두 눈을 질끈 감으며 다가올 죽음을 준비했다. 한데 시간이 가도 아무런 소식이 없었다. 이를 이상하게 여긴 종리령은 두 눈을 뜨며 뒤를 돌아보았다.

그 뒤에는 한 청년이 서 있었다.

"노야."

어디선가 들어본 목소리다. 하지만 종리령이 알기론 그 목소리의 주인은 이미 죽은 자였다.

"누, 누구냐?"

"노야, 접니다. 이래도 모르시겠습니까?"

종리령을 찌르려던 신검부원의 검을 막아섰던 진현은 얼굴을 주물러 목황의 모습을 하며 다시 한 번 물어보았다.

"아니! 너는!"

그 모습에 종리령은 깜짝 놀라 뒤로 넘어져 엉덩방아를 찧고 말았다.

제54장

밝혀진 진실

밝혀진 진실

"어찌 된 일이냐! 네가 살아 있다니? 그리고 어떻게?!"

진현의 얼굴이 왜 목황의 얼굴로 변하는지 사정을 모르고 있었던 종리령은 어리둥절한 표정으로 두서없이 물었다. 이에 진현은 자신이 어떻게 목황으로 변장하여 무극천에 들어왔었는지, 그리고 어떻게 무극천을 탈출하였는지 설명해 주었다.

"노야, 아무리 저만의 이익을 위해 노야를 속였다고 하나 노야께서 저를 향해 베풀어주신 진정을 잊지 않고 있습니다."

진현의 이 말은 그의 솔직한 심정이었다.

진현은 언제나 자신을 진정으로 대하는 종리령을 보며 죄송함을 금치 못했다. 적도를 속이는 것이 뭐가 나쁘냐라고 제 자신을 위로해 보았지만 종리령의 무조건적인 사랑을 생각하면 가슴 한구석이 따뜻해져 왔던 그였다.

이에 처음에는 배신감과 분노에 치를 떨던 종리령도 진현의 진정 어린 말에 감동하여 예전의 목황을 대하듯 손을 부여잡았다.

"아… 뭐라고 불러야 할지 모르겠구나. 하지만 너를 알게 된 것을 후회하지 않는다. 내가 이곳 무극천으로 영입되고 난 후 가장 기뻤던 일은 너를 만난 것이었다. 내 말을 믿을 수 있느냐?"

"그럼요."

"그럼 내가 어찌하면 좋겠느냐?"

"노야께선 우선 이곳을 피하시는 것이 좋겠습니다. 그리고 더 이상 삼원천의 일에 관여하시지 않는다면 저로선 바랄 것이 없겠지요."

진현은 솔직한 자신의 생각을 털어놓았다. 그러자 종리령은 쉽게 고개를 끄덕이며 동의를 했다.

"좋다. 나 역시 그렇지 않아도 이런 생활에 환멸을 느끼던 차였다. 그리고 조카가 부탁을 하는데 숙부가 안 들어줄 수가 없지. 그럼 일이 끝나면 청량산(淸凉山)으로 오너라. 그곳에서 너를 기다리고 있겠다."

종리령은 자리에서 일어나 진현을 한 번 보더니 무극천을 떠나 버렸다. 그런 그의 모습을 오랫동안 지켜보던 진현은 다시 장내를 둘러보았다. 그러던 중 그의 눈에 모용자인이 고전하는 모습이 들어왔다.

"자인!"

이때 모용자인은 상관유아뿐만 아니라 상관영의 공격까지 받고 있었다. 상관유아의 조화십삼수와 상관영의 검법에 이미 부상을 당한 듯 여기저기 피가 흐르고 있었다.

"자인, 내가 도와주겠네."

진현은 급히 세 사람 틈으로 들어가 모용자인을 향한 상관유아의 장력과 상관영의 검을 동시에 막아냈다.

퍼펑!

동시에 폭발음이 울렸고 상관 부자는 동시에 뒤로 물러났다.

"네놈은!"

상관유아는 갑자기 나타난 진현을 보곤 깜짝 놀라 주위를 둘러보았다. 그러다 곧 칠성천강진을 펼치던 괴인들이 쓰러져 있는 것을 보곤 입술을 깨물었다.

"칠성천강진도 너를 막지 못했나 보구나!"

상관유아는 짧게 탄식을 하더니 이내 진현을 향해 상관영과 함께 합공을 시작했다.

"구살분금(九殺噴金)!"

"검극성호(劍極成昊)!"

상관유아는 조화십삼수 중 가장 강력한 장력을 펼쳤고, 상관영은 자신의 장기인 수라구류검(修羅九流劍)을 펼쳤다.

동시에 상반된 검기와 장력이 달려들자 진현은 신형을 비틀어 살짝 비껴가게 만든 후에 그 자세 그대로 검을 찔러 상관유아의 상반신을 노렸다.

파파팟!

"으윽!"

진현의 검이 세 번이나 상관유아의 몸에 격중되었고, 상관유아는 검에 찔린 곳을 지혈하며 신음을 터뜨렸다. 이 모습을 본 상관영의 눈에 불똥이 튀었다.

"감히 네놈이!"

그 모습은 영락없이 조금 전 상관유아에게 달려들던 모용자인의 모습이었다. 그리고 그 결과까지 같았다.

이성을 잃고 달려들던 상관영은 달려드는 기세 그대로 뒤로 날아가 버렸다. 그때 그 순간 모용자인이 진현의 이름을 애타게 부르짖었다.

"지운! 조심하게!"

상관영이 진현에게 달려드는 순간 몰래 진현의 뒤를 노리던 상관유아가 재빠르게 진현의 척추를 향해 장력을 날린 것이다.

"헉!"

이 순간만은 진현도 피하지 못하고 멍하니 바라보고만 있었다. 위기의 순간이었다.

그때 그들 틈으로 끼어드는 이가 있었다. 바로 진현에게 경고성을 날리던 모용자인이었다. 진현이 피하기에는 너무 늦었다 판단하고 자신이 직접 막아선 것이다.

"으악!"

자신의 아들을 희생하면서까지 노렸던 회심의 일격인지라 진현을 대신하여 몸을 던진 모용자인은 피를 토하여 땅바닥을 굴렀다.

"자인!"

진현은 그 광경에 놀라 모용자인의 이름을 부르며 급히 그를 부축하였다. 하지만 진현을 대신하여 척추에 장력을 맞은 모용자인의 입에선 선혈이 끊임없이 흘러나오고 있었다.

"자인, 죽으면 안 되네!"

진현은 급히 모용자인의 열 개 대혈을 주물러 경맥의 흐름을 도우면서 품속에서 영약을 꺼내어 얼른 그의 입속으로 넣었다.

"으으."

모용자인은 계속해서 신음을 흘러내며 괴로워했다. 그 모습에 분노를 토한 진현은 모용자인을 이렇게 만든 장본인을 찾았다.

이때 상관유아는 그 틈을 타서 멀리 도망치고 있었다.

진현은 모용자인을 바닥에 내려놓고 급히 그를 뒤쫓아갔다. 지옥 끝까지라도 쫓아가겠다는 듯 악착같이 그의 뒤를 노렸다.

상관유아를 따라 쫓아간 진현의 발걸음이 멈춘 곳은 얼마 전까지 연회를 열고 술판을 벌였던 무극원 내의 대청 안이었다.

대청 안으로 들어선 진현은 재빨리 사방을 둘러보며 상관유아의 신형을 찾았다. 하지만 이미 숨어버린 그가 진현의 눈에 들어올 리 만무했다.

이에 진현은 절망하며 뒤로 돌아서려 하였다. 하지만 대청의 정문을 가로막는 이들이 있었다. 바로 진현이 그렇게나 찾던 상관유아와 남궁세가의 가주인 남궁선, 그리고 무극천주인 남궁목진이었다.

"네가 바로 요즘 무명(武名)을 날린다는 천하제일가의 어린 가주로구나."

남궁목진은 오만한 시선으로 진현을 바라보며 물었다. 이에 진현은 그의 신분을 짐작하곤 대답을 하였다.

"그렇소. 내가 바로 단지운이오. 그러는 당신은 무극천주가 아니오?"

"허허허. 어린 놈의 말버릇이 좋지 않구나. 내 오늘 그 버릇을 고쳐주마."

남궁목진의 웃음에 진현은 얼굴이 굳어지며 긴장하기 시작했다.

'이런! 상관유아를 쫓는다고 너무 깊숙이 들어오는 바람에 함정이라는 것을 몰랐구나. 무극천주와 양대세가 가주의 합공이라면 십중팔구 나의 패배다. 어찌 좋은 방도가 없을까?'

진현은 자신의 실수를 자책하며 방법을 강구했다. 하지만 방법이 있을 리 만무했다. 그런 진현의 마음을 짐작했는지 상관유아는 음흉한 웃음을 터뜨리며 그를 비꼬았다.

"흐흐흐. 생각해 봐야 뭐 뾰족한 수가 나올 것 같으냐? 어서 목을 내놓아라!"

그때였다. 대청 안으로 갑자기 들어서는 사람들이 있었다.

"하하하. 운아야, 걱정 말거라. 아비가 도와주마."

바로 단후명과 진현의 숙부인 단정명, 천하제일가의 총관인 황 노공이 세 사람이었다.

"아버님!"

진현은 갑자기 이곳으로 나타난 세 사람을 보며 반가워하는 한편 어리둥절한 느낌도 들었다.

'어떻게 알고 찾아온 것일까? 그리고 분명 황산으로 향할 때는 숙부와 황 노공은 없었는데.'

하지만 진현은 이런 의문점들은 잠시 접어두고 목전의 상황에 충실했다.

"잘 오셨습니다. 그렇지 않아도 도움이 필요하던 차였습니다."

진현은 남궁목진을 비롯한 남궁선과 상관유아를 쳐다보며 단후명을 향해 말을 하였다. 이에 단후명은 곁에 있던 단정명과 황 노공에게 명령을 내렸다.

"자네들은 운아를 도와주도록 하게."

"예."

단후명의 명에 단정명과 황 노공이 진현의 곁으로 다가와 남궁목진 일행과 대치를 하였다.

"제가 저기 있는 무극천주를 맡겠습니다. 나머지는 두 분께서 맡아주십시오."

"알겠다."

각각 분담을 한 그들은 일제히 남궁목진 일행을 향해 달려갔다.

그중 진현의 신법은 가히 빛살과도 같았다. 아무리 보아도 조금 전 엄중한 내상을 입은 사람처럼 보이지 않았다. 그도 그럴 것이 금단태극선공으로 인해 이루었던 대약(大藥)의 효능을 다른 이가 알 리 없었다.

내단과 같이 진현의 단전에 자리한 대약의 기운들은 끊임없이 진현의 경맥을 돌아다니며 흐트러진 곳을 매만져 바로잡는다는 것을 아무도 몰랐던 것이다.

이런 사정을 가진 진현이기에 기운이 넘쳐 나는 듯 남궁목진을 향해 공력을 퍼부었다.

"적양열화수!"

진현은 남궁목진이 자신의 공력에 금왕기로 맞서자 급히 적양열화수를 펼치며 그의 가슴을 노렸다. 불이 금을 제압한다(火克金)라는 오행의 섭리를 이용한 것이었다.

이를 눈치 챈 남궁목진은 서둘러 금왕기를 회수하고 후토신공을 일으켰다.

오행결의 무공 중 후토신공이 가장 강력한 위력을 가졌으며, 또한 오행의 기운을 모두 어우러지게 만드는 성질을 가지고 있기 때문이었다.

"훙!"

진현은 장력을 거두고 허리춤에서 검을 빼 들었다. 비로소 칠성동에서 깨달은 진정한 신검의 빛이 발할 시기가 온 것이다. 진현의 검에 점차 서기(瑞氣)가 어리기 시작하더니 일순간 진현의 몸을 삼겨 버렸다.

그리고 그 상태 그대로 남궁목진을 향해 달려들었다. 이를 본 남궁목진은 진현의 가공할 무위를 보며 자신 또한 자신이 알고 있는 최강의 무공을 펼치기 시작했다.

바로 일월신공이었다. 하지만 좀 전에 진현이 상대했던 괴인들의 일월신공과는 격이 달랐다.

태양신공과 월인천강이 한 몸에서 터져 나오며 마치 청운 도장이 검파음양을 펼치는 것처럼 뇌격(雷擊)이 일기 시작했다.

콰콰쾅!

진현의 검과 남궁목진이 만들어낸 뇌격이 부딪치자 순식간에 무극원을 지탱하던 기둥들이 날아가 버렸다. 본래 천장이 무너져 있었던 무극원은 기둥까지 날아가 버리자 벽들이 무너져 버렸고, 한순간에 확 트인 광장이 되고 말았다.

하지만 진현과 남궁목진은 전혀 개의치 않았다. 오히려 좋아라 했다. 아무런 제약 없이 무공을 펼칠 수 있기 때문이었다.

"수류폭!"

진현은 다시 한 번 남궁목진을 향해 신검을 날렸다. 이에 남궁목진 또한 무상일품수(無常一品手)라는 고대의 수법을 시전했다. 이른 본 진현은 수류폭에 중(重)의 무리보다 환(幻)의 요결을 실어 변화를 주었다. 그러자 그의 검이 단번에 변화하였다.

마치 계곡을 굽이쳐 흐르는 힘찬 물줄기처럼 남궁목진의 장력을 비껴가며 곧바로 그의 심장을 노렸다.

"음."

이를 안 남궁목진은 나직이 신음을 내지르며 가슴을 뒤로 빼었고, 그 자세 그대로 발을 들어 진현의 턱을 노렸다. 마영퇴(魔影腿)라는 음독한 각법이었다.

하지만 진현은 물러서지 않았다. 남은 왼쪽 팔을 들어 남궁목진의 마영퇴를 막는 동시에 검끝에 내력을 실어 검신을 구부렸다. 그러자 원래 남궁목진의 심장이 있어야 할 곳을 찌르던 진현의 검이 수직으로 굽어져 그의 복부를 찔러왔다.

"헉!"

남궁목진으로선 놀라지 않을 수 없었다. 재빨리 공중에서 신형을 돌려 공중제비를 돌았고, 그 기세를 빌어 진현의 사정거리 밖으로 빠져나갈 수 있었다.

'어린 놈의 검이 두려울 정도로 매섭구나!'

그는 진심으로 진현의 검법에 감탄을 했다. 하지만 이대로 물러날 수는 없었다. 그는 다시 한 번 일월신공을 펼치기로 마음을 먹었다.

그가 이제까지 단 한 번을 제외하고 일월신공을 펼치지 않은 이유는 진현의 내력이 자신과 비슷하다라는 것을 알고 있었기 때문이다. 그래서 내력의 대결보다는 경험과 기예가 풍부한 쪽으로 승부를 건 그였다. 하지만 그것 역시 통하지 않았다.

그는 체내의 기를 모아 일월신공을 극성으로 끌어올리기 시작했다. 그런데 그 모습이 조금 전 일월신공을 펼칠 때완 다른 면이 있었다. 태양신공과 월인천강을 동시에 운용한다는 점은 같았지만 그 속에 오행결 중 후토신공을 담았다는 점이 의외였다.

이것은 바로 남궁목진이 음양의 충돌로 인해 일어나는 뇌의 기운을 버리고 후토신공의 '화(化)'의 구결을 이용하여 두 신공을 조화시키는

것에 의의를 둔 것이었다. 마치 진현이 금단태극선공을 이용하여 오행
결이나 삼양천잠공을 한번에 운용시키는 것과 같은 이치였다.

남궁목진은 일월신공이 자신이 원하는 경지까지 이르자 슬며시 미
소를 짓더니 천천히 오른손을 쳐들어 가볍게 일장(一掌)을 내뻗었다.

고오오.

그렇게 빠르지 않은 남궁목진의 일장이 진현을 향해 둔중하게 밀
려갔다. 그것을 본 진현의 얼굴은 급격히 굳어갔다. 그 속에 담긴 거
력(巨力)을 눈치 챈 것이다.

진현은 남궁목진의 이번 한 수를 보며 예전 황 노공에게서 배웠던
면장(綿掌)이 생각났다. 무당의 면장은 겉으로 보기엔 가벼운 손짓처럼
부드럽지만 그 속엔 거대한 힘이 담겨 있기 때문에 태산이라도 무너뜨
릴 수 있는 강력한 장법이었다.

남궁목진이 뻗은 일장도 그러했다.

그것을 안 진현은 슬쩍 발을 굴러 허공으로 신형을 띄우며 남궁목진
의 장력을 피한 다음 검을 뻗어 그의 백회혈을 노려갔다. 실로 시기 적
절한 임기응변이었다. 그러자 남궁목진은 장력을 거두곤 다시 하늘을
향해 전처럼 가볍게 손을 흔들었다. 좀 전과 다른 것이 있다면 이번에
는 두 손을 모두 사용했다는 점이었다.

남궁목진의 장력이 채 닿기도 전에 진현의 옷자락은 허공에서 세차
게 펄럭였다. 이에 진현은 자신의 발등을 차고 신형을 바로잡아 그 자
세에서 대라삼검을 펼치기로 마음먹었다.

그로선 어쩔 수 없는 선택이었다.

허공답보를 하여 다른 곳으로 피한다 한들 남궁목진의 장력은 또다
시 진현을 향해 달려올 것이기에 정면으로 맞선 것이었다.

"천지연!"

진현은 자신이 허공에 몸을 띄웠기 때문에 불리할 거라 생각하고 대라삼검 중 가장 강력한 천지연을 펼쳤다.

하늘의 태양이 이럴까.

진현의 몸을 중심으로 빛무리가 사방으로 뻗어 나가 천지를 밝혔다. 이에 남궁목진은 일월신공으로 맞서보았지만 역부족이었다.

"안… 돼……"

결국 제대로 말 한마디 못해보고 진현이 만들어낸 빛무리에 먼지가 되어버렸다.

그 광경에 대청에 모인 모두가 넋을 잃고 바라보았다. 이런 광경을 또 어디서 보았겠는가. 그들의 반응은 당연한 것이었다.

이것은 진현 또한 마찬가지였다. 자신이 펼친 무공이 이토록 강력한 위력을 나타내자 기쁘기도 한 반면에 두렵기도 했다.

진현은 복잡한 심경을 거두고 장내를 둘러보니 이미 상황은 종료되어 있었다. 진현보다 먼저 상관유아와 남궁선을 제압했던 단정명과 황노공이 진현과 남궁목진의 대결을 지켜보고 있었던 것이다.

"후우, 드디어 무극천도 끝이군요. 이제 남은 것은 태극천 하나뿐입니다."

진현은 피로한 기색을 드러내며 한숨을 쉬었다.

"수고했다."

이때 단후명이 다가와 진현을 격려했다.

"아닙니다. 아직 태극천이 남았습니다. 그 말씀은 태극천을 없애고 난 후에 해주십시오."

진현은 단후명의 격려를 사양하며 앞으로의 일을 생각했다. 그때 단후명의 입에서 놀랄 만한 사실이 들려왔다.

"그럴 필요 없다. 태극천도 이미 사라졌다."

"예? 그게 무슨 말씀이십니까?"

진현은 깜짝 놀라 반문했다.

"후후후. 태극천도 무극천과 같이 사라졌다고 했다."

"아니, 어떻게 태극천이?!"

태극천의 존재를 몰랐던 이가 어떻게 태극천의 소멸 소식을 알 수 있다는 말인가? 진현은 어리둥절한 마음에 단후명을 보며 그렇게 말한 이유를 물었다. 하지만 단후명은 그 물음에 답하지 않고 엉뚱한 소리를 했다.

"넌 이 아비를 어떻게 생각하느냐?"

"그게 무슨 말씀이신지… 아버님을 어떻게 생각하다니요?"

"내가 만약 태극천주라고 한다면 넌 믿을 수 있겠느냐?"

단후명은 미소를 띤 얼굴로 진현을 똑바로 응시하며 물어보았다. 하지만 진현으로선 갈수록 모를 소리였다.

"어떻게 아버님께서 태극천주가 되실 수 있다는 말씀이십니까?"

"하하하. 그런가?"

"그렇습니다. 농담이라도 그런 말씀 마십시오. 누가 들을까 무섭습니다."

진현은 단후명의 말이 농담이라 단정 짓고는 그제야 굳어 있던 표정을 풀었다. 하지만 그 뒤에 들려온 단후명의 말은 그의 표정을 다시 굳어버리게 만들었다.

"하지만 나는 태극천주가 될 수 있다. 아니, 내가 바로 태극천주다."

"예?"

"믿기 힘드냐? 그럼 증거를 보여주지."

말을 마친 단후명은 단정명과 황 노공에게 눈짓을 주었다. 그러자 단정명과 황 노공의 몸이 점차 변하기 시작했다. 그리고 그 모습은 진현이 잘 알고 있는 모습이었다.

"앗! 남북쌍괴!"

진현은 깜짝 놀라지 않을 수 없었다. 무극천의 사람인 남북쌍괴가 단정명과 황 노공의 화신이었다니 그야말로 세상이 놀랄 일이었다.

"이제는 믿겠느냐?"

단후명은 다시 한 번 진현에게 물었다. 그러자 놀란 가슴을 진정한 진현이 무거운 기색으로 단후명에게 말했다.

"지금 말씀하시는 것이 무엇을 뜻하는 줄 아십니까?"

"그게 무엇이냐?"

"바로 배신입니다. 아니, 농락이지요."

"허어, 농락이라니? 그 무슨 망발이더냐."

"분명 농락입니다! 어찌 단심맹의 맹주라는 사람이 태극천의 천주가 될 수 있다는 말입니까?"

"될 수 있으니까 지금 네 앞에 있는 것이 아니냐."

단후명의 얼굴에서도 서서히 웃음이 사라지기 시작했다.

"그렇다면 태극천이라는 존재는 바로 단심맹을 의미하는 것이었습니까?"

"그렇지. 물론 단심맹이 만들어지기 전에는 천하제일가가 태극천이었다. 그리고 그 후에는 단심맹이 태극천의 화신이 된 것이지."

"그럼 왜 단심맹을 이용하여 기껏 만들어놓은 황극천과 무극천을 무너뜨린 것입니까?"

진현은 자신의 의문점을 물었다. 그러자 단후명은 순순히 대답해 주었다.

"넌 모른다, 내가 어떤 심정으로 삼원천을 만들었는지."

"……."

"넌 내가 그저 군림천하를 위해 삼원천을 만들었다고 생각하느냐?"

"그럼 아니셨습니까?"

"그렇다. 절대 그런 의도는 없었다. 다만 세상 사람들이 알아주기만을 바랄 뿐이었다."

단후명은 고개를 들어 밝은 달을 올려다보며 진현에게 자신이 삼원천을 만들게 된 경위를 설명하였다.

"본래 천하제일가는 선부의 무명을 토대로 천하에 이름을 떨치는 명문이었다. 물론 지금도 그렇겠지만 선부께서 살아 계셨을 당시에는 천하의 모든 이들이 우러러보았지. 하지만 그것도 잠시, 선부께서 실종되시고 반정지란이 일어나자 세상의 인심은 금세 변하기 시작했다. 선부께서 반평생을 강호무림을 위해 일하셨건만 그깟 반정지란 당시 반짝거렸던 구양 상인에게로 모두 등을 돌려 버린 것이다."

"음."

"참으로 비참했지. 생각나느냐? 네가 소천성탑에서 쫓겨나고 내가 그것을 따지러 가자 그들은 오히려 잘못한 것이 없다며 본 세가를 능멸하려 했다. 세상이란 이런 것이지. 아무리 강호를 위해 노력한다 하여도 눈앞의 먹이에 마음을 빼앗겨 버리는 곳이다."

단후명은 고개를 숙여 진현을 바라보며 진정 어린 눈길로 호소했다.

"난 결심했지, 이 세상 사람들에게 보여주겠노라고. 눈앞의 먹이만을 쫓다가 어떻게 되는지를 말이야. 그래서 우선 사람을 모으기 시작했다. 호천사정맹 내에서 남궁목진의 야망이 가장 크더구나. 게다가 그의 내력을 보니 그의 선조 중에 남천문의 맥을 이은 자도 있었다. 희생양으론 적당한 존재였지. 그를 포섭하고 나니 일은 일사천리로 이루어졌다. 마침 강호행을 나온 사도천벽에게 야망의 씨를 심어주는 것도, 제갈화영의 욕심을 알아챈 것도 말이야."

"그럼 나머지 한 명은 누구입니까?"

진현은 오호 중 사호가 누군지 몰랐기에 급히 물었다.

"사호를 말하는 것이구나. 저기 보이지 않느냐."

단후명은 황 노공을 가리키며 대답했다.

"황 노공이 사호라는 말씀이십니까?"

"그렇다. 본래 그의 이름은 현천자. 세상 사람들은 그를 향해 검성이라고 불렀었지."

"아!"

그제야 진현은 왜 황 노공이 무당의 무공을 알고 있는지 이해할 수 있었다.

"현천자를 만난 것은 반정지란이 끝나고 얼마 되지 않아서였다. 같은 정도의 무인들을 베었다는 자괴감과 사랑하는 여인을 잃었다는 슬픔으로 자결을 하려는 걸 내가 구해준 것이지. 그때부터 그는 본 세가에서 지내게 된 것이다."

진현은 단후명의 말을 들으며 예전 아미산에서 단순명이 말해 주었던 이야기를 기억했다.

"그렇게 삼원천은 시작되었지. 그 다음부터는 그들이 알아서 일을 척척 해 나가더구나. 너도 알다시피 남궁목진은 사대세가를 뭉쳐 무극천을 만들었고, 사도천벽은 천마사천회를 황극천으로 탈바꿈시켰지.

다만 제갈화영이 아무것도 하지 않는 것은 의외였다. 하지만 상관은 없었지. 그들을 이용하여 천하를 장악하려는 의도는 없었으니까. 그 뒤부턴 너도 잘 알 것이다."

"음."

진현은 단후명의 말에 탄식했다. 그때 문득 생각나는 것이 있었다.

"혹시 곤륜파를 멸문시키고 고경참문을 가져간 것이?"

"후후. 내가 그랬단다."

이제까지 가만히 있던 단정명이 단후명을 대신하여 진현에게 대답했다.

"아!"

"그리고 네가 무극천으로 잠입하는 것을 돕기 위해 이들을 남북쌍괴로 변장시켰지."

진현은 그제야 오성환의 말이 무엇을 뜻했는지 알 수 있었다. 모든 것을 이해한 진현은 무거운 낯빛으로 단후명을 바라보며 입을 열었다.

"아버님께선 당신께서 이루고자 했던 것을 이루셨습니까?"

"음. 만족할 만하다. 이제 세상은 너로 인해 다시 한 번 본 가를 우러러볼 것이 분명하고, 다시는 예전과 같은 짓을 하지 않을 것이다."

"아버님, 그럼 당신의 뜻을 이루기 위해 죽어간 이들은 누구에게 보상받습니까?"

"후후후. 보상? 당치도 않은 소리. 그들은 모두 자신의 야망으로 인해 죽은 것이다. 나와는 별개의 문제지. 생각을 해보거라. 그들은 자신의 의지로 움직였고 자신의 의지로 인해 죽은 것이다. 한데 내가 무슨 상관이지?"

"……."

"그래, 네 말대로 수많은 사람들이 죽은 것은 분명하다. 그중 억울하게 죽은 이들도 있겠지. 하지만 그들의 희생으로 천하가 바로 설 수 있다면……."

"천하가 아니라 본 가를 위해서겠지요!"

진현은 단후명의 말을 중간에 끊으며 소리쳤다. 이에 단후명은 무거운 음색으로 진현을 향해 변명했다.

"천하를 위해서든 본 가를 위해서든 어차피 결과는 같다. 본 가로선 본 가의 위용을 드높일 수 있었다는 점에서, 천하의 무림인들은 안이한 태도를 버릴 수 있었다는 점에서 결국 모두가 이익을 본 것이다."

"아! 저는 그 궤변을 이해할 수가 없습니다."

진현은 고개를 저으며 탄성을 내뱉었다.

"그럼 너는 어쩌겠다는 말이냐? 어차피 벌어진 일이다. 그리고 이제 결론이 났다. 너는 앞으로의 일만을 생각하면 되는 것이다."

"아닙니다. 전 지금 제 친우인 자인이 부럽습니다. 그는 자신의 이상을 위해, 정의를 위해 가문을 등지면서 저항을 했건만 전 이게 뭡니까? 자신도 모르게 이용당한 꼴이 아닙니까!"

진현은 울 것 같은 음색으로 절규했다. 그리고 그는 큰 결심을 한 듯 단후명을 응시하며 한 자 한 자 또박또박 내뱉었다.

"이제부터 전 단씨 성을 버리겠습니다."

"그게 무슨 말이냐? 나와의 인연을 끊겠다는 말이냐?"

"예, 그렇습니다. 그리고 강호를 떠나 아무도 모르는 곳에서 은거하겠습니다."

"이… 이런! 그러지… 말아라. 다시 생각… 해보거라. 이제 모든 것이 끝났다고 하지 않느냐. 그래, 너를 이용한 점은 미안하게 생각한다.

하지만 모든 것이 결국 너를 위한 것임을 알아다오."

단후명은 진현의 결심에 놀란 듯 말을 더듬으며 그의 결심을 되돌리려 하였다.

"아닙니다. 저를 위함이 아니었습니다. 자신을 위한 것이었습니다. 전 싫습니다. 그렇게 얻어진 부귀영화라면 제가 사양하겠습니다!"

"운아……."

"아버님께서 이제부터 무엇을 하시든 다시는 상관하지 않겠습니다. 설령 강호를 다시 피로 물들인다 하셔도 관여하지 않겠습니다."

"운아! 제발……!"

단후명은 진현의 이름을 애타게 불렀다.

"아버님, 그럼 몸 건강히 계십시오. 전 제 친우들 곁으로 가겠습니다."

그렇게 진현은 대청에서 나가 버렸다.

털썩.

"흐흐, 이게 뭐란 말인가? 결국 난 무엇을 위해 살아왔단 말인가?"

단후명은 자리에 주저앉으며 허탈한 웃음을 지었다.

제55장

후(後)

 후(後)

한가로워 보이는 시골의 풍경이다. 한쪽 편에는 푸른 강물이 넘실대며 흘러가고 있었고, 또 다른 한편에는 울창한 수림(樹林) 속에서 새들이 노래를 부르고 있었다.

한폭의 풍경화와 같은 그곳에 집 한 채가 덩그러니 있었다. 문패도 없고 편액도 없어 누구의 집인지 알 수 없었지만 분명 사람이 살고 있는 것만은 틀림이 없었다. 대문 틈 사이로 분주히 움직이는 두 여인의 모습을 볼 수 있었기 때문이다.

"에구, 이것만으로 부족하지 않을까 모르겠어요?"

"아니야, 련매. 이 정도만 해도 충분한걸."

"하지만 오랜만에 운랑의 친우들이 오시는걸요."

"호호호. 아무튼 련매의 그 마음만은 알아줘야 한다니까."

두 여인의 이름은 주설란과 사마화련이라 했다. 음식을 준비하랴 장내를 청소하랴 바쁘기 그지없던 그들에게 누군가 대문을 열며 찾아왔다.

"허어, 내가 너무 빨리 온 것은 아닌가 모르겠군요. 그동안 잘 있으셨습니까?"

"아! 어서 오세요, 언 방주. 지난번 방주 취임식에 참가하지 못해서 너무나 죄송해요."

찾아온 이는 언무청이었다. 예전의 장난스러운 모습은 온데간데없고, 오히려 멋지게 자란 수염이 그의 중후함을 살려주고 있었다. 그리고 그 옆에는 미부(美婦)가 있었다. 그의 부인 사공혜였다.

"한데 정작 중요한 당사자가 보이지 않습니다?"

"상공께선 지금 모용 대인과 함께 산보를 나가셨어요."

"아! 그럼 내가 제일 늦었군요. 암튼 그 친구 재빠른 것은 에나 지금이나 여전합니다그려."

"호호호."

언무청의 농에 다들 웃음보가 터진 듯 배를 잡으며 웃어댔다.

"그럼 저는 지운에게 가보겠습니다. 부인은 여기에 계시구려."

언무청은 언제 농담을 했냐는 듯 근엄한 목소리로 사공혜에게 말하곤 쏜살같이 대문 밖으로 나가 버렸다.

"아이구, 그렇게나 좋을까? 어디 친구 없는 사람 서러워서 살겠나요?"

사공혜는 퉁명스런 목소리로 불평을 털어놓았고 그 모습에 또 한 번 웃음꽃이 활짝 폈다.

언무청은 멀리 보이는 강가를 향해 달려갔고, 얼마 가지 않아 그곳에서 정겹게 앉아 있는 두 사람을 볼 수 있었다.

"어이! 지운! 자인! 이 무청이가 왔네!"

언무청은 큰 목소리로 외치며 손을 흔들었다. 그 모습에 진현과 모용자인의 얼굴에 미소가 지어지며 그들 역시 손을 흔들어 언무청을 반겼다.

"어서 오게. 그래, 개방은 잘 굴러가고 있는가?"

"그럼. 내가 누군데! 잘 굴러가지 않으면 어떻게 되겠는가?"

"하하하. 사람 하고는."

"그나저나 자인, 자네 몸은 어떤가?"

언무청은 모용자인의 창백한 얼굴을 보며 안부를 물었다. 그러자 모용자인은 가볍게 기침을 하며 억지로 미소를 지었다.

"콜록콜록. 괜찮네. 이 정도는 감수하며 살아야지. 자네들의 얼굴을 계속해서 보려면 말이야."

진현은 모용자인의 얼굴을 보며 고소를 금치 못했다. 모든 게 자신의 잘못 같았기 때문이다. 그런 진현의 기색을 느껴서인가.

"지운, 그런 표정 짓지 말게. 자꾸 그러면 나 화낼 걸세."

"아, 알겠네. 자, 이러지 말고 집으로 가세. 오늘은 무청 자네를 위해 술을 많이 준비했다네."

"하하하. 그런가? 그럼 나야 좋지. 어서 가세나."

언무청은 모용자인의 몸을 가볍게 들어 자신의 등에 업었다.

"자네는 영광인 줄 알아야 해. 어디 개방 방주의 등에 업히기 쉬운 줄 아나?"

"하하하. 알겠네. 가문의 영광으로 알지."

모용자인은 언무청을 보며 미소를 지었고 그 모습을 보는 진현의 눈동자에는 물기가 서렸다.

'지금까지 우리는 꿈을 꾼 걸세. 아주 힘든 꿈을 말이야. 그리고 또 다시 한바탕 꿈을 꾸어보세. 이제부턴 아주 좋은 일들만 생기는 그런 꿈을.'

〈完〉

조돈형 신무협 판타지 소설

| 운한소회 |

누란(累卵)의 위기에 빠졌던 무림에 평화를 가져온 백도의 비밀단체, 흑영(黑影)!

잠들었던 그들에게 사나운 죽음의 위협이 몰아닥친다.
그들의 평화가 깨어지고, 그들의 분노가 세상을 뒤덮는다.
위선의 탈을 벗겨버릴 차가운 칼날은 그렇게 던져졌다.
살아남은 사나이들의 누구도 막을 수 없는 처절무비 통쾌한 복수극은
이미… 시작되었다.

무림은 또 한 번 잔혹한 복수의 전화(戰禍) 속으로 치닫는다.

최필 신무협 판타지 소설

| 무협지 |

뒤통수가 가려운 무림 고수들!

가엾은 순교자들이여, 내게로 오라!
일장천라 천우막, 파검 구용각, 구절심 천형,
배은망덕 이편, 색마 야광귀, 무랑과 방초……

이들이 또 한 번 혼란의 무림을 폭소로 헤집는다.

도서출판 청어람 www.chungeoram.net   우 420-011 부천시 원미구 심곡1동 350-1 남성빌딩 3F ● TEL : 032-656-4452/54 ● FAX : 032-656-4453 ● Email : eoram99@chol.com

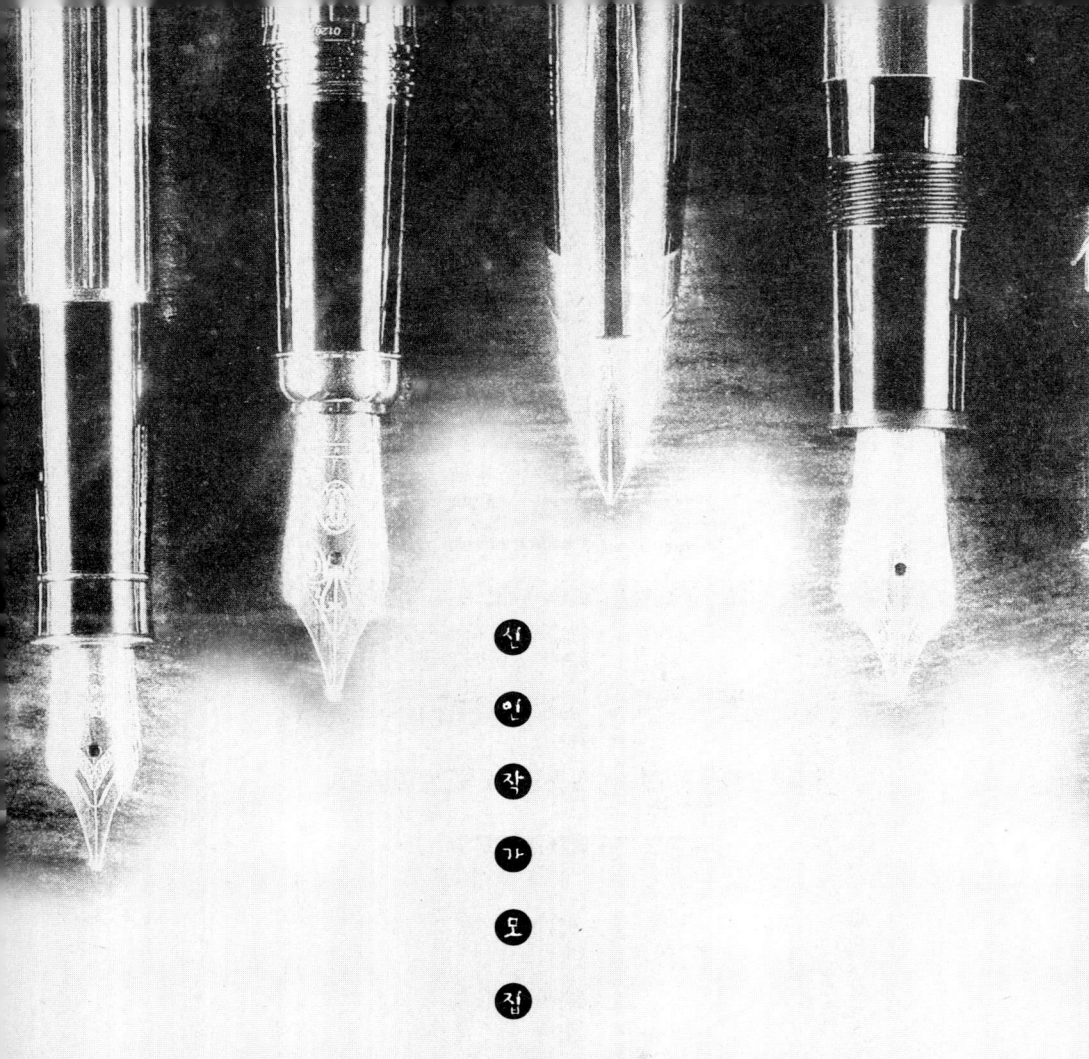

신인작가모집

시작이 반이라고 했습니다.
작가의 길에 대한 보이지 않는 벽을 과감히 깨뜨리십시오!
청어람은 작가 지망생 여러분들의
멋진 방향타가 되어드리겠습니다.

저희 도서출판 청어람에서는
소설 신인 작가분들을 모집합니다.
판타지와 무협을 사랑하시는 분들의 많은 참여를 바랍니다.
소정의 원고(A4용지 150매)를 메일이나 우편으로 보내주시면
검토 후 출판 여부를 알려드리겠습니다.

주소:경기도 부천시 원미구 심곡1동 350-1 남성B/D 3F 우편번호420-011
TEL:032-656-4452 · **FAX**:032-656-4453
http://**www.chungeoram.com**
e-mail:chungeoram@chungeoram.com